目次

主要登場人物

アーサー・クルック……………刑事弁護士兼探偵
ビル・パーソンズ………………クルックの相棒
バーサ・シモンズ・フィッツパトリック……クルックのフラットと同じ建物に住む女性
セオドア・カージー〈ティー・コージー〉……クルックが住むフラットの下の階の住人
クララ・カージー………………セオドア・カージーの叔母。副業で職業紹介所を営んでいた
フローラ・カージー……………クララの姪。職業紹介所の手伝いをしていた
ヒラリー・グラント……………カージー家の間借り人。内々に陸軍省に勤務している
シグリッド・ピーターセン……部屋探しをしているノルウェーからの避難者
ワトソン…………………………カージー家の家政婦
トマス・アーミテージ〈ノビー〉……故買屋

灯火管制

第一章

そして私は多くの強盗を復帰させたもの
彼の友や彼の親戚のもとへと。

——ギルバート

一

ヒトラーのロンドン大空襲が、イギリス人以外のすべての人々を動揺させていた一九四〇年の晩夏、最高司令部なりの理由があってのことなのだろうが、不愉快にもドイツ軍のパイロットの一人が、SW五、アールズコート、ブランドン・ストリート一番地の、アーサー・クルックが住む広々としたフラットの近くに爆弾を投下した。瓦礫《がれき》やガラスが一時的に道路をふさぎ、電話が通じなくなってしまったこともあって、下の階の住人はそそくさと荷物をまとめて田舎へ移ったため、地階と四つの上階から成る建物は、実質的にクルックが占有する格好になった。さらにその下の二号室の住人は、戦争の勃発以来、ロンドンを離れていた。それでも家賃を支払う義務は彼女が負っていたので、不動産会社も積極的に転貸相手を探す努力はしていなかった。いずれにしても、この状況下では、探したところで借り手が見つかる見込みも薄かっただろう。

一階と半地下の地階はメゾネット式になっていて、「引きこもり」のミス・バーサ・シモンズ・フィッツパトリックが借りていた。彼女は国のため、戦争に関するデマを流す人間を抑止しようとするチャーチルの「サイレントコラム運動」に賛同し、信じがたい変装をしている敵国のスパイを突き止めようと、並々ならぬ意欲を燃やしていた。敵のスパイはそこらじゅうにいるという首相の言葉を頭から信じる彼女は、いつスパイが寝室の壁をよじ登ってきても驚かなかったに違いない。爆撃に対するミス・フィッツパトリックの反応は、いかにも彼女らしかった。主だった貴重品をかき集めて地階へ移動し、自分の持ち物に囲まれながら地中に棲む小動物のような暮らしをして、滅多《めった》に外の空気を吸いに出ることはない。絶えず弾いている時代物のハルモニウムの音色で、近所の人は彼女の存在を感じるのだった。オルガンに似たその楽器は窓辺に置いてあるので、弾きながら、建物に出入りする人間を見張ることができたし、それと同時に、「サタンは暇な人間に仕事をくれる」ということわざに自分が当てはまらないようにするための安全措置でもあった。

爆撃のあいだは特に、このハルモニウムが、彼女の慰めとなった。

「わが神よ　あなたのおそばに
あなたのおそばに
たとえ　それは自らを高く上げる
爆弾であろうとも」

爆弾が至るところに投下され、たくさんのレンガが地面に崩れ落ちるなか、古くから歌い継がれる賛美歌の「十字架」という歌詞を「爆弾」に替えて、しわがれた大声で熱心に歌うその声に、敬虔な人々は眉をひそめ、クルックは魅了された。

「彼女は、罪の中に咲く一輪のヒナギクだ」と、よくクルックは敬意を込めて口にしたが、残念ながら、その思いは一方的なものだった。ミス・フィッツパトリックのほうは彼に対して深い疑念を抱いており、夜明けから灯火管制の時間までの自宅建物内の動きをすべて記録しているマーブル柄の表紙のノートに、彼のフラットへ出入りした人間をメモしていることを、クルックは承知していた。灯火管制用のカーテンを引いて明かりのスイッチを入れると、ようやく彼女は、自らに課した監視を終了するのだった。

クルックがミス・フィッツパトリックと言葉を交わしたのは、たった一度だけだった。その日はいつにも増して爆撃の被害が大きく、彼女は損傷状況を確認しに、地階の階段の上に出てきていた。さほど離れていない道路の真ん中に爆弾が落ち、クルックたちのフラットの窓ガラスや窓枠は、四方八方に飛び散ってしまっていた。クルックは、いつもの茶色い山高帽をひょいと持ち上げて、「派手にやってくれたもんですね」と明るい調子で言った。だが、ミス・フィッツパトリックは取り合おうとしなかった。ショールを肩に掛けた小さな地中動物のような姿で、切れたワイヤーの中身のようにぼさぼさに突き出した薄い白髪頭もそのままに、空襲警備員にも軍の消防隊員にも、一様に疑いのこもった視線を投げかけるのに一生懸命だったのだ。

「男の中身は、制服じゃわからないからね」と陰気に言った。

「制服を着ていないと、ずいぶん見劣りする男もいますよ」と、クルックは話しかけてみた。

ミス・フィッツパトリックは、眼鏡をかけた意地悪い目を彼に向けた。そして、ナツメグおろし器のような声で「なるほど、誰かさんが、あいつらに居場所を教えたってわけだね」と言うと、くるりと背を向けて、勝手口へつながる地階の階段をペタペタと下りていった。その後ろ姿は、今度は、とてもだらしないペンギンのように見えた。クルックは、自分が、上空を飛ぶドイツ軍のユンカース八八爆撃機へ点滅信号を送った疑いをかけられていることに気がついた。

「どうしてあのばあさんは、わざわざ私が自殺行為をするなどと思い込むんだろう。さっぱりわからんな」と、クルックはひとりごちた。

勝手口にたどり着いたミス・フィッツパトリックは、クルックが前階段を上るのをじっと見ていた。

「あんた、最上階に居座るんだね」ふいに、彼女が声をひきつらせた。あまりに唐突で、まるで、隠してあったリボルバーが暗闇の中で発射されたかのようだった。

「おっしゃるとおり」クルックは、陽気な口調で同意した。「どうせ、みんなあの世に行くのなら、天国にいちばん近い場所にいて真っ先に行けるのは、うれしいことですからね」

特定の目的地に人より一歩早く到着するのが、クルックの習性だった。おかげで、素人に出し抜かれるのを何よりも嫌う警察からは、よく思われていないのだが。

地階の住人とクルックとは、ずっとその程度の関係だった。ティー・コージーの叔母にまつわる奇妙な事件によって、住人たちの距離が縮まるまでは。

クルックが〈ティー・コージー〉というあだ名をつけた男性は、一九四一年の初めに現れた。以前住んでいた下宿を爆撃でやられたのだという噂があり、それを聞いたミス・フィッツパトリックは憤然として「エヒウだ」と口走ったが、その意味ありげな言葉からすると、どうやらそれはイスラエル王のエヒウではなく、海に投げ込まれ大魚にのまれて吐き出された、不吉をもたらす者とされるヨナのことだったようだ。だが誰一人として、それを小耳に挟んだクルックでさえも、面と向かって訂正する勇気はなかった。新顔は、地階の住人以上に孤独を好んだ。引っ越してきて最初の数カ月間、クルックはまったく彼と話したことがなかったし、その姿を見ることすら滅多になかった。見た目は、まるで頭の上に円光のある謎の人物といった感じだった――背が高く痩せていて、背中が曲がっており、いつも黒いフェルト製の大きな広縁の中折れ帽をかぶっている。大抵、手当たり次第に新聞を脇に抱え、やや足を引きずるような、はたから見るとほろ酔いなのかと思うような妙な歩き方をした。越してきたときの本の量からして、学問好きな性格らしかった。朝、大英博物館へ出かける彼が階段の上にいるのを、クルックは一、二度見かけたことがあった。どうやら一日中、博物館で過ごしているらしく、夜、彼（クルック）が戻ってくると、玄関ドアの上にある明かり窓から漏れるほのかな青い光で、帰宅しているのがわかるのだった。見たところ、大英博物館を天国への入り口のように思っている気だてのよい変人で、大物である自分と関わり合いになることは、まずあり得ない人物だと、クルックは判断した。

今回ばかりは、洞察力に優れた弁護士も、見誤っていたのである。

二

四月のある晩、たまたまクルックは、いつもより早く八時頃に帰宅した。普段どおり勢いよく階段を上っていると、三号室のドア上部の明かり窓から青い光が漏れているのが見え、いつものように住人が戻っているのだな、と思った。ところが、階段のカーブを曲がって四階へ向かいかけた途端、急に足を止めた。インクを塗ったような頭上の暗闇（気の利く大家は、カーテンをつけるより安くて安全な方法として、窓をペンキで塗り潰していたのだった）から、奇妙な音が聞こえてきたのだ。不慣れな人間が、自分のフラットに押し入ろうとしている音だと、クルックにはすぐにわかった。ぎこちなく道具をいじっている、小さくこするような音が、彼の鋭敏な耳に届いた。正直、面白くなり、壁に寄りかかって成り行きを見守ることにした。

「せっかくのお楽しみを台無しにすることはない。それに、どっちにしろ何かが起きるのなら、せかす必要もないしな」

素人の家宅侵入者に、自分の元気な足音が聞こえていなかったことにも興味を引かれた。あるいは、あとから来た人間が同じ階に上がってくるのを、待ち構えているのだろうか。

「疑わしいときは、罠《わな》だと思え」と自分に言い聞かせ、少し長めに待った。自慢じゃないが、辛抱強さに関しては自信がある。

二、三分後、姿の見えない押し込み強盗は、ため息をついて後ずさった。

「どうにも開かない」と、つれない夜の闇に向かって呟く。

合図《キュー》を出されて登場する俳優のように、クルックは前に進み出た。

「私が力になれると思うよ」きびきびした口調で声をかけた。「鍵を持っているんだ」

幽霊のようなぼんやりした人影が、声のするほうを振り向いた。二人とも懐中電灯はつけなかった。クルックは、こういうことにかけてはベテランで、暗がりでも見えたからだし、押し込み強盗のほうは、懐中電灯を持っていなかったからだ。

「それはご親切に」か細い、老いた声が言った。「どういうわけか、私のは使い物にならないようでしてね」

「なんてこった！」と、クルックは思った。「下の階のご老人じゃないか」

仰々しい態度でドアを開け、訪問者を玄関に招き入れた。その動きを見たかぎりではバッキンガム宮殿に来たのかと思ってしまいそうだったが、クルックのセンスでは、宮殿よりも素晴らしい場所なのだった。擦り切れたカーペットと、必需品の帽子掛けがある長い廊下が、ほのかな青い光の中に照らし出された。特に驚くような物も、人目を引く印象的な物もないのだが、老人の顔には、喜びにも似た、畏敬の念とも取れる表情が浮かんだ。文明社会によってカゴに閉じ込められ、一シリングで見世物にされる、品格はあるけれど当惑した猛禽《もうきん》のようだ、とクルックは思った。やや長めの白髪頭で、額は広く禿げ上がり、くちばしに似た鼻は羊皮紙のような皮膚にかろうじて覆われていて、横に長い口は、端正で均整が取れている。つばの広い黒の帽子と、ほとんど足首まで達するほど丈が長くてひどくくたびれた、古いデザインの黒いコートを身に着けたままだ。心底、感謝している声で、思いがけない喜びに包まれてはいても、うろたえた様子はまったくない。

「ご親切にどうも」と、彼は言った。「なぜ私の鍵が錠前にうまく合わないのか、見当もつかないのです」

「私のは、頑丈な錠前に付け替えてあるんだ」と、クルックは明るい調子で教えた。「大家にもらった鍵じゃ、どんな素人でも簡単に開けられるからね。あんたがなかなか開けられなかったのは、そのせいだ。ずっと階段の上にいて、風邪をひいてなけりゃいいがな」

年配の紳士は、聞いていないふうだった。少しも臆することなく、クルックがリビングと称している部屋に、主《あるじ》のあとについて小走りで入ってきていた。真四角の形をしたその部屋は、本や書類であふれ返り、硬い椅子と薄汚れたカーテンのある、散らかった、居心地の悪い空間だった。

「どうぞ、くつろいでくれたまえ」と、クルックは促した。玄関と廊下で、すでに驚いた様子を見せていた老人にとって、この部屋の光景は、まさに奇跡としか言いようがなかったようで、入り口に佇んだまま、魅力のかけらもない家具に目を見張った。二人の男は、これ以上ないほど対照的だった。クルックはスーツ姿で、感じがよく洗練されていると本人が思っている、裾が平らにカットされた茶系の上着とズボンは、はたから見ると野暮ったかった。茶色の山高帽を、堂々とした大きな鼻の上にかぶさるように斜めにかぶっており、太い赤毛の眉毛がほとんど隠れてしまっている。茶色の靴は、どう見てもギャングだ。大股で部屋を横切り食器棚へ行くと、瓶ビールを二本取り出したのだが、彼が知っている唯一のもてなしの方法として客に歩み寄ってそれを差し出した途端、相手の痩せ細った端正な顔に浮かんでいる表情を見てたじろいだ。その顔は、驚きから恍惚へと変貌していた。まるで天国で神をその目で直接見たかのような、感極まった表情をしていたのだ。自分の幸運が信じられないとでも言いたげだった。

「素晴らしい」と、老人は思わずささやいた。「いったい、こんなことが信じられるだろうか。だが——だが、これは紛れもない事実だ」おずおずと手を伸ばして、書棚に触れる。「実にしっかりしている。ぜひとも『回顧録』に書かねば。似たような記録は、一つしかないはずだ。しかも、それは本物とは証明されていない」

「飲むのか、飲まないのか?」クルックは、辛抱強くビールを差し出していた。

老人は身を屈めて、手近な書棚の本のタイトルを読んだ。そっと手を伸ばして、一冊抜き取る。学識豊富な人の興味を引きそうな本はないはずなのに、年配の学者は、すっかり心を奪われているようだった。

「『ワッピング階段の血痕』」声に出してタイトルを読み、表紙をめくった。「一九三八年」彼は、訝《いぶか》しげにクルックを見た。

クルックは、相手を安心させると信じて疑わない微笑みを浮かべてみせた。ビル・パーソンズが、クルックの前世はおそらくワニだろうと言ったことがある。

「ああ、そうだ」と、クルックはにこやかに言った。「戦争に直面したズデーデン危機の年さ。だから買ったんだよ。気晴らしのためにね」

「戦争の危機の年」と、訪問者は繰り返した。「それで――それは、何年前になります？」

「算数は苦手かい？」クルックは、相変わらず優しい口調で話しかける。「約二年半前だよ」

老人の顔に落胆の色が浮かんだ。恍惚から困惑へと表情が変化した。

「すると、今はまだ一九四一年なんですね」

「おい、しっかりしなよ。何年だと思ってたんだ？」

この時点で、訪問者の頭がおかしいことは疑いの余地がないとは感じたが、だからといって追い出そうとは思わなかった。精神障害者には、その人独自の論理があって、狂気というのは比較論でしかないことを知っていたからだ。クルックは、老人がなぜこの場にいて、何を伝えようとしているのかを探り出そうと決めた。訪問者は、手にしていた本を下に置いて、神経質で不安そうな顔を上げた。

「どうにもわからんのです」と彼は打ち明けた。「ほんの束の間、私は自分が目撃者なのかもしれないと思っていました――願ったと言うべきかもしれません――特別な許可を得た目撃者――時間に関する、なんらかの実験のね。ところで、あなたは、この時間《タイム》というものについて、どうお考えですか？」

たちまち、クルックは勝手を知った土俵に立った気がした。「私はやってみたことがないが、経験者から聞いた話だと、刑期《タイム》っていうのは、ずいぶん勉強になるらしいよ。入るときは知識なんか一つもないのに、出てくるときには、身につけていないものがないくらいになる。といっても、私の依頼人は、絶対に服役しないがね」と、急いで言い添えた。「私の依頼人はみな無罪なんだ。だから、彼らは金を払う。そうだろう？」

訪問客は、突然オモチャ売り場に放たれた子供のようだった。次から次へと周囲にある物に目が行って、絶えずそちらに気を取られている。クルックが話しているあいだじゅう、キョロキョロと部屋を見まわしていた。それでいて、話は耳に入っていたらしく、クルックが言葉を切った途端、訊いてきた。「つまり――あなたに頼めば、絶対確実ということですね？　面白い。実に興味深い。それは、当然、思考力という問題を提起する。そうなると、必然的に、私の時間理論にもつながってくる」相手が一呼吸おいたのを見て、すかさずクルックは言った。「別に、そんなのは要らないさ。ほんのちょっとミスを減らして、騙されにくくなればいいだけだ――席に座っているじいさんよりな」

一瞬、ぽかんとした訪問者だったが、クルックが裁判の担当判事のことを言っているのだと、やっと気がついた。

「ところで、私に何かできることはあるかい？――友人として」クルックの目は、カナリアのようにきらきらと輝いていた。「あんた、ずいぶん熱心に、ここに入ろうとしていたじゃないか」

「この時間には、そんなに奇妙ですかな？」と、老人は応えた。「むろん、私は、あなたがここにいるとは予測していませんでした。迷惑に思わないでいただけるといいんだが、この瞬間——私の瞬間なので、あなたのとは一致していないかもしれません——私は、ここの部屋を借りている住人なのです」

クルックがあらかじめ頭に浮かべていた予想はどれも、いともあっけなく地に落ち、たとえバウンドする音がしたとしても驚かなかっただろう。

「なるほど」と、クルックは予想を裏切られた悔しさをにじませて言った。「あんたは、ここが自分のフラットだと思っているんだな？　悪いが、それは違う。ここは、私の部屋だ——〈犯罪者の希望〉、〈判事の絶望〉と称される、このアーサー・クルックのな」

「あなたの部屋？」老人の顔は、滑稽なほどに落胆で歪んだ。「だったら、私のはどこなんでしょう？」

「私が五分前に通った場所だよ。実際、私は、あんたがそこにいると思ったんだ。が、待てよ、そいつは変だな。最後にあそこにいたのは、いつだったんだ、えーと——ミスター……？」

「カージーです。セオドア・カージー」ポケットをまさぐって、よれよれの名刺を引っぱり出した。

「ミスター・T・カージー」クルックは、名刺にある名を読んで、ニッと笑った。「きっと、学校じゃ『保温用ティーポットカバー《ティーコージー》』っていうあだ名だっただろう」

　ミスター・カージーは、ちょっと恥ずかしそうな顔をした。「ええ、実はそうなんです。でも、どうしてなのか、結局わからずじまいでした。子供のときだって、私と、とても便利だけれどふっくらとしたあの実用品とのあいだに、類似点は一つもありませんでしたから」痩せ細った自分の体に目をやって、ため息をつく。

「ああ、そうだろうな」前述したとおり、クルックは辛抱強い人間だったのだが、さすがに限界を感じていた。「まだ、私の質問に答えていないぜ。最後に自分のフラットにいたのは、いつなんだ?」

「いつものように、九時頃出かけました。私の——その——手伝いの女性がやって来て、彼女は仕事をするあいだ、私がいるのを快く思わないようなので。ふだんは六時頃に戻るんですが、今日は、時間の性質に関する会合に出席したために、少し遅くなったのです」

「じゃあ、あんたのとこのお手伝いさんが、玄関の明かりを消し忘れたんだな」と、クルックは訳知り顔で言った。「よくあることだ」

「実は」ティー・コージーは、そわそわした様子を見せた。「フラットの中で音がしたような気がするのです」

「どんな音だい?」

「水が流れるような」

「お手伝いさんが、水道を開けっ放しにしていったのかもしれない」クルックは、カージーを安心させた。「よくやるんだよ。そのうちに誰かが自動の水道を発明したら、あんたや私のお手伝いの女性は、やっきになって新たないたずらを探すだろうね。そんなことくらいで、その人を追い出したりしちゃだめだぜ」

「どうやら、私を誤解しておいでだ」カージーの言葉には、心を動かされる威厳があった——クルックのようなタフな人間でなければ、誰でも心を打たれただろう——「私は考え事に夢中になっていて、あまりにもあっという間に到着した感じがしたために、まだ自分のフラットに向かっている気になって、一階分余計に階段を上ってしまったのだと思います」

「ひょっとして、私のことを間抜けだと勘違いしてないか?」と、クルックは訊いてみたが、老紳士は、当惑してかぶりを振っただけだった。こいつは時間の無駄だ、とクルックは思った。この老人は、自分の話が受け入れてもらえないかもしれないなどとは、夢にも思っていないのだ。

「本当なら、帰りがもっと遅くなるかもしれなかったんですが、結局、その会合の夕食会に残るのはやめにしたのです。プログラムのその部分には、それほど参加したくなかったものですから」

話している老人の姿は大きな鳥にそっくりで、本当に好きなのはケムシ料理と、露でしっとり濡れたミミズのデザートです、と続けるのではないかと内心、期待してしまうくらいだった。クルックは、したりげに頷いた。

「やることは多く、時間は少ないものだ」文学者か誰かの言葉だったかな、と思いながら、相手に調子を合わせた。たとえ詩人だって、たまには自明の理を述べることもあるだろう。

「それについては」カージーが心配そうに言った。「なんといっても、われわれは暗闇の中にいるのですよ。あなたは――その――さっき私が言った、時間に関する問題を誤解なさっています。あなたもそうですが、私は、永遠という領域の中を動いている霊魂なのです。永遠というからには、つまりは永久に存在が続くことを意味します」彼は嬉々として、時間についてとりとめもなく話し続け、クルックは、熱心に耳を傾けているふりをした。心の中では、とんでもなく変わり者の年老いた鳥だ、と思っていたのだが、そんなことはおくびにも出さない。そのうちに、うまく会話に割り込んで、話を最初の地点に戻した。「例の明かりのことだがね。二階にも、誰もいないはずなんだ。だから、いるはずのない人間があんたの部屋にいたか、そうでなければ、さっきも言ったとおり、お手伝いのせいってことになる」

「そういえば」と老人は呟いた。「今、思い出しました。玄関に、今朝はどうしても来られなくなってしまったが、明日はたぶん来られると思う、というデイヴィス夫人からのカードが置いてあったんです。私がそれを見たのは、まったくの偶然でしてね――手紙なんて滅多に来ないものですから。確か、足が痛むと書いてあったと思います」

「こういうご婦人たちがでっち上げる痛む足の数を数えたら、ムカデなんじゃないかと思うほどだからな」クルックはにこやかに相づちを打った。「で、ほかに誰が鍵を持ってるんだ？　あんたが一つと、彼女が一つだよな……」

説明しようとして、カージーがよろめいた。「鍵を使えるのは確かですが、彼女が鍵を持っているというわけではありません」と、もごもご言う。「実は、マットの下に置いてあって、彼女が帰るときには、そこに戻してもらうことになっているのです。それは、私のためでもありましてね。私は少々ぼんやりしているもので」（ここでクルックは、控えめに表現するイギリス人の才能をあらためて認識した）「だから、鍵を忘れて出かけてしまうことがあるのです。そういうとき、マットの下に合い鍵があると助かりますからね」

「実際、役に立つかい？」と、クルック。

ティー・コージーは顔を輝かせて、言葉に力を込めた。「二重にいいことがあるんですよ。もし、私が何かの都合で手間取ったら――そして、客が来ることになっていたとしたら――その人は、自分で部屋の中に入って待てばいいのです」

「時間に関して意見を持っている人間が、客を一時間かそこら待たせるんじゃや、なんにもならないじゃないか」と、クルックは思った。

「それが答えかもしれないぞ」と、彼は声に出して言った。「客が来る予定があったならな」

しかし、ティー・コージーは首を横に振った。「それはありません。だいたい、客が来るのは稀ですし」

「突然の客が来ることは？」と、クルックは続けたが、返ってくる答えはわかっていた。ティー・コージーの家は、ふらりと人が訪ねてくるようなところではない。

カージーは、曖昧な笑みを浮かべた。クルックは、我慢強く相手に付き合った。「掃除の女性の体調が回復して、午後になって来ることにしたってことはないか？」というのが、彼が次に提案した可能性だった。

この突飛な考えに、ティー・コージーは驚いて目をむいた。

「私は、決して奇跡の可能性を否定する人間ではありません」と、明言した。「ですが、それにしても……」

「わかったよ。百対一で、賭けは負けだな。となると、どこかの悪党があんたの部屋を引っかきまわしていたってことになる」

だが、本当にそう思ってはいなかった。ティー・コージー本人が、明かりをつけっ放しにしたのではないかと考えたのだ。

老人は、哀願するような目をクルックに向けた。「できれば――その――私の調査を手伝ってはいただけないでしょうか」と持ちかけてきた。

「いいとも」と、どんな挑戦をも拒まないクルックは答えた。朝の七時から起きていたにもかかわらず、デイジーの花のように生き生きとして、その昔、覗き見をして目が潰れたとされるピーピング・

トムのように、好奇心に満ちあふれていた。

「助かります。なにしろ、盗む価値のあるものがうちにあるなどと考える人間がいるとは、私には、到底信じられません。少しばかりの本と、時間に関する論文のためのメモしかないというのに……」

「高級なパークレーンに自腹で引っ越せるやつなんか、そうはいやしないさ」老人の表情を察して、クルックは呟いた。

「それに、アメリカ英語を使う昨今のイギリス人の考えは、よくわからんのです。私は、どうも古典的なタイプでしてね……」古典学者でも、境界線を引きたくなりそうな声だった。

「大丈夫、任せてくれ」と、クルックは安心させるように言った。「オックスフォードでもわからないような言語を半ダースは知ってる。だが、まずはオランダ流に、一杯やって元気をつけるってのはどうだい？」と、再びビールを勧めてみる。

ティー・コージーは、疑わしそうな顔をした。「それには――その――元気の出る成分が入っているんですかな？」

「この値段じゃ、それはないな――というか、どんな値段でも、そいつは期待できないだろうよ」と、クルックは熱心に解説した。グラスを見つけて、主人役を務める。「だめだ、そうじゃない」その直後、彼はぞっとして大声を上げた。「間違っちゃいけないよ。これは、ポートワインでもシェリー酒でもないんだぜ。ちびちび飲んだり、舌で転がしたりするものじゃない。喉の奥を開けて一気に腹に流し込むんだ。喉と腹で味わうのがいちばんさ」

ぼうっとした様子のカージーは、言われたとおりにした。すると、さらにぼんやりしたようで、大きな黒い広縁の中折れ帽を手に取って、おぼつかない足取りで主人役のあとについてきた。

クルックは、うきうきと階段を下りた。そんな彼のやり方に、素人なら、がっかりしたことだろう。暗がりにこっそり潜む、頭巾をかぶった人影もなければ、いきなり「犯人を捕まえたよ、ワトソン君」と声を上げることもない。あとから、パイプでアヘンを吸ったりバイオリンを弾いたりしながら、悦に入って事件の詳細を説明したりすることもないのだ。ただ、石炭袋のようにドタドタと音をたてて階段を下りていくのだった。

「相手は、自分が予期するものに神経を尖らせているものだ」と、彼はよく説明した。「誰かを尾行する場合、相手は、フクロネズミのようにこそこそとあとをつけてくるはずだと思っているから、騒がしく歩きまわる音を耳にしても気にしない。探偵や警察は、普通そんなことをしないからな。アーサー・クルックの〈犯罪捜査、十二の教訓〉さ」

階段が曲がるところまで下りてくると、三号室のドアの上にある明かり窓から相変わらず青い光が漏れているのが見えた。ということは、何者かはわからないが、侵入者はまだ部屋の中にいる可能性がある。だが、連れの老人同様に奇跡を信じるクルックでも、わざわざ押し入るほどの貴重品を彼が自室に所有しているとは、やはり思えなかった。

マットの下に手を滑り込ませると玄関の鍵があり、先ほど言い立てられたミステリーは、ばかげた戯言《たわごと》だとクルックは確信した。それでも、形式上、手にした懐中電灯で錠前を調べてみると、思ったとおり、いじられた形跡はない。

「もう一度突破口へ」クロッケー・ゲームの小門のようにアーチ形に丸めていた体を伸ばし、シェイクスピアの作中で、再度城門に攻撃をかける兵士を鼓舞したヘンリー王の言葉を高らかに口にしてから、クルックはふと考えた。ひょっとすると自分は今、まずい事態に直面しているのではないのか？

すべては、彼を陥れるための手の込んだ陰謀とも考えられる。心理学者ではないので、筆跡を見てその人物の隠れた過去を紐解くことはできないし、あらゆるものは見た目どおりではない、と言った詩人の言葉が正しいことも知っていた（詩を読んだことなどなかったが）。人畜無害な間抜けのように見えて、実はティー・コージーは、殺人者か、スパイか、あるいは平気で人を撃ち殺すギャングかもしれない。ありそうもないことに思えるが、クルックの成功（彼の年収は、首相もしょげ返るほどだった）の一端は、彼が不可能を信じないという事実に起因していた。この世に、あり得ないことなどないというのが、クルックの持論なのだ。

鍵穴に鍵を差し込み、ドアを押し開けて、中から男か銃弾が飛び出してくるのを行儀よく待った。少しして、ティー・コージーを盾にすればよかったと思いついた。これでは、頭への一撃も含め、すべては待っている自分の身に降りかかることになる。だが、どうやら彼の最期の時は、まだ訪れないらしかった。

「灯火管制用のカーテンを開けたのか？」と、クルックは見えない連れに尋ねた。

老人は、後ろからクルックの肩越しに頭を突き出した。「いえ――開けてはいないと思うのですが、もしかしたら訪ねてきた人かも……」

「そうだな」と、クルックは同意した。「いいほうに考えよう」

少しのあいだ、身じろぎ一つせずに立ったままでいた。クルックは、自分には危険を察知する第六感があると、常々口にしていた。命を狙われた経験は一度や二度ではないし、少なくとも二回は危うく命を落とすところだったのだが、この直感に対する彼の信念が揺らぐことはなかった。クルックに言わせれば、彼のような仕事に就いている者は、あえて危険を冒さなければならないのだった。そのために依頼人は報酬を支払うのだ。「しかも」と、いつも彼は付け加えた。「相当な金額をな」

「どうやら、鳥はもう飛び立ったようだ」クルックは明るく言った。「何かなくなったものがないかチェックしたほうがいいな」

水が延々と流れる音を除けば、フラットは静まり返っていた。彼ら以外に呼吸するものはなく、板の軋む音も、布のこすれる音もまったく聞こえない。クルックは、懐中電灯の光に包まれて、大きな黒っぽい猫のように玄関を入っていった。背後ではティー・コージーが、神経質な馬の静かないななきを思わせる声で、何やらぶつぶつ呟いていた。

フラットのドアには、どれも上部にガラスの明かり窓があるため、懐中電灯をほんの少し点灯させただけでも、すぐにわかるはずだ。もし、フラット内に誰かいるのだとすれば、きわめて抜け目のない人間に違いなかった。

「もう、たくさんだ」と、クルックは言った。「例のばかげたゲームを思い出すよ――パーティーで、みんなで殺人犯を捜すあのゲーム、殺人《マーダー》っていったっけ？」

ティー・コージーは慇懃《いんぎん》に、知らないと答えた――一度もやったことがないと言う。入念にフラットの中を回り、カーテンを閉めた。この時間には、たとえ懐中電灯でさえ、灯しているのが見つかれば、罰金を二ポンド取られたうえに裁判所行きになってしまうからだ。やがて、なんとか手助けがしたいと思ったティー・コージーが、ぱたぱたとキッチンへ走っていき、水道の蛇口を閉めた。クルックが止めに現れたが間に合わなかった。壁には愛国心と節水を呼びかけるビラが貼られており、つまりは、侵入者が誰にしろ、善意の人間でないことはあきらかだと思われた。

「一つ言えるのは」クルックは辛抱強く言った。「もし蛇口に指紋が残っていたとしたら、たった今、あんたが消しちまったってことだ」

ティー・コージーは、はっと驚いた顔をした。「触ってはいけませんでしたか？」

「かまわないさ。今、犯人の手がかりを追っているところだ。やったことの痕跡は、必ず残っているものだからな」

クルックは、通りを望めるリビングへ戻った。その部屋は、カーテンが半ば閉まっていた。

「これって、今朝あんたが出かけたときのままかい？」と訊いてみる。

カージーは少しおどおどしたように、思い出せないと答えた。今度もクルックは、かまわないさ、と言って安心させた。カージーの話を広い心で受け入れるなら、彼にとって、今朝というのは、紀元前のペルシャとスパルタの戦いくらい遠い過去なのだろうと思いながら、電灯のスイッチを押した。が、何も起こらない。

「電球が切れたか？」と思ったが、調べてみると、電球自体が外されていたのだった。

真っ暗な夜で、半分カーテンの開いた窓からはわずかな光さえ入ってこないし、玄関の青白い明かりは弱すぎて、暗闇を貫いてここまで届くのは無理だった。クルックはてきぱきと歩を進めたが、周囲への警戒は怠らなかった。だが、恐れる必要はなかった。部屋には、彼に害を及ぼせる人間は誰もいなかったからだ。

「ふうむ」壁伝いに歩いてシェードランプのスイッチを入れながら、部屋の内部を観察した。「なんだか、まるで……やっ、なんてこった！」後ずさりした拍子に、ティー・コージーの足を踏んでしまった。反射的にティー・コージーが謝った。

「いや、いいんだ」と、クルック。「あんたは――その――部屋に女性がいるなんて言ってなかったよな。あるいは、ひょっとして彼女のことを忘れてしまったとか」

「自信を持って言わせてもらいますが」と、苛立ったようにカージーが口を開いたが、クルックは上の空だった。

「女性が明かりをつけたのかもな――で、水道で手を洗った――そういえば、キッチンに布巾の類が一枚もなかったな――それから眠りに行って、ついには、あんたを待ちくたびれてしまった。とにかく、そこに彼女がいるよ」

懐中電灯が、肘掛け椅子の上にドアに向かって裏向きに引っ掛けられた、印象に残る帽子を照らし出した。それは黒いベルベットの目を見張るような代物で、ロンドンにある円形の公会堂、アルバート・ホールのような形をし、漆黒の石でできた花とチュールの飾りがついていた。たくさんの小さな黒いベルベットの蝶結び型のリボン飾りが、てっぺんにも縁にも、そそっかしい蝶々のように止まっている。

「女性？」と、ティー・コージーは繰り返した。もしかすると彼は、進化過程に存在した、いまだ未発見の仮想生物〈失われた環〉が、ほかにもいる可能性を考えている進化論者なのかもしれない。

「なあ」クルックが、分別くさい口調で語りかけた。「こんなに飾りのついた、つばの広い女性用の帽子をかぶって死んでいるのを発見される男なんて、いると思うか？」そのあとで、自分の悪名高いウィットも今回ばかりは失敗したのでは、と思った。

ティー・コージーが目をむいた。「もしや――その女性は――まさか――」

「いつ、そんなことを言った？」と詰問口調で応じながらも、クルックは、五秒後には本当に言うことになるかもしれないという気がしていた。

彼は、テーブルや椅子や床の上に散乱した本、原稿、図表などの山をかき分けるように歩きまわり、その後ろを、ティー・コージーが一足ごとに何かにつまずきながらついてきた。

「クルックをつかまえるには、早起きしなくてはならない」というのが、彼のモットーだったが、どうやら本当に早起きした人間がいたようだ。

二人は、空っぽの椅子の横で足を止めた。

「私の叔母かも！」だしぬけに、クルックが素っ頓狂《とんきょう》な声を出した。

「いいえ」と、ティー・コージーはぽつんと言った。「私の叔母です。その帽子を見間違えるはずがありません」

第二章

まず初めに自分についての事実を把握せよ。そうすれば、好きなだけ歪曲できる。

——マーク・トウェイン

一呼吸おくと、クルックにいつもの冗舌さが戻ってきた。

「この帽子に、見覚えがあるのか?」

「クララ叔母さんがいつも、有名デザイナーの一点物だと言っていた帽子です。同じ物が二つあるとは思えません」

「幻覚でもないかぎりはな」クルックは、その異様なデザインの帽子に興味津々の目を向けた。「その叔母さんのことを、詳しく聞かせてくれ」

「とても独立心旺盛な人です」カージーは少々口ごもった。「といっても、それほど顔は合わせないのですが、私の仕事に関心を持ってくれていましてね。実は」急に、それまでよりすらすらと話しだした。「私は、世間一般には受け入れられにくい見解に関する研究に従事しているのです。それで、彼女の持つ資金の一部を使って、この分野における研究のための奨学基金を寄付する気はないかと打診してみたんですよ」

「叔母さんは、小金を持ってるんだな?」

ティー・コージーは、心なしかぼんやりしているようだった。「その——よくは知りません。田舎に家を持ってはいますが、はっきり言って、叔母の詳しい事情について話したことはありません」

「叔母さんは、訪ねてくる予定だったのか?」と、クルックは確認した。

「いえ——実を言うと、そんな約束はありませんでした。来るとしても、ふらりと現れて、好きなときに帰る人です」

「で、通った跡を残して歩く子ヒツジさんみたいに、帽子を残していくわけだ。それとも、暗号に使ってるのかい? その帽子が『明日の八時に電話をしてちょうだい』っていう意味だとか?」

「叔母がどうして帽子を置いていったのか、私にはわかりません」と、ティー・コージーは正直に言った。「思い当たるとすれば、ここで私を待っていて——それで、そのあいだに帽子を脱いだことをうっかり忘れてしまったのかもしれないということくらいです」

「あんたの身内は、みんなそんな感じなのか?」無礼なわけではなく、単純に好奇心から、クルックは尋ねた。

「ほかの親戚は、ほとんど知らないのです。叔母と一緒に住んでいる従妹がいるはずですが、面識はありません。私の仕事はロンドンにいなければできませんし、時間がないのもそうですが、もともと休暇を取りたいという気もないものですから」

「なるほど」と、クルックは言った。「あんたのことが、だんだん理解できてきたぞ。いいかい、よく聞いてくれよ。叔母さんは——訪ねてくるって——あんたに——手紙を——よこさなかったか?」

「いいえ、もらっていないと思います」ティー・コージーは、ぼんやりと答えた。

「じゃあ、叔母さんが来ることは知らなかったんだな？」

「ええ、まったく」

「叔母さんは、マットの下に鍵があることは知ってたのか？」

「ええ――はい、知っていたはずです。それは、私の不変の規則ですから、この家に一度も来たことがなくても、私がどこに住んでいようと同じようにしているのはわかるでしょう」

「几帳面な女性みたいだな。ちゃんと鍵を戻している」

「ビジネスの才には長けていたと思います」ティー・コージーの声は、相変わらずぼんやりしている。

「そうはいっても、鍵は忘れなかったのに帽子は忘れたんだよな。それを説明できる答えを、何か思いつかないか？」

ティー・コージーはそわそわしながら、ひときわ目立つ長い顎を、その長い手で撫でた。

「皆目見当がつきません」と、そこで不意に顔が少しばかり明るくなった。「本人に訊いてみてはいかがでしょう？」

「ひょっとして、叔母さんの滞在先を知ってるのか？」

「キングズウィドウズに、〈白鳥の綿毛《スワンズダウン》〉と呼ばれる家を所有しています」

クルックは、疑わしそうに相手を見た。「からかっているのか？　そんな名前の家があるもんか」

「でも、本当なんです」老人は真剣だ。「実際に白鳥がいたんですよ。庭に。脚の折れたね」

「信じるよ」と、クルックは、やや皮肉っぽく言った。「それで、ミス・カージーに最後に会ったのは、いつなんだ？　ああ、そうだな、言い方を変えよう。叔母さんに最後に会ってから、ずいぶん経つのかい？」

老人が頭を上げた。懐中電灯に照らされたその顔は、今やワシというよりもカメのように見えた。

「それにお答えするのは、少々難しいですね」彼は困った口ぶりで返事をした。「時間をある期間に区分するのは、人間の数学観念を満足させるためにすぎません。勝手に行われているにすぎません。それと、言うまでもなく、人の体験を単純化するためでもあります。そういう区分は、時間の本質には作用しないのです。むろん、私同様にあなたも、こうした期間が実際にはほとんど意味を持たないことをご存知でしょう。ひとえに、状況次第なのですから。一年が一瞬のように過ぎることもあれば、一日が永遠のごとく長く思えることだってあるのです」

「まったく、そのとおりだ！」クルックは愛想よく同意した。彼は、カージーと二人、二日くらい閉じ込められているような気分になっていた。実際に会ったのは——厳密には、会ったとも言いがたかったが——ほんの一時間前だというのに。「それじゃあ、叔母さんを殺したいと思う人間に心当たりはあるかい？」

「敵などいなかったと思います」ティー・コージーは、すまなそうに呟いた。

「甘いことを言っちゃいけない」と、クルックが忠告した。「誰にだって敵はいる——あんたにも、私にも、世界中の誰にでもだ。さっき、叔母さんは金持ちだと言ってなかったか？」

「相当な価値のある宝石を持っていたはずです」と、老人は答えた。

「じかに見たことは？」

「一度も見せてはくれませんでしたし、私も詳しく知りたいとは思いませんでした。そもそも、色のついた石ころが、なぜ人の心の情熱を掻き立てるのか、私には理解できません。たとえ美しさが偉大な教師であるとしても……」

「もし、誰かがあんたの頭を殴りつけたとしたら、私はタダでその犯人の代理人を引き受けるね」クルックは皮肉たっぷりに請け合った。「いいかい、おそらく、ここでなんらかの不正行為が行われたと考えるのが妥当なんだぜ？　帽子は勝手にドアを通り抜けて入ってはこないし、年配の女性は、帽子を置いて出かけたりはしない――もちろん、途中でパリのデザイナーの一点物を買ったっていうんなら別だがね」

その言葉に、ティー・コージーの顔が凍りついた。「クララ叔母さんは、絶対にそんなことはしません」

「わりとケチなタイプなんだな？」クルックは、にやりとした。「さてと、次はどうする？　あんたがすぐに行動を起こさないと、ほかの誰かが動くことになるぞ」

老人は、ぎょっとした顔をした。「まさか、警察じゃありませんよね？」

「いい年なんだから、よく考えなよ」と、クルックはうんざりして言った。「あんたは気にしないかもしれんが、私には守るべき評判ってものがある。警察が、私をコケにできるこんな絶好のチャンスの到来を待ち望んでいないとでも思うのか？　プロの女優が、アマチュアの話をするのを聞いたことなんてないだろう？　それはな、彼女たちが平和主義者だからだ。素人について意見する警察に比べれば無邪気なもんだ」話しながら、こんな冗談みたいな帽子のそばに立って、劇場のような暗い部屋で年配の薄のろ相手に説教をしているところを依頼人に見られなくてよかったと、つくづく思った。「とにかく、まだ警察の手を煩わす段階じゃない。だが――血縁関係で何か思い当たることはないかい？　叔母さんの家を訪問して、みんな元気にしているかどうか確かめてみたくはないか？」

ティー・コージーは、完全に理解の範疇《はんちゅう》を超えてしまったという顔をしている。

「本当に、それは必要なことなんでしょうか？」

「ついさっき、あんたが自分で提案したんじゃないか」これまでの人生になかったほど殺人者に共感しながら、クルックは指摘した。

「ですが——今夜ですか？」

「今、何時だ？　あんたが時計に頼る人間じゃないのはわかってるが、私はそういうことにはこだわらないんでね」ベストのポケットから、旧式の大型懐中時計を取り出した。「もうすぐ九時になる。戦時中ってこともあるし、ちょっと遅いかな」と言って、少し考えた。「電話はどうだ？」

「玄関にあります」と、ティー・コージーが勢い込んで言った。

「あんたのじゃなくて、叔母さんのだよ」

「クララ叔母さんは、電話を持っていないと思います。有用性よりも面倒くささのほうが勝っていると常々口にしていましたから」

「日々の食いぶちを、あくせく稼ぐ必要のないご婦人のようだな。まあ、とにかく、朝まで待つしかなさそうだ」クルックは懐中電灯を上へ向けた。「ところで、あの電球は？　あんたが外したのか？」

ティー・コージーは、ひどく困惑した顔をした。「間違いなく、昨夜この部屋で読書をしたのを覚えています」と言う。「私が電球を外していないのは確かです。なんとも奇妙だ」

「まだ戻さないでおいてくれ。指紋が付着しているかもしれん」室内の残りの部分を懐中電灯で照らした。「なあ！」さらに老人に問いかけた。「あんた、手紙は見ないのかい？」サイドテーブルに積まれた新聞の山の上に置かれている手紙を、顎で指し示した。

ティー・コージーは、のろのろとそちらへ歩み寄った。「これは驚いた！」彼は、新聞の上にあった封筒を取り上げた。十二時間前の新聞が一度も広げられた様子がないことから見ても、手紙に対する老人の無関心は、世の中の時事問題にも及んでいるのはあきらかだった。

「これは」と、驚きの隠せない声で告げた。「クララ叔母さんの筆跡にそっくりです」

「ということは、叔母さんは、あんたに会うつもりだったってことか」クルックは、老人が不器用に封を開けるのを見守った。「いつ書かれたものだ?」

「三日です」ティー・コージーは、一枚だけ入っていた便箋を見つめた。

「届いたのは?」

「私の留守中ですね」と、ぽつりと答える。

「今日か? どれ、消印を見てみよう」

消印は、インクが濃くて文字がぼやけてしまっていたが、こういうことに慣れているクルックは、四月三日という日付と、投函されたのがキングズウィドウズだと特定できるだけの文字を判読した。投函された時間までは読み取れなかった。

「さてと」クルックは言った。「この手紙が、二日前には届いていたはずなのに見過ごされていた事実以外に、何かわかるかな?」

ティー・コージーは、愛想よく頷いた。「デイヴィス夫人は、手紙はすべて、前の住人が置いていった時計に立てかけておいてくれるんですが、今回はうっかりテーブルに置いたのでしょう。いつもの場所に置いてあったなら」と、力説した。「当然気づいたはずです。こんなところじゃ、あなたに見つけてもらわなかったら、もっと何日もそのままになっていたかもしれません」彼は、手をこすり合わせてにっこりと笑った。「これで、何もかも説明がつきます」

クルックは、軽い脱力感を覚えた。「話してみてくれないか」と促す。

「クララ叔母さんは、ここを訪ねることを私に知らせてよこした。これが、その手紙です。不運にも開封されず、私は、叔母の計画を知らずにいた。私の留守中にやって来た叔母は、たぶん、しばらく待ってから、訪問の印に帽子を置いて出て行ったんですよ」

「そういうことを、よくやるのかい？」クルックは非常に興味が湧き、尋ねた。「メモを残すほうが簡単じゃないか？」

「ですが、彼女らしくありません」と、ティー・コージーは力強く言った。

「よっぽど帽子をたくさん持ってるんだな」

「あ、いいえ」ティー・コージーは、またもや、とてもうれしそうな表情を浮かべた。「クララ叔母さんとの約束を守らない人など、聞いたことがありませんから。そのうち書くんだと言っている自伝で、その点にはきっと触れると思います」

「それで」クルックは忍耐強く質問した。「クララ叔母さんは、その手紙になんて書いているんだ？」

ティー・コージーは、手にした便箋に注意を向けた。「四月七日の三時に訪ねるとあります」

「それだけ？」

「たいへん重要な要件だと書かれています」

「宿泊先は書いてないか？」

「これはこれは！」と、老人は言った。「なんと思慮深い――私など、まったく思いもよらなかった……」持っている便箋を逆さまに見る。「ウォーバーグ・コート・ホテルです」便箋の上下を引っくり返しながら、ホテル名を読み上げた。「今朝、到着する予定だったようですね」

「電話番号はあるかい?」

「電話番号?　いや、そんなものは……」

精神異常者の安楽死を主張する進歩論者に共感を覚えながら、クルックは老人から便箋を取り上げた。

「パディントン〇〇九九一。電話してみたらどうだ?」

「この時間にですか?」

「そりゃあ、明日の朝のように思えるのはわかってるさ」クルックは、できるだけ丁重に話を合わせた。「だが、実はまだ九時なんだ。ともかく、留守にしていたことを謝るだけでもいいじゃないか」

「どうしても必要だとおっしゃるなら……」

「必要かどうかはわからんが、こっちは、なぜ帽子をここに残していったのか知りたくてうずうずしてるんだ」

ティー・コージーは、愛嬌のある笑顔をクルックに向けた。それには反応せずに、クルックは足早に玄関へ向かい受話器を手に取った。

「ウォーバーグ・コート・ホテルです」気取った声が応えた。

「ミス・カージーにつないでくれ」と、クルックはぴしゃりと言った。

少し間があって、間延びした呼び出し音が聞こえた。部屋の内線が鳴っている音だ。しばらくすると音が止まり、さっきと同じ声が言った。「ミス・カージーの部屋は応答がありません」

「呼び出してくれないか」と、クルックは催促した。「緊急なんだ。私は弁護士だ」

だが、危惧したとおり、長々と待たされたあげく、ミス・カージーはあきらかにホテル内にはいないという報告が返ってきた。

「風呂に入っているのかもしれない」クルックは粘った。

「バスルームには、電話はついておりません」と、フロント係は冷ややかに答えた。

「客室係を見つけて、お茶の時間以降に彼女を見かけたかどうか訊いてくれ。ウェイターを捜して、彼女がホテルで夕食を取ったか確認してくれてもいい。いや、ウェイターはもう帰ったなんて言うなよ。たとえ三百キロ離れたハリファックスに行ったとしても、なんとしてもつかまえてこい」フロント係の気取った抗議の声は聞かずに、受話器を耳から離した。

「どうも、事態は芳しくないようだ」玄関口にやって来て、反応を観察する動物学者のような優しいまなざしをこちらに向けているティー・コージーに、状況を伝えた。

「きっと、観劇にでも行っているのでしょう」と、ティー・コージーは言った。

「だったら、ホテルに頼んでチケットを予約するんじゃないか？　それに――叔母さんってのは、何歳だ？」

「実は、私とはほんの数歳しか違わないのです。私が六十八で、彼女はおそらく十歳上だと思います。正確に測ればということですが、おわかりいただけるでしょうか……」

「ああ、はいはい、わかりますよ」老人の顔に、夢見心地な表情が戻ったのを感じ取って、クルックはすかさず言った。いったい、この男は時間というものをどれくらい理解しているのだろう、と、返事を待ちながら思った。彼が八十歳だと言ったとしても、たぶん自分は信じただろう。

「叔母は、体のどこも悪くありません」と、老人は参考までにという口ぶりで言い、それじゃあ、甥よりもちゃんとしているじゃないかとクルックが言い返そうとしたとき、電話の向こうでフロント係の声がし、ミス・カージーはホテルで夕食を取らなかったと告げられた。

「電話があったときのために、何かメッセージを残さなかったか？」

「何も残していらっしゃらないようです」と、フロント係は答えた。

クルックは、乱暴に受話器を戻した。「あそこのフロントには、本物の老いた男がいるみたいだ。まったく、『鏡の国のアリス』の〈タラの目〉の詩じゃあるまいし。まあ、あとでまた訊いてみるとするか」

クルックは、まじまじと連れを観察した。不安そうな様子は少しもないが、完全に自分だけの世界で生きているために、通常の思考が思い浮かばないようだった。だが、少し経って再び電話をしてみてもミス・カージーはまだ不在だったので、さすがにクルックも、今日のところは諦めることにした。年寄りの女性というのは独特のユーモアのセンスを持っているもので、今頃ミス・カージーは、必死に自分と連絡を取ろうとしている甥のことを思って楽しんでいるのかもしれない。もしかすると、ずっとウォーバーグ・コート・ホテルにいて、一人でゆったりとほくそ笑んでいるとも考えられる。

「あるいは、ギャングのリーダーだったりしてな。それか、闇市のブローカーかも。本当のところは、わかりゃしない」

これまでの経験から、どんなに賢明であっても、万が一の事態をすべて見越すことはできないのは重々承知している。

クルックは、明日の朝いちばんにホテルを訪ねることをティー・コージーに約束した。本当なら、老女の件は彼には関係ないのだが、彼女が死んでいる疑いはまだ残っているし、放っておくと、この老紳士はぼんやりしたまま別の世紀へ行って、ミス・カージーの存在を忘れてしまいそうだったからだ。

「九時半に迎えに来る」と、有無を言わさぬ調子で言った。「なんにも触るなよ——電球も、何もだ。ところで、今夜はどこで寝るつもりだったんだ？」

「私の部屋には、誰もいないと思いますが」と、ティー・コージーは答えた。

「幽霊に会っても平気なのかい？　ああ、もっとも、あんたは幽霊を信じちゃいないだろうし、もし信じていたとしても、あんたのことだから幽霊に出会えるチャンスに飛びついて、哲学や時間理論について楽しく語らうんだろうな」クルックは、ドアへ向かって歩いた。「それはそうと」ふと思いついて続けた。「バーサ・シモンズ・フィッツパトリックが助けになるかもしれないぞ。もし何かが起こったのだとしたら、彼女は近くにいたはずだ。詮索好きだが、とても正しい人物だからな。立派な人間ってのは、あの世じゃ素晴らしい時を過ごすかもしれんが、そこに行くまでに数多くの楽しみを逃しちまうんだ」

クルックの中に、ある種の興奮が生まれていた。この事件は、やけに風変わりで、骨折り損になるかもしれないし、死の落とし穴になる可能性だって秘めている。そういう選択肢を考えれば、面白くないはずがなかった。

「いいな」不気味な青い明かりがちらちらと光る戸口で、最後にもう一度念を押した。「何も触らずに、九時半きっかりに出かけられるようにするんだぞ」

彼は、大きな手をぐいと差し出した。ティー・コージーが、長く乾いた手でそれを握った。その手はとてもか細くて、触れただけで骨が折れてしまいそうな感じがした。

「私が戻ってくるまでに、来週の半ばにいるような気にならないでくれよ」と、クルックは忠告し、自分の冗談にクスクス笑いながら、古びた階段を足音も高らかに上っていった。

踊り場で曲がったとき、下のフラットでぎこちなくかんぬきが掛かる音が聞こえ、直後に午後九時半を知らせる時計が鳴った。

玄関のドアをバタンと閉めると、それまでのクルックの落ち着きが失われた。

「どうも気に入らん」と、正直な気持ちを口にした。「悪ふざけだとしたら、相当変わったやつの仕業だ。むろん、警察沙汰になるようだと、まずい事態に陥る。警察は、なぜ最初に通報しなかったのか知りたがるだろう。だが、今、警察に行って、男やもめのフラットに婦人用の帽子があるのに当のご婦人がいなくて驚いたと言ったら、やつらは薄のろの頭が吹っ飛ぶくらい大笑いするだろうしな」

この一件には、どうにもクルックの頭に引っ掛かる、不自然な要素があった。ほかの仕事に手をつけてみても、明かりのついていない薄気味悪いあの部屋と、椅子の背にちょこんと掛かっていた例の印象的な帽子に意識が戻ってしまう。あれは意図的なのか？　クルックは自問した。第三者をミスリードするために、あそこに置いたのか？　もしそうなら、その裏に、いったい何があるのだろう？　ティー・コージーは、見かけどおりの愛想のよい変人なのだろうか、それとも、自分は騙されているのか？　クルックは判断に迷った。

真夜中すぎに書類仕事に一段落つけて、大家が余りの寝室と呼び、いざというときにはペキニーズ犬の宿になったこともある、一度も灯火管制の心配をしたことのない小さな部屋の窓辺に立った。どこからも、まったく光の差さない夜だった。ここからは、通りの街灯さえ見えない。星もなく、真っ暗な夜空を照らす月明かりもなかった。ヒトラーも、今夜はロンドンに平穏を与えてくれていた――それとも、郊外の爆撃のために飛行機が出払っているのだろうか。夜気はとても冷たく、密度を増しているかのようだ。

「ショーウィンドウ破りの強盗には、うってつけの夜だ」と、クルックは思った。「それを言うなら、殺人もだが」

ぼんやりとだがしつこく、同じ空想が頭に浮かんだ。暗闇に覆われた川の土手と、どこにも悲鳴が届かない空き家、そして小道に立つ馬小屋の中に二十四時間発見されずに横たわっている死体。いつしか、年老いたミス・カージーのことを考えていた。彼女は今頃、不吉に辺りを覆う闇の下のどこかで、体を丸めているかもしれない。前の年に、手遅れになるのではないかと思いながらローラ・ヴェリティを捜索した際の、恐怖と怒りがよみがえってきた。そのときと同じ危機感が、今、彼を苛《さいな》んでいた。

「何か嫌な予感がする」と吐き捨てるように言ってから、クルックはほどなく床に就いたのだった。

いつものように、ストンと眠りに落ちたクルックだったが、これまでにないほどの危機感を覚えて夜中に目を覚ました。夜の時間帯が、いかに人を騙すかは承知していた。闇の中から、根拠のない愚かな恐怖と幻が生まれるのだ。しかし、クルックは、自分が目覚めたのは、なんだかわからない物音のせいだったと確信していた。じっと横になったまま記憶をたぐってみたが、思いつくものはなかった。外の足音だったかもしれないし、ドアノブを回す音や、通りの騒音だったかもしれない。枕元の時計を見ると、四時だった。もし、彼が五分前に目を覚ましていたら、事件はまったく違った様相を呈していたかもしれない。

だが、このとき彼は「あと三時間は寝られる！」と呟いて、再び眠りに就いたのだった。

家政婦が七時半にやって来て、八時に郵便物が届いた。八時半には朝食を終え、八時四十五分にビル・パーソンズに電話をした。九時二十五分、山高帽を前斜めにかぶり、シガーケースに葉巻を補充して、下の階へ下りた。呼び鈴が鳴る音を聞きながら、今日一日がどんな日になるかを思って、ほくそ笑んだ。昨夜感じた不安のことは、すっかり忘れていた。

クルックは、ティー・コージーの叔母について、あれこれと思いを巡らした。キングズウィドウズを訪ねれば、なんらかの成果があるだろうという確信はあった。万が一、彼女がいなかったなら、そのときは、まさに風変わりな犯罪に新たに直面したということになる。

返答がないので、呼び鈴を二度鳴らした。すると、いきなり乱暴にドアが開き、好戦的な表情の女性がぬっと顔を出した。間に合わせらしき色つきのエプロンをして、くたびれたゴム底ズック靴を履き、口の端に、だらりと垂れ下がった煙草の吸いさしをくわえている。

幽霊のように突然現れた人物を、クルックは呆気に取られて見つめた。

「何か用？」女性は吸いさしをくわえたまま、ぶっきらぼうに訊いた。

「カージーさんは？」と、クルックは思いきって尋ねた。

「出かけてるよ」

「もう？」クルックは驚きの声を上げた。

「だから、そう言ってるじゃないの」と、女性はぴしゃりと言い放った。

「時間に取りつかれている人間ってのは、困ったもんだ」クルックはくだけた調子で言った。「約束を守ろうっていう観念が欠如してるんだからな。ひょっとして、どこに行くか言ってなかったかい？」

「私が来たときには、もういなかったよ」と言って、女性はドアを閉めようとした。

「まあ、待ってくれよ、ボアディケア」と、クルックは相手をなだめながら、よく磨かれた大きな茶色の靴をドアの隙間に差し込んだ。「そんなに急がなくてもいいじゃないか」

「なんだい、その名前は」女性の口調は相変わらずぶっきらぼうだ。

「イギリスの女王さ」

「初めて聞いたよ」と鼻を鳴らしてボアディケアを一刀両断にし、突っ込まれた足を押し出すように無理やりドアを閉めようとする。

「カージーさんと九時に約束があるんだ」と、クルックは説明した。

「そのうちに現れるかもしれないよ」

クルックは、眉をひそめた。「ところで」と話しかける。「もうリビングの掃除はしたのか？」

「私を誰だと思ってるのさ」女性はむっとした。「ヒトラーの戦車じゃないんだよ」

クルックは、それ以上時間を無駄にするのはやめにし、その引き締まったたくましい体を、フラットの中へさっと潜り込ませた。

「出て行かないと大声を上げるからね」と、女性が言った。

クルックは、ニヤッと笑った。「そんなの、誰も気にしやしないさ」と断言して、右手のドアを開ける。灯火管制用のカーテンがぞんざいに引き開けてあり、手を伸ばしてスイッチを入れると、すぐさま明かりがついた。

「誰が電球を戻したんだ？」と、クルックは問いかけた。

「もちろん、私だよ。暗がりの中で仕事しろっていうのかい？」

弁護士は周囲を見まわした。昨夜、帽子が置かれていた椅子は、暖炉の前に戻されていた。おざなりに部屋の中の埃を払って片づけた様子が見て取れる。例の帽子は、どこにも見当たらない。

「どこにやったんだ？」彼は肩越しに詰問した。

「何をだい？」

「帽子だよ」

「言わせてもらうけどね」女性は冷ややかに言った。「帽子なら、カージーさんがかぶって出かけたんだろうよ。一つしか持ってないからね」

「私が言ってるのは、女性用の帽子だ」

クルックは、女性が体をこわばらせたのを感じた。「場違いなことをお言いでないよ。ここは、品行方正な家なんだから」

「ごてごてと飾りのついた、大きな黒い帽子だ」と、クルックは補足した。「それに、品行方正を絵に描いた帽子があるとすれば、まさにそいつがそうだろうな」

「恥を知るんだね」と、女性は高潔ぶって言った。「一晩でそんな妄想をするなんて、私なら禁酒の誓いをするよ」彼女は、軽蔑のまなざしでクルックを見た。「さあ、警察を呼んでもいいのかい？」

「私が君なら、少し待つけどな」クルックは思案ありげに言った。「もし悪ふざけだとなったら、ばかにされるのは君だぜ。まあ、そうは言っても」と率直に付け加えた。「私ほどばかには見えないだろうがね」

彼は、ゆっくりと部屋の中を歩いた。と、急に屈み込み、ぞんざいにかけた掃除機が取りそこなったものを拾い上げた。

それは、小さな黒いベルベットの蝶結び型リボンだった。

「どうやら、私の気が変になったわけではないようだ」クルックは、安堵のため息を漏らした。

「少々心配になっていたところだった」玄関まで戻ると、「また会いに来るよ」と言ってフラットを出た。

大急ぎで地下へ向かって走りだした彼を、ティー・コージーの家政婦のキンキンした声が追いかけてきた。

「こんりんざい、お断りだね」

ココア以外なら、なんでも楽しめるクルックは、またもやニヤッと笑った。地下へ行くには、いったん通りへ出る前階段を下りて、それから、さらに勝手口へ続く短い階段を下りなければならない。地下の窓は、どれも厚いレースのカーテンでしっかり覆われ、不敵に尖った忍び返しで防護されていた。真ん中の窓ガラスには金色の鳥かごが見え、中で一羽のカナリアが揺れている。窓の前の小さな土の部分にミス・フィッツパトリックが植えたサヤインゲンが、今ではひょろ長く成長して、あらゆる方向にだらしなく垂れ下がっていた。

「これじゃあ、部屋の中が暗いだろうに」と思ったのだが、あとで中へ入ってみて、野菜の茂みは、あってもなくても関係ないことがわかった。家具や絵が所狭しと並んでおり、優美なひだのある掛け布が角という角に下げてあって、外からの明かりが遮られてしまっていたからだ。戸口で立ち止まって耳を澄ましたとき、ハルモニウムが精いっぱいの音量で鳴っているのが聞こえた。

曲は、賛美歌の「日暮れて四方《よも》は暗く」だった。

クルックは勝手口のドアをドンドンと叩き、その呼びかけに返事がないばかりか、中から聞こえるハルモニウムの音も一向に小さくならないと見るや、次には窓を叩いた。今度は功を奏した。演奏がぱたりとやみ、ミス・フィッツパトリックが椅子からのろのろと腰を上げて、スイスレースのカーテンというバリケードの隙間から、彼女の平穏を乱す侵入者を覗き見た。クルックを見て、口元を歪め激しく頭を振る。クルックは頷いてみせた。ミス・フィッツパトリックが、拒否するように彼に向かって両手を振ると、クルックは親しみを込めて手を振り返した。使い走りの少年二人と空襲警備員が、立ち止まって面白そうに眺めていたが、クルックは意に介さなかった。音楽が止まったことに当惑したらしいカナリアが、突然、Bフラットで歌いだした。あの能無しのカナリアは、まるでスズメみたいだな、という大きな声が通りから聞こえた。

これが合図だったかのように、ミス・フィッツパトリックは部屋を出て勝手口のドアを開けた。

「なんの用なの？」と、ぶっきらぼうに訊く。

「ちょっと助けてほしくて」と、クルックは答えた。

「恥ずかしいね」ミス・フィッツパトリックは憤然とした口調で言った。「その年で、人にものを乞うなんて。救いようがないよ」

「殺人に興味はおありかな？」と、クルックは尋ねた。

「あんたのかい？」

「かもな」

「中へ入ったらどうだい」ミス・フィッツパトリックの口から、思いがけない言葉が出た。

「きっとお互い、理解し合えると思うよ」と言って、クルックは彼女のあとについて暗い廊下を進んだ。

案内された部屋には、家具がごちゃごちゃと置かれていて、最初は座る椅子を見つけるのも難しかった。片側の壁に、ばかでかくて薄気味の悪いビッグベンの油絵が立てかけてあり、絵の中の時計の場所には本物の時計が掛かっていた。時刻は十二時十分前で止まっている。部屋には、ほかに四つの時計があったが、動いているのは一つだけで、それも時間が間違っていた。

クルックは、心得顔に頷いた。

「ティー・コージーに会うべきだな。きっと猛烈な勢いで仲良くなるだろう。二人とも、同じ時間理論を持っているから」

「もしも何かの集金だったら」ミス・フィッツパトリックは、ぴしゃりと言った。「私は、戸口で金を渡したりしないし、みんなが私と同じようにしたなら、殺人だってもっと減るでしょうよ」

「論理も彼と互角だ」と、クルックは認めた。

彼は、テーブルの上にあるパンの切れ端と小鳥の餌袋とのあいだに、茶色の山高帽を荒っぽく置いた。

「これはこれは」と、にこやかに話しかける。「なかなか、いい物を持ってるじゃないか」

クルックが指したのは、反対側の壁に掛かっている、大きな額に入った刺繍《ししゅう》の言葉だった。

「叩けよ、さらば開かれん」と、声に出して読む。「本来なら、外に掛けるべきだな」

ミス・フィッツパトリックは、気分を害したようだった。「この界隈も落ちぶれたもんだよ」と、厳しい調子で言った。「そういうのがすっかりなくなってしまってね。時々、ここは本当になんて家だろうと思うよ」

「おっしゃるとおり」クルックは、拳を突き出して元気よく言った。「まったく同感だ。それはそうと、あんたに教えてもらいたいことがあるんだ。昨日、年配の女性は何時にやって来た？」

ミス・フィッツパトリックは、目を見開いた。「年配の女性なんて来なかったよ」

「じゃあ、昼寝の最中に来たのかな？　あんたは、片時も任務を離れることはないと思っていたんだが」

「当たり前じゃないの。少なくとも明るいうちはね。あんたのお友達が来たとしたら、灯火管制の時間になってからだろうね」

「それはないと思う」と、クルックは言った。

「確かに、昨日の午後は、知らない人間は誰も来なかったよ。二階のフラットに来た娘以外はね」

「娘って？」

「だから言ってるじゃないの。二階のフラットを見に来た子だよ。三階の広縁帽のじいさんと同じで、空襲で焼け出されたんだそうだ。軍需省で働いていて、ちゃんと寝たいときはパイマンズロウの避難所に行くんだってさ。いい子みたいだったよ。もっとも、見かけ倒しってこともあるけれどね。部屋はまあまあだが、困ったことがあるって言ってたね」

クルックは、自分の冷静な分別が揺らぎだす気がした。

「とりあえず、気難しい娘じゃなさそうだな」と言いながらも、ティー・コージーや、この先史時代の〈穴居人〉のような人間からくどくどと話を聞くあいだに、世界を創れてしまうのではないかと思った。

「部屋は気に入ったらしいんだけど、前の住人が大量に物を残していったんだってさ。古い家具や絵や骨董品なんかをね。前の持ち主のご婦人が誰だか知らないかって訊かれたけど、もちろん私は知らない。ご婦人って呼べるような人じゃなかったことくらいしかね。どうせ貧しいユダヤ人だろうと思ってたんだ。ちゃんとしたご婦人だったら、あの男のせいで自分の家を放り出していなくなったりすると思うかい？」

「きっと、あんたほどの度胸がなかったんだろう」と、クルックは言った。

「言っとくけどね」ミス・フィッツパトリックは、喧嘩腰で続けた。「ヒトラーはヨーロッパ中を爆撃できるかもしれないけれど、私をこの家から追い出すことはできないよ。それだけは絶対さ」

「その娘は、どうしてここに下りてきたんだい？」

「たまたま、うちの戸口に立っていたら、ちょうど階段を下りてきて、さっき言ったみたいに、私に知らないかって声をかけてきたんだよ。魅力的な可愛い子だったたね。青い目をして、髪はブロンド、丈の短い可愛らしいブルーのコートを着て、頭にスカーフを巻いてたっけ。不動産屋に話してみるといいって教えてあげたのさ。私なら、家賃が安くたって、必要な物が揃っていないフラットに寝るのなんかまっぴらだね」

クルックは、ここに住む三人の住人のことを思い浮かべた。ティー・コージーかミス・フィッツパトリックが、副業として、こそ泥をはたらいているとは思えない。

突然、老女がクックックッと笑った。

「一つ笑えることがあったよ。その娘に、一杯お茶はどうかって勧めたんだ——ちょうど三時頃だったからね——そうしたら、これまで見てきたフラットの話をし始めてね。ここのは、中へ足を踏み入れた瞬間、ゾッとしたんだそうだ。そこらじゅうで、ささやき声のような妙な音が聞こえたって言うんだよ。身震いするような気味の悪い音なんだけど、何かはわからなかったんだって。正面の大きな部屋から聞こえるような気がしたのに、ドアを開けると真っ暗だった——で、すぐに音はやんだそうだ。なんだったかわかるかい？」

「聞かせてもらおうか」クルックは、相手の意を汲んで先を促した。

「窓の下枠に、一巻きの紙が置いてあって、それが風で揺れてたんだってさ。本当に不気味な音を立てていたらしいよ——パタ、パタ、パタって——まるでネズミか何かみたいにね。ああ、それと、実物よりひどい異教徒の中国人の絵があって、それを見てますます縮み上がったみたいだ」

「どのくらい、ここにいたんだい？」と、クルックは尋ねた。

「三十分くらいだね。お茶を飲んだあと、私の写真を見せてやったから」

「あんたの写真？」クルックは、訝しげに周囲を見まわした。

「ああ、ここには一枚もないよ。プロとして舞台に立っていたときの写真でね。上の階に置いてある。バーリントン劇団にいたときのものさ。その劇団に、数年間所属していたんだ。その気になればロンドンにも来られたんだけど、私はいつだって変化が好きでね。なのに、ロンドンに来たらどうなってたと思う？　一年以上も、同じ役ばかりやらされていただろうよ」

「そうともかぎらないさ」と、クルックは呟いた。「まあそれはそうと、あんたらが楽しいおしゃべりをして写真やなんかを眺めているあいだに老女が正面階段を上っていった、ってことも考えられるな」

「だったら、私がその音を聞いてるはずさ」と、〈穴居人〉は頑《かたく》なに主張した。「言ったでしょうに、私は上の階にいたんだよ」

この理屈には、クルックはあまり耳を傾けなかった。彼にわかったこと——それは、差し当たって、ミス・フィッツパトリックは助けにならないということだった。

老女は、ボタンのような目で、じっと彼を見据えた。「ここへ入って来たときに言っていた殺人っていうのは、どういうことだい?」と横柄に尋ねる。

「それなんだがね」クルックは真剣な顔で言った。「どうも奇妙なことが起きてるんだ」

彼女は頷いて、「やっぱりね」と言い放った。「万が一、知らない人間が来たとして、私に見られずに入るなんて、おかしなことだよ。なんたって、私はここにやって来る全員を見てるんだからね。土曜の午後は、葬儀屋が来たよ」

「葬儀屋だって?」クルックの声が思わず大きくなった。「ちょっと気が早くないか?」

「もちろん、間違いさ。三階で誰かが死んだと思い込んだんだそうだよ」

「その男は、ティー・コージーと関係があるに違いない。時間の感覚が混乱して、早めに来ちまったんだ」

「訪ねても誰も出ないんで、ひどく驚いた様子だったね」

「死体がドアを開けるとでも思ってたのか?」

「ノックしてから何度か呼び鈴も鳴らしたらしくて、部屋の住人がいつ在宅しているか訊かれたんだよ。あのじいさんは、午後はいつも出かけているし一人暮らしだから、そこで葬式があるはずはないって教えてやった。きっと住所を間違ったんだろうね」

「妙だな」

「とても礼儀正しい男だったよ。葬儀屋としても経験豊富な口ぶりだった——私は牧師の娘だから、わかるのさ——まあ、なにしろ紳士的だったね」

「そいつは驚きだ」ミス・フィッツパトリックが自分の生まれに自信を持っていることを指して、クルックは言った。「で、その葬儀屋は、遺体を見つけたのかな?」

「そんなわけないじゃないか。ここにはなかったんだからさ。でも、葬式用の賛美歌や、最新の死体防腐処理《エンバーミング》について楽しくおしゃべりしてね。なかなかいい気晴らしだったよ」

「たとえ精神病院に住んでいることがわかったからといって、自分も精神障害者だとはかぎらない。ただの研究者で、あとの連中がたまたまそうだってだけかもしれないんだ」と、クルックは懸命に自分に言い聞かせた。以前なら気に入ったであろうこの結論も、ここに住む隣人たちと知り合った今は、あまり面白くは感じられなかった。

「いいかい」と、彼は身を乗り出した。「あんたに手を貸してもらいたい。この件が、最終的にどう展開するかは誰にもわからない。だが、今日一日、目を光らせて、この建物に出入りする人間を記録してほしいんだ。もし、年配の女性を見かけたら、すぐに出て行ってお茶に誘ってくれ。そうしたら、近いうちに新聞にあんたの写真が載ることになるかもしれん」

老女は、尊大に頭を反らした。「そんなの、私にはうれしくもなんともない。忘れてるようだけど……」

クルックは、彼女をなだめて言った。

「それはそうと、今朝、われわれの三階の友人が出て行くのを見なかったかい?」

「見てないね」と答えて、ミス・フィッツパトリックは皺《しわ》の寄った小さな口をすぼめ、「暗闇で行われたことは、すべて白日の下にさらされるであろう」と、神のお告げのような口調で付け加えた。

「好きに言うがいいさ」ずいぶんと楽観的だと、クルックは思った。「問題は、白日の下にさらされるのが間に合うかということだ」

「きっと間に合うだろうよ」金縁の眼鏡の奥で小さな目を輝かせて、ミス・フィッツパトリックは断言した。

「そうだな」――この考えに、クルックは元気づけられた――「この私が捜査に乗り出したんだ。どうだい、解決できるかどうか賭けてみないか？」

しかし、ミス・フィッツパトリックは賭けを断り、そろそろ思索の時間だと言った。興味を引かれたクルックが説明を求めると、正しい思考を必要とする人のために考えることに、毎日一定の時間を割くのだと言う。例えば今日は、著名な政治家を想定しているのだそうだ。

「ケチをつけるわけじゃないが」と、クルックは言った。「そいつに吹き込む分別について思索する前に、まずはそいつの頭に穴を開けることを考えなくちゃならないぜ」

「より多くのものは、この世界が夢見るよりも、思索によってもたらされている」思索ではなく祈りなのだが、老女は間違って引用し、それに対してクルックは、思索もいいかもしれないが、ラッパ銃のほうがずっと手っ取り早いけどな、と答えた。

「近いうちに、また来るよ」立ち上がりながら、食事の締めの一口《ボンヌ・ブーシュ》でも口にするかのように約束した。

「灯火管制の前に来るんだよ」と、ミス・フィッツパトリックは険しい顔で念を押した。「一度カーテンを閉めたら、たとえ首相だって中には入れないからね」

第三章

十中八九、女はよからぬことを企んでいるものだ。
——ギルバート

一緒に行くはずだった相手に逃げられたからといって、ウォーバーグ・コート・ホテルを訪ねる計画をやめる理由にはならないと、クルックは思った。むしろ、いっそう重要性が増した気がしていた。経費を払ってもらえる保証はなかった——ティー・コージーは、金銭的な責任を認識しそうにもなかったからだ——が、タクシーを使うだけの緊急性は十分にある状況だと判断した。クルックは、老紳士がもともとの約束を忘れて（そもそも約束を理解していたならの話だが）、先にホテルに行ったのならいいと願っていた。あるいは、本当に事故があって、電話で連絡を受けたのかもしれない。夜中に自分の目を覚まさせた音は、電話の音だったのだろうか。それとも、無意識にドアの閉まる音を耳にしたのか。（無意識というやつの問題は——巧妙に罪を犯す犯罪者と同じで——おおっぴらに表に出ようとはしないことだ）

ウォーバーグ・コートは、大きくて繁盛している二流ホテルで、主に行商人や、ロンドンを経由する人たちを相手にしていた。戦争が始まって以来、居住用ホテルというこだわりは捨ててしまっていた。実際、近所に爆弾が落ちるようになってからというもの、まったく縁起を担がない人でさえ、このホテルに長期宿泊するのをためらうようになっていたのだった。訊き込みをする立場からすると、それはマイナス要素だった。居住者なら、見かけない変わった人間に目ざといが、たとえひどく奇怪な帽子をかぶっていたとしても、行きずりの旅行者が一人の老女を覚えている確率は低い。

大勢の人が、会計が済むのを待ちながら座って手紙を書いたり電話の順番待ちをしているロビーを通り抜け、クルックはフロントにいる係員に、ミス・カージーが部屋にいるか尋ねた。

フロント係の男は、やや驚いた顔をした。「申し訳ありませんが」と、心なしか、ばつが悪そうに言う。「ミス・カージーは、もう当ホテルにはおいでになりません」

「昨夜は、ここにいたんだぞ」クルックは鋭い口調で言った。

「失礼ですが、お身内の方ですか?」と、フロント係が確認した。

クルックは名刺を差し出して「家族の代理人をしている弁護士だ」と手短に言った。「今朝、彼女と会うことになっていたんだ」厳密には正しくなかったが、彼は、真実とは非常に価値のある貴重なもので、それを理解しない人間に無駄に披露する必要はないという意見を支持していた。

「でしたら」と、フロント係が提案した。「支配人にお会いになるのがいいでしょう」彼は、ニキビ面の少年に支配人を呼びに行かせた。

今回ばかりは、機を逃して警察に先を越されたのだろうかと、クルックは訝った。

支配人だという、肉づきがよく浅黒い、やけにつやつやとした男が、その大きな体に器用にモーニングの上着を着込み、実は不本意なのだとでも言うように心もとなげに両手をこすりながら現れた。

「おはようございます、ミスター——ええと——クルック。ミス・カージーのことでおいでになったとか。それが――あの――悪いお知らせがありまして。その――ご家族からお聞きになったかもしれないと思っていたのですが」

「まさか、倒れて死んだなんて言うんじゃないだろうな」

「いえ――その――」支配人は、如才ない、茶色く輝く笑顔をつくった。「幸い、そこまでひどくはありません。実際のところ」支配人は、一息おいた。「ミスター・カージーがあなたに連絡をしていないのは、いささか驚きです」

「私もだよ」と、クルックは同意した。「だが、おそらくショックが大きかったんだろう」

「ミス・カージーは、お年にもかかわらず勇敢にも灯火管制のさなかに外出するとおっしゃられて、その結果――無理からぬ結果と言えなくもないのですが――バスにはねられてしまわれたのです」

「バスにはねられるとは思わなかったな」と、クルックは素っ気なく言った。「そのあと、どうなったんだ？」

「それが――その――私どもが事故の知らせを受けたのは、十時を回ってからなんです。老人ホームに運ばれたと、甥御さんからお電話がありまして……」

「老人ホーム」クルックの語気が鋭くなった。「なぜ、病院じゃないんだ？」

「私には、わかりかねます」支配人は、やや驚いたように言った。「老人ホームがいちばん近かったのかもしれません」

「それに老人ホームだと、簡単に訊き込みをされずに済むしな」

支配人のプリンスは、訪問者の頭がおかしくなったのではないかと疑うような顔をした。

「叔母様の荷物を取りに来たときに、会計もするからとおっしゃったんです」

「なんだって――今朝か?」

「いいえ。昨夜おいでになりました。叔母様の荷物が必要だとかで――当然ですよね」

「当然だな」と、クルックも頷いた。「もう一度会えば、わかるか?」

「ミスター・カージーですか?」支配人はショックを受けたらしかった。「クルックさん、何かまずいことになっているというわけじゃありませんよね?」

「もしあるとしたら、すぐにわかるさ。警察は、ぐずぐずして好機を逃すようなことはしないからな。素人を出し抜けるチャンスがないかと、いつだって虎視眈々と狙っているんだ」

「もちろん、この件について何かおかしいなどとは、まったく思いもしませんでした。灯火管制で事故に遭われたのは誠にお気の毒で、ただただ、ご婦人の無鉄砲さが残念だったとしか言いようがありません」

「老人ホームの住所は聞いたのか?」

「電話番号を教えてくださいました。ある意味、保証のおつもりだったのでしょう。甥と名乗るその方を私どもが存じ上げない点を考慮なさったようで、話の真偽を確認したければ、ホームが証明してくれるとおっしゃって」

「本当に正直な人間よりも、悪党のほうがずっと率直だと思ったことはないのか?」と、クルックは問いただした。「正直な人間なら、そんなことを思いつかない。正直者は、美徳というものを過信するものなんだ――だから、相手が自分の言葉を信じてくれるはずだと思う。なんともお人好しだが、そういうもんさ」

「そうはおっしゃいますが、クルックさん」プリンスは、ぎょっとしたように抗弁した。「それは、あなたのお考え違いというものですよ」シルクのハンカチを取り出して、両手を拭う。「決してペテンなんかじゃありません。念のため、すぐさま私が電話をかけたところ、確かに年配の女性が腿を骨折して担ぎ込まれたと教えられたんですから。もし直接話したいなら、まだ敷地内にその人の甥がいると思う、たった今、出ていったところだと言ってました」

「ずいぶん都合のいい話だな。今朝もう一度かけてみたのか?」

「もちろん、そうするつもりでしたよ」と答えたものの、支配人は、そんなことはまったく頭になかったようだ。だいたい、なぜ彼がそこまでする必要があるだろう? クララ・カージーは、支配人にとっては特別な個人ではなく、四十八号室の客という存在にすぎないのだ。部屋が空いていれば、彼女はいつも四十八号室に宿泊していたのだった。「ミス・カージーのことはよく存じ上げています。街にいらっしゃったときには、必ずお泊まりいただいておりましたから」

「そんなの、当てになるものか」クルックは、わずかに苛立って言い返した。「なんでわかるんだ? いや、言わなくていい。きっと彼女が君にこう言ったんだろう。私ね、プリンスさん、ロンドンに来るときには、ほかのホテルに行こうとは夢にも思いませんわ。ここは本当に快適ですもの、ってな。だが、実は君の知らないときにもロンドンに来ていて、半ダースもの別のホテルの支配人に同じことを言っていたかもしれないぜ。で、今朝、公衆電話から老人ホームに電話して、話してみたのか?」

支配人は冷ややかに、当ホテルでは、ちゃんと専用電話を十二本も引いております、と言った。

「つまり、何も問題はなかったかと訊いてるんだ」

目の前の風変わりな訪問者を理解する気が失せてしまった支配人は、まだ電話はしていない、と、さらに冷たく答えた。朝のこの時間帯、医師の来訪やら何やらで老人ホームが忙しいのは目に見えていたからで、決して忘れていたわけではない、と念を押す。

クルックは、にやりと笑った。「悪いが、ボーイの手を煩わせてもらおうか。現在の容体を訊きたいんでね。それに、彼女に面会できるかどうかも知りたい」

「あそこの電話番号はあるか、ミラー？」と、プリンスは尋ねた。「私のオフィスに電話をつなぐように言ってくれ。こちらへどうぞ、クルックさん……」

クルックは、支配人のあとについてオフィスに入った。大きな真四角の部屋には、ウォーバーグ・コートを常宿にするような人々を感心させるためにデザインされた、趣味の悪い贅沢品が備えつけられていた。一分後、電話は話し中だったという連絡が届いた。

「どうやら、この時間に老人ホームに電話をする人間も結構いるようだな」と、クルックは意地の悪い感想を述べた。「少し待って、もう一度かけてみよう」

しばらくして、二度、三度と試したものの、いずれも同じ結果に終わった。

「まあ、いいさ」本当の心地よさを得るには座部が深すぎ、背もたれが短すぎる椅子から腰を上げながら、クルックは言った。「電話番号をくれたら、あとで私がかけてみる」

支配人は、ロビーまで彼に付き添ってきた。「万事問題ないと判明することを、心から信じています。実際、そうなると思いますよ。その紳士は、ミス・カージーのご自宅へ事故のことを知らせるお電話をなさってましたから」

「なんで、それを先に言わないんだ？」と、クルックが詰め寄った。「番号はわかるのか？」

「長距離電話でした。オペレーターに……」支配人は、急いでボーイを走らせた。

「十時頃だったと言ったな？」

「十時十五分頃でしたね。お会計を済ませて、荷物をまとめておいででした」

「荷物はたくさんあったのか?」

「ファスナー付きのかばんが一つと、ホテルを出るときに持っていらした傘だけです。どこにお出かけになるにも、その傘を手放しませんでした。差しているのは見たことがありませんが、杖代わりに使っていらっしゃいました。そういう方なのです」自分の洞察力を自慢するかのように続けた。「お年を召しておいでなのですが、人にそう思われるのはお嫌なんですね。ですから、杖ではなく傘を使っていらしたのです」彼は、軽薄な笑みを浮かべた。「私どものあいだでは、ちょっとした冗談のネタになってまして。チェンバレン流だと言って……」

だろうな、とクルックは思った。「それに対して、本人はなんて言い返した?」

「自分は、傘ってものが何かをチェンバレンが知るずっと以前から持ち歩いているのだと。実際には杖としてお使いになっていたんですがね。どこへ行くにも、必ず手にしておいでででした。まあ、あの方なりのジョークだったんでしょう」と、弁明するように言い添えた。

「そりゃあ、さぞ笑えただろうな」そこへボーイが戻ってきて、電話番号は、ミンベリー七六一二だと告げた。

「そいつは変だな」クルックは何か考える顔で言った。

「クルックさん、おっしゃる意味がわかりませんが」

「わかってもらおうとは、はなから思ってないさ。だが、あんたにも教えてやろう。実はだな――ミス・カージーの自宅には電話がないんだ」

ホテルを出る前に、さらに一つ二つ訊き込みをした。客室係の女の子を呼んで帽子のことを尋ねたところ、確かに覚えていると即答した。ミス・カージーが泊まりに来たとき、ヴィクトリア女王が墓場からよみがえったのかと思ったと友人に話したのだそうだ。

「古風な方でしてね」支配人は、気前よさげにポーターに半クラウン硬貨を渡しながら言った。「そういえば、甥御さんもそうでした」

「ほう？　その男を知ってるのか？」

「いえ、昨夜が初めてですが、どことなく古風な雰囲気で、大きな黒い帽子をかぶっていて――とにかく目立つ格好でしたよ。まあ、ミス・カージーが目立つ方でしたからね。そこらにいれば、すぐに目につくんです」

だがクルックは、誰か別の人間がなりすました可能性もあると言って支配人を当惑させた。そして、ミスター・カージーが、手紙が届いていないかというようなことを口にしていなかったかと尋ねた。プリンスは、調べてみるが届いていないと思う、と答えたらしい。

「その後は、どうだ？」

「やはり届いていません」と、プリンス。

「わかった。また連絡することになると思う」と言って、クルックはその場をあとにした。

電話番号からすると、老人ホームはキングズクロスの区域にあるようだ。夜の九時に、ミス・カージーのような老女があんな場所で何をしていたのだろうと、クルックは首をかしげた。とはいえ、すでに彼の頭の中では、次に取る行動が定まっていた。

通りを渡ってパディントン駅へ行き、電話ボックスが空くのを並んで待った。

「中心地の駅じゃ、昼間はいつだってこうだ」と諦め顔で自分に言い聞かせているうちに、ほどなく順番が回ってきた。小さなボックスに体を押し込み、コインの投入口に二ペンスを入れる。またもや話し中の信号音が聞こえたので、コインが戻ってくるBボタンを押していったん電話を切った。外に並んでいる人たちがいるのもかまわず、二分待ってもう一度かけてみると、今度はつながった。呼び出し音がいくらも鳴らないうちに、相手が受話器を取った。

「誰だ？」つっけんどんな声は、驚きと苛立ちを含んでいた。

「そちらは、ユーストン〇〇一八二番かな？」と、クルックは訊いた。

「ちょっと待て」と、腹立たしげに相手が言った。「ああ、そうだよ。あんたは誰だ？」

「ミス・カージーにつないでもらいたいんだが」

「おい、番号が間違ってるぞ」怒りを抑えられなくなった声が怒鳴った。

「あんたは誰なんだ？」今度はクルックが訊いた。

「ユーストン駅の電話室だよ」見知らぬ相手がわめいた。

「どうもありがとう」と言って、クルックは電話を切った。「簡単なことだ」と考えながらボックスから出るやいなや、あっという間に別の人間が入っていった。「謎の人物X《エックス》は、自分が使っていた電話の番号を教えてから切り、プリンスからかかってくるのを待ったんだ。かけてくるとしたら、すぐのはずだとわかっていたから、ほかの人は待たせておいてボックスの中に居座ったんだろう。夜の十時じゃ、たいして混んではいないだろうしな」

次にクルックは、ミス・カージーの荷物を運んだタクシーをたどれるかもしれないと思いつき、いちばん近いホテルの前に停まっている運転手に当たってみることにした。その運転手は年配の男で、ヒトラーの特別な標的だとひと目でわかる顔立ちをしていた。

「乗車ですかい？」という年配の運転手の声には、やる気が感じられなかった。

「昨夜、ウォーバーグ・ホテルまで小さなかばんを取りに行く年配の紳士を乗せたタクシーを捜しているんだ。おそらく、この乗り場から向かったと思うんだが」

「俺じゃありませんね」と、運転手は素っ気なく言った。

クルックは、思わせぶりに硬貨を鳴らした。「重要なことかもしれないんだ」

「まあ、訊いてみてもいいですがね」やや態度を和らげて、運転手は約束した。「まだ出払ってる車もいますから」

そう言っているうちに二台が戻ってきたが、いずれの運転手も、ウォーバーグ・コートへ行ったタクシーのことは知らなかった。クルックは、最初の運転手に十シリング札を手渡した。

「ほかの運転手を見かけたら訊いてみてくれ。ところで、ここは夜間の乗り場かい？」

「旦那、今は夜間の乗り場なんざありませんよ」と、男が教えてくれた。「空襲やら何やらで、物騒でしょう。といっても、ここ二、三日、夜はわりあい静かでしたがね」もっと過酷な運命が待ち受けているのを確信しているかのような口調だった。

「何か情報をつかんだら、知らせてくれないか。これは私の電話番号だ。昼でも夜でもかまわん」紙切れに数字を走り書きし、「とにかく、今晩、一度電話を頼むよ」と言って立ち去ろうとした。

「よっぽど見つけたいみたいですね」と運転手が声をかけた。「おっ、左利き《レフティ》が戻ってきたぞ」

歩きかけた足を止めたクルックの前に、レフティの車が停まった。

「レフティ、昨夜十時頃にウォーバーグへ行ったかい？　ですがね、旦那――」と、今度はクルックのほうへ話しかけた。「普通、そんな遅くに乗り場に停まってるタクシーはありませんぜ。乗りたければ、流してる車をつかまえるんじゃないかな」

レフティは勢い込んで、女性を乗せて住宅街を走りまわったことを話した。女性は、料金四シリング九ペンスのところを五シリングよこして、これで文句を言うなら警察に通報すると脅したそうだ。わが英仏連合軍の勇士たちがダンケルクで必死に戦い抜いたことを思えば、襲撃の危険を嘆くなどあってはいけないことだし、英国人の風上にも置けないとも言っていたという。

「私が驚くのは、実際に行われる殺人じゃなくて、行われない殺人のほうさ」と、クルックはにこやかに相づちを打ち、今度こそ立ち去った。運転手の言うとおり、おそらくXは、少しでもわかりにくくするために、通りを流していたタクシーをつかまえたと考えていいだろう。だが、いずれにしても、荷物を回収するにはそのタクシーを特定する必要がありそうだ。

ビル・パーソンズに電話をして、ここまでの状況をざっと説明したのち、切符売り場へ行ってキングズウィドウズ行きを一枚買った。クルックにとっては少々驚きだったが、駅員は頭をのけぞらせて大笑いしたり警官を呼んだりはせずに、切符にはさみを入れて、お代は十シリング十ペンスです、と言い、十一時六分に電車があると教えてくれた。

「一杯引っかけられるな」釣り銭を受け取りながら、クルックは淡々と言った。

〈嵐の草原〉《テンペスト・グリーン》や〈バーナム雑木林〉《シケット》といった名前の小さな駅で乗り換えながらの旅は、のんびりと長く、景色は絵のように美しかった。この辺りは人々の注目を集めることのない場所のようで、時として精力的に動きまわるクルックは、絶えず上空を飛び交う飛行機の轟音と、数少ない旅行者の中に交じったカーキ色や空軍のブルーの軍服姿を除けば平和な世界そのものの、小さな村々や緑の野原を走る列車旅を、心から楽しんでいた。

一時少し前に、三本ある列車の最後の便は、まるでアイヴァー・ノヴェロのミュージカル・コメディから抜け出たような小さな駅に、クルックを静かに降ろした。といっても、小さいわりには、ざわついたところだった。そこらじゅうの壁に貼られたポスターが、国民貯蓄証券を購入しよう、三パーセントの戦時公債で反撃に打って出よう、貯蓄グループに参加しようと呼びかけている。三月三十日から四月五日までは、兵器週間だったのだ。クルックは、勇猛果敢な老女のクララ・カージーが、猫がネズミに飛びかかるようにして、おとなしい田舎の人たちからなけなしの金を絞り取る姿を想像した。何者かが彼女に飛びかかった可能性のある現状でそんなことを考えるのは、不適切と言えるかもしれないが。

近くをちょっと探しただけで、すぐに〈三人の王とローンボウリング用の芝生《スリー・キングズ・アンド・ボウリング・グリーン》〉という名のパブが見つかり、クルックは満足げに一般席側のドアを押し開けた。駅で受けたミュージカル・コメディ風の印象のせいか有名なコメディアンそっくりに見える年配の男が、とてもおいしいビールを持ってきてくれ、瓶詰めハムのサンドイッチの注文に応じた。この心地よい食事のあいだに、クルックは〈スワンズダウン〉の場所を尋ねてみた。村をひと目見たときから、そういう家があってもおかしくないと思うようになっていた。隣の家が〈ハチが蜜を吸う場所《ホエア・ザ・ビー・サックス》〉という名だと言われたとしても、驚きはしなかっただろう。バーテンダーは、三百ヤードほど歩いて郵便局を右折し、公園を抜けると、突き当たりの最初の家が〈スワンズダウン〉だと教えてくれた。

「ミス・カージーは、素晴らしい人だよな」と、ビールのお代わりをもらうため蓋付《タンカード》きジョッキを差し出しながら、クルックは話を振った。

バーテンダーは、素晴らしい人だと同意し、少し考えてから、彼女に会いに来たのならツイていいませんね、と言った。昨日、ロンドンへ出かけていったというのだ。

クルックの太い赤毛の眉が上がった。「そいつは残念だな。いつ戻るんだい？」

バーテンダーは、知らないと答えた。

「きっと、〈スワンズダウン〉の住人に訊けばわかるだろう」

ところがバーテンダーは、それはどうですかね、と言った。ミス・カージーは、きわめて独立心の強い老婦人で、三人の中でも際立っているという。

三人というのは？　とクルックが尋ねると、姪であるもう一人のミス・カージーと、話し相手《コンパニオン》と呼ばれたがるメイドだと説明し、それにしてもどうして老婦人一人に二人も話し相手が必要なのだろう、どうしても二人要るというのなら自分を選んでくれればいいのに、と言ってから、クルックの席を離れていった。クルックが三杯目を飲み干そうとしているところへバーテンダーが戻ってきて、会話がまだ続いていたかのように、家の中に男がいるほうが絶対に気が晴れるだろうし、お世辞でもなんでもなく、老婦人が男性に気に入られても不思議はない、と付け加えた。

クルックは山高帽をかぶり直し、そのうちにまた会おうと言って、素晴らしく美しい村の公園の草地に向かって歩きだした。バーテンダーに教えられたとおりに進んでいくと、〈スワンズダウン〉はすぐに見つかった。庭の中にたたずむ、感じのよい二階建ての現代的な家だ。白鳥が降り立った場所を記念して建てられたのだろうか、それも十分にあり得ると思いながらクルックがしげしげと景観を眺めていると、家の陰から、一人の男が陽気に口笛を吹きながら現れた。

年は三十五くらい、スラックスにセーターという、いかにも軍隊風な服を着ている。

「やあ！」クルックを見ると、男は大きな声で話しかけてきた。「僕の列車に乗っていませんでしたか？　同じ方向に来るんだってわかっていたら、近道を教えてあげたのにな」

「〈スリー・キングズ〉に寄って、一息ついていたんでね」店での食事を思い出して、クルックは満足そうに微笑んだ。

「僕も、そうすればよかった」と、相手は言った。「ここは、小学四年生で習う詩のような場所なんですよ――『水、水、至るところに――しかし飲める水は一滴もない』ってね。でも、何かを売るには全然だめだと思いますよ――宗教パンフレットさえ廃品回収行きだ」

「おいおい！」クルックは傷ついた顔で言った。「私をなんだと思ってるんだ？　放浪の伝道者とでも？」

「見た目じゃ、わからないじゃないですか。元外交官として言わせてもらうと……」

「ほう、それが君のご身分か。てっきり庭師かと思ったよ」

「まったくの素人ですよ」と相手は言い返した。「つまり――仕事そっちのけでキャベツを刈り取ったりして、わざと戦争を長引かせてなんかいないって意味ですけどね……」にやりと笑って言葉を切った。

「薬の行商人かい？」クルックは、思いつくままに言ってみた。

「陸軍省の連絡将校です」と若者は訂正した。

「きっと血筋なんだろうな」と、クルックは断じた。「私の名はクルック。弁護士だ」

「これ、本物なんでしょうね」と、名刺を受け取りながら、若者が言った。「だって、全然そうは見えなかったから。ミス・フローラとお約束ですか？」

「それは、もう一人のミス・カージーのことかい？」

「そう言っていいでしょうね」

「ティー・コージーの従妹の？」

「もうちょっと、わかりやすく話してもらえませんか？」と、青年は口を尖らせた。「昨夜は遅くまで話し込んでいて寝不足なもんで――元外交官としては認めるのがお恥ずかしいが、どうも話が理解できない」

「セオドア・カージーのことだよ。聞いたことはあるかな？」

「じゃあ、彼は実在するんですね？　ずっと半信半疑だったんですよ」

「ここへは来たことがないのかい？」

「小母さんの話から、たぶんロンドンの精神病院にいるんだろうと思ってはいましたがね」

「そいつはどうも」と、クルックは言った。「彼は、私と同じ家に住んでいるよ」

「そうだ」ヒラリー・グラントというその青年は、たたみかけるように問いかけた。「弁護士だって言いましたよね？　医者じゃなくて。ですよね？」

「そのとおり」クルックは、哀れむような口調で応じた。「君は、法律に詳しくないようだな」

「法律なら」と言いかけて、グラントは急に口をつぐんだ。「まさか、あなたって、あのクルックさんじゃありませんよね？」

「ほかにその名を聞いたことはないし、君が耳にしたことがあるとも思えんがね」

「外交に携わっていたって言ったでしょう。外務省っていうのはね、いかにやらないようにするかを教えるところなんですよ――つまり、足を踏み入れないようにするってことです――もし踏み入れてしまったなら、なんとか相手の顔を潰さないように足を抜かなきゃならない」

「どうして辞めたんだ?」と、クルックは尋ねた。

「足の踏み入れ方を、どうしても覚えられなくて――だから当然、いつもリストラ候補のリストに載っていたんですよ」

「で、そのあとは?」

「演劇です」ヒラリー・グラントは遠慮がちに答えた。「だってほら、外交官っていうのは、その手の素質を持ってますからね。自分で何本か、ちょっとした脚本も書いたんですよ。『それほど若くない青年』とか『かくして叔母のベッドの下にウクレレを隠した』とか。でも、すぐに陸軍省からストップがかかったんです。敵に情報を渡すことになりかねないからって。その代わりに、当たり障りのない仕事をくれましてね。そうすれば、僕が余計なことをしないように目を光らせておけますから。そこが、ミス・フローラにとっちゃ不満の種でね。毎朝目覚めるたびに、僕の枕の羽毛が全部抜かれているんじゃないかと思うくらいだ」

「すると、君は兵士用宿舎としてここを割り当てられているわけだね?」

「おっしゃるとおり。だけど、実際、あなたが会いたいのは誰なんです? 小母さんですか? だったらツイてないな」

「パブでも、そう言われたよ」

「でも、ミス・フローラならいますよ。きっと、もっと聞きたがるでしょう――なんて呼んでましたっけ?――そう、ティー・コージーだ。その点については僕も同じです。彼、どんな風貌なんですか? お得意の時間理論にぴったりの、時計みたいな体型をした、小柄で丸くて、にこやかな人じゃないかと想像していたんですけど」

「確かに、あの突飛な持論にはぴったりかもしれんな」と、クルックは同意した。「ただ、時計みたいな体型ではないよ。もっとも、女性に好かれるような細長い悪趣味な時計を思い描いているのなら話は別だがね。痩せこけてひょろりとした、くちばしと頭しかないような人物さ」

そのとき、北の雪のように冷たい声が問いただした。「あなたのお友達なの、グラントさん？　それとも、この家の者に会いにいらした方かしら？」

「ミス・フローラ・カージーですか？」クルックは一歩踏み出して、うやうやしくお辞儀をした。

「こちらに、あなたの従兄のセオドアがいるのではないかと思って伺ったのです」

「いいえ」ミス・フローラは、クルックをはねつけるかのように、きわめて端的に答えた。

「ミス・カージーはご在宅ですか？」と、クルックが粘る。

「残念ですが、叔母にお会いになるのは無理ですわ」

「そのようですね」と、クルックは言った。「セオドアがこちらにいないとなると、彼はどこにいるのでしょう？」

ミス・フローラの口元がきゅっと結ばれた。どんなに物事がうまくいっているときであっても、気難しさを漂わせる類の口だ。ストレス、危険、不安といったものを知っていて、子供から大人になる過程の中で、つらい思いを抱くようになった女性の口だった。

「あの人のお友達のようですから」お友達という言葉にことさら辛辣さを込めて、強調してみせた。

「ここに来ても歓迎されることはないと、本人に伝えてください」

「叔母さんにさえですか？」

「あの人は、ペテン師なんですの」ミス・フローラは両手を握り締め、吐き出すように言い放った。

クルックの興味は、一秒ごとに増していた。最初に現れたときには「氷のかけらのような女性だな」と思ったのだが、すでにその印象が間違っていたことに気づかされていた。彼女は氷ではなく、炎だ。くすぶっている、危険な、抑圧された炎。いったん燃え上がったら、目に見えるものすべてを、冷酷に躊躇なく焼き尽くしてしまいかねない。いったい、どんな人生を送ってきたのだろう、とクルックは思った。

「ペテン師？」彼は繰り返した。「まあ、彼の持論が私のと同じだとは言いませんが、それにしても……」

「これ以上、あの人の話は聞きたくありません」と、ミス・フローラが遮った。

「警察よりは、私と話すほうがいいと思いますがね」と、クルックは、やんわりと勧めた。

「警察！」彼女は、突然クルックを振り返った。「あの人が、不名誉なスキャンダルに関わったというんですか？　だから私は、いつも叔母に警告していたのよ――でも、もしお金が欲しくてやったのだとしたら、きっとそうだと思うけれど……」

「いいですか」と、クルックが言った。「彼が金を欲しがっているとも、ましてや警察に追われているとも言っていません。今は、まだね――だが、すぐに姿を現さなかったら、やがて警察が捜索することになるでしょう。そして、もちろん、叔母さんのこともです」

ミス・フローラは、断固とした黒い眉を寄せた。女性にしては太すぎるその眉が、彼女のこわばった表情に残忍さのようなものを醸し出していた。

「おっしゃっていることが、まったくわかりませんわ。警察が、叔母とどういう関係があるんですの？」

「何も――もし、あなたが彼女の居場所をご存知ならね」

「叔母なら、ロンドンに滞在しております」

「住所はわかりますか？」

「もちろんです」

「おやおや」と、クルックは言った。「驚きましたね。きっと、あなたは看病のために飛んでいくものと思っていましたから……」

「看病ですって？」

「ええ。老人ホームへですよ。昨夜、叔母さんが事故に遭われたあとですからね」

ここへきて、クルックは、二人の聞き手の注目が一斉に自分に集まったことを感じた。

「どうやら」ミス・フローラが口を開いた。「何かの間違いだと思いますわ」

「私もそう思います」とクルック。

「事故があったなんて聞いておりません」

「そいつは妙だな。ホテルでは、紳士がミス・カージーの自宅へ電話をかけたと言っているんですよ。それも少々変だとは思ったんです。あなたの従兄から、ミス・カージーは電話を持っていないと聞かされていたものでね」

「以前はそうでした」と、ミス・フローラは力を込めて言った。「けれど、グラントさんがここで暮らすようになってから、叔母は電話を引いたんです。彼がどうしても必要だと言うものだから……」

「だって」と、ヒラリー・グラントが不満げな声を出した。「電話がなかったら、陸軍省がどうやって僕に仕事をさせないようにするっていうんです？」

「グラントさん、ちょっと黙って」ミス・フローラの声は、ぴしゃりと閉まるドアのようにきっぱりとしていた。「説明していただけます?」と、クルックに向き直る。

「叔母さんは、灯火管制のさなかに外出してバスに轢《ひ》かれてしまい、老人ホームに運ばれたんです」クルックは、早口で歌うような口調で応えた。「少なくとも、その紳士はそう言ったみたいですよ」

「紳士というのは?」

「ホテルに電話で事故を知らせてから、彼女の荷物を取りに行って、あなたに電話したと言った男です」

ミス・カージーが上げた顔からは、すっかり血の気が引いていた。

「クルックさん、真面目に取り合わなくて申し訳ありませんでした。何かひどく恐ろしいことが起きたのだと、ようやく私にもわかりました。どうぞお入りになって」

クルックは、素早くあとに続いた。その後ろから、同じようにいそいそと、ヒラリー・グラントもついて行こうとした。が、階段の上で、ミス・フローラが振り返って言った。「あなたのお仕事の邪魔をするわけにはいきませんわ、グラントさん」

クルックは、肩越しに意地悪げな視線をグラントに投げかけた。「やっぱり君は、外交官としてのキャリアが浅いみたいだな」

「彼女は、僕のことを嫌ってますよね?」と、グラントは呟いた。「小母さんのことですけど、あなたは、僕らをからかっているんじゃ……?」

「何言ってるんだ!」クルックは、心底ショックを受けたようだった。「私が、こんなことで人をからかって喜ぶ人間に見えるか?」

クルックは、ミス・フローラのあとを追って急いで家の中に入り、無頓着なグラントが玄関に置きっ放しにしたままの大きなスーツケースに向こうずねをぶつけながらも、どうにか態勢を立て直し、格好をつけてリビングに入った。ミス・フローラに勧められた椅子は小さくて硬く、真っすぐな木の肘掛けのついた物だったのだが、クルックは、鍋の中のジャムみたいに馴染むと言いながら、彼女が話すのがよく見える位置に陣取った。

「クルックさん――さっき、昨夜ここに電話があったとおっしゃいましたね。そのとおりです――実はありました。でも、男性ではなかったと思います。誰かがクララ叔母さんを装ってかけてきて、思っていたより早く用事が終わったから、今夜戻ると言ったのです。夕食にチキンを用意するようにとまで言いました」

「で、そのとおりにしたのですか?」

「はい。ワトソンに料理をするよう頼みました。でも、もしあなたのおっしゃることが事実で、本当に事故があったとしたら――あるいは、もっと悪いことが起きていたとしたら――叔母はいったい、どうしてほしいと思うかしら。自分のいないときに私たちがチキンを食べるのは、きっと嫌がるでしょう。けれど、騙されたのがあなたで、叔母がちゃんと夕食に戻ってきたとしたら、チキンが用意されていないと言って激怒するに違いありません」

「女性っていうのは、まったく妙な心配をするもんだな!」と、クルックは言った。「しかし、今夜、彼女が戻ってくるという心配は要らないと思いますよ」

ミス・フローラは、きつく両手を握り締めた。そういう動作にお目にかかったことがなかったクルックは、興味深げに彼女を見守った。

「罠だと疑うべきだったわ」と彼女は声を張り上げた。「叔母が長距離電話をかけてくるなんて、いまだかつてなかったことですもの。ああ、でも今いったいどこにいるのかしら?」

「みんな、それを知りたがっていますよ」

「そして、あなたは」と、ミス・フローラが続けた。「この件にどう関わっていらっしゃるの?」

クルックは説明した。ミス・フローラの眉が、ますます憂いを増した。

「また、あの人だわ!」と、彼女は叫んだ。「もう、何年もそう――人にたかってばかり――救いがたい恥知らずよ」

クルックは、背中を丸めた、浮世離れした姿を思い返した。「恥知らず」という言葉は、どうもピンとこない気がする。

「なぜ、ほかの人と同じように自活できないのかしら?」ミス・フローラの口調は厳しい。

「本人は、してるつもりじゃないですかね」

「お給料をもらって暮らしを立ててはいないわ」と、彼女は反論した。

「ミス・カージーからもらっているのだと思ってました」

「どうして、叔母がお金をあげなくちゃいけないんです?」

「叔母さんのお金ですから、本人の好きなように使っているんでしょう。芸術家を育てるのは、金持ちの特権ですからね」にっこり笑うクルックの口からは、すらすらと言葉が出てくる。

「叔母がお金持ちのようにおっしゃいますけど、ほんの数年前まで、破産せずに持ちこたえるために朝から晩まで働かなければならなかったのをご存知じゃないでしょう? 私は知っています。何年も一緒に働いてきましたから。叔母は、財産など持っていなかったんです――まったく何もね――コンパニオンとして働いて、いろいろなことに耐えてきました。世の中の人は、年に数ポンドも払えば、人を自由にできると思っているんですわ――その人の時間も心も、持っている何もかもを。ゆすり屋同然のあのペテン師を私がよく思っていない理由が、これでおわかりでしょう」

クルックは、耳をそばだてた。「ゆすりですって?」

「といっても、法を犯すようなものじゃありませんよ――私の知るかぎりはですけど――でも、叔母だって自分の血と肉を飢えさせるわけにはいかないんだってことを、あの男は知るべきです。私に言わせれば、彼はグラントさんと同類ですわ――生来持っているある種の魅力を利用するタイプなのよ」

「彼に魅力があるのは認めるんですね――グラントさんのことですが」

「魅力は人間の資質の中で最も低い物だと言ったのは、誰だったかしら? 本人が何もしないで手にする物ですもの――顔の形とか、目の色とか――そして、それを――それを――」彼女は、憤りに喉を詰まらせた。

「それを利用して人につけ込むんですね」クルックは、油断ない目つきで彼女を見つめていた。自分のカードをこんなに激しくテーブルに放り出すとは、なんて哀れな女性だろう! 自分にはこれっぽっちも魅力がなく、その結果、そういう女性にありがちなことだが、他人が持つ魅力に心底腹を立てるのだ。「しかし、それは仕方のないことだな。そうしなければ、才能の持ち腐れですからね。それしか、持っている物がないのかもしれない」

「まっとうな仕事をすることぐらいできるんじゃありませんか?」と、ミス・フローラが吐き捨てるように声を上げた。

「グラントさんは、働いていないんですか？」

「私は、あの人を信用していないんですよ、クルックさん。本人の言う経歴を考えてみてください。外務省にいたかと思ったら、舞台に立って、戦争が始まった当時は軍隊にいて、今は政府の省庁で働いている。それで、現在いくつです？　三十五歳ですよ。まっとうな人間が、三十五年間でそんなことを全部できるわけがありません」

「そして、あなたの叔母さんの袖にすり寄ったというわけですか？」

「そのとおりです。私が、彼の魂胆を見抜けないとお思いですか？　あの人は、叔母と私のあいだに割って入ろうとしているんです」

「彼は、叔母さんに何を求めているんですか？」

ミス・フローラは、切羽詰まった形相をクルックに向けた。「きっと、叔母のお金を狙っているんですわ」

「聞いたかぎりでは、叔母さんには、彼の要求を受け入れるだけの財力がありそうですな」

「叔母に対する昨日の態度をご覧に入れたかったわ。陸軍省の仕事でロンドンに行く用事があるなんていうのは嘘にきまってます。叔母のご機嫌を取ろうとしただけよ。叔母は、普段なら絶対に一人で行くのに、彼には同行を許したんです。もちろん、年を取ってきたということもあるでしょう。かつてはビジネスで成功を収めた人なのに、近頃では、ずいぶんと騙されやすくなってしまって」

「長年コンパニオンをやっていた彼女が、どうやって土地所有者になったんですか？」その点を、クルックは知りたがった。

「お世話をした女性の一人から、いくばくかの遺産をいただいたのです。フィリップス夫人という、ハムステッドでお医者様をしていた方の奥様です。長いあいだ体を悪くしておられて――そのあたりのことは、ワトソンのほうが、私より詳しい話をしてくれるでしょう。ワトソンは、家政婦としてフィリップス夫人に雇われていて、そこで叔母と出会ったんです。二年ほどして夫人が亡くなった際、クララ叔母様が自分で事業を起こせるだけのお金を遺してくださいました」

「どんなビジネスですか？」

「職業紹介所です。家事に関する経験が豊富なのだから、それを無駄にするのはもったいないからと。コンパニオン、執事、臨時雇いの家庭教師などを紹介していて、ほとんどは正式な資格のない人たちでした。数年間は、とても成功していたんです――その頃、私は偶然、叔母と会いました。私に合う仕事がないかと、たまたまその紹介所を訪ねましてね。そのときまで、自分に叔母がいることさえ知りませんでした」

「それ以来、ずっと一緒にいるんですか？」

「叔母は会計士と庶務係を必要としていて、どうしてもというときだけ一時的に私が出かけていって実務を行うこともありましたが、たいていは事務の仕事を担当しました。ところが五年前、叔母は医師から、もう仕事はやめたほうがいいと言われたのです……」

「それで、彼女は紹介所を売却した？」

「人に譲り渡しました。今もあるのかどうかはわかりません。たぶん、なくなってるんじゃないかしら。あれだけの成功を収めたのは、ひとえに叔母の人柄のおかげだったんですもの。そして、この地へ来て家を買い、私とワトソンに一緒に来てくれるよう頼んだんです。ワトソンは、フィリップス夫人が亡くなってからずっと、叔母のそばにいます」ミス・フローラは、そわそわと体を動かした。

クルックは、考え込んでいる様子だった。「叔母さんに恨みを抱いている人間に、心当たりはありませんか？」

「なぜ、恨みだと？」

「あなたには、そうは思えませんか？」クルックは、純粋な驚きの声を上げた。「だって、帽子を置いたまま姿を消したんですよ……」

「叔母の帽子だというのは、従兄の言葉を鵜呑みになさっただけでしょう。ほかの人の物だった可能性もありますよね」

クルックは首を横に振った。「それはないですね。二つとない代物でした。これを見てください」彼はポケットから取り出した封筒を振って、中に入っていた物を大きな手のひらに出した。それは、小さな黒い蝶結び型のリボン飾りだった。

「これに見覚えは？」

「確かに、叔母の帽子から落ちた物のようですわね」ミス・フローラも、しぶしぶ認めた。「クルックさん、実際には何が起こったとお考えですか？」

「まさにその点について、あなたの助けが必要でしてね。叔母さんは、ロンドンで甥に会うことについて、何か口にしていませんでしたか？」

「さあ――どうかしら」ゆっくりとした口調で、ミス・フローラが言った。「でも、これだけは言えます。叔母は先週、彼に手紙を書きました――木曜日だったと思うわ――市が立つ日だったので覚えています。私が、ミンベリーまで出かけようとしているところでした。叔母はちょうど手紙を書き終えて封をしていて、正午の郵便回収に間に合うように出しておくれ、と大声で頼んだんです。ここからだと、午前十時半の便しかないものですから。内容は教えてくれませんでしたが、たぶん、彼と会う約束をする手紙だったんじゃないかしら」

「それが私の見た手紙だったとすると、そうですね」と、クルックは同意した。「だが、彼はうっかりそれを開けそびれて、叔母さんは彼が留守だったので、メッセージ代わりに帽子を残して立ち去った」

フローラが眉をひそめた。「クルックさん、これは、ただ事じゃありませんわ。叔母は、決してそんなことをする人ではありません」

「カージー氏も、そう感じたようでしたよ。事実、彼は今朝、私と一緒に来るはずだったんです」

「なぜ来なかったんですか?」

「朝には、彼も姿を消してしまっていたんですよ。まあ、そうご心配なさらずに。私のモットーをお教えしましょう。クルックは必ずターゲットを見つけ出す――生死にかかわらずね」

「どうして、そんなことをおっしゃるの? まるで誰かが死ぬのを期待しているみたいだわ」

「あなたには、そんなふうには思えませんか?」

彼女は、驚いてクルックを見た。「でも――どうして?」

「叔母さんは今、どこにいると思います? それとも、こういう悪ふざけをよくされる方ですか? 誰とも知れぬ男が彼女の荷物を回収し、教えられた老人ホームの電話番号は、実際にはユーストン駅の電話ボックスで、あなたは偽の電話を受けた――それでも少しも変ではないとおっしゃるなら、私はお手上げです」

「持ち前の驚異的な強さでも太刀打ちできないような事態に、クララ叔母さんがいつか直面するのではないかという気がずっとしていたんです。叔母には無鉄砲なところがあって、近頃はますますその傾向が強まっていたように見えましたから。きっと仕事が恋しかったんだと思います。ここでの安定した生活では、十分なはけ口にならなかったんですわ。突然引退を余儀なくされて素人の指導をするようになった、舞台演出家みたいなものです」

「つまり、叔母さんには少々手を焼いていたと？」

「あえて危険を冒したがるところがあるんですの。何人ものロンドンの知り合いと文通を続けていて、折に触れては街に出かけていました。でも――叔母には、何か思うところがあったに違いありません。内容は知りませんけど、長年一緒に住んでいる私にはわかります」

「ヒントになるようなことを、ほのめかしたりはしなかったんですか？」

「いいえ。半年前なら教えてくれたかもしれませんけど――申し上げたように、叔母は新たな関心事が好きな人で、そこへもってきて……」

「ハンサムなチャーリー王子が入り込んできたってわけですね？」

「もしかしたら、私は彼を誤解しているのかもしれません」と認めながらも、その声は冷ややかだった。「けれど……」

「けれど、そうは思えないと」

「ええ」

「さて、ここから本題に入りますよ。昨夜、電話で話した声ですが――本当に叔母さんの声のようでしたか？」

「長距離電話では、声がわかりにくくて。それにクララ叔母さんは、とても低くて男性みたいな声をしていますし。疑問に思うようなことでも言えば疑ったかもしれませんけど、特にありませんでした」

「だが、彼女ではなかったと法廷で誓うほどの自信はないんですね？」

「今お聞きした事実からすれば、きっと叔母ではなかったんだと思います。クルックさん、その男は、いったい誰だったんでしょう？　ひょっとして、それって……？」

「まあ、まあ」と、クルックは諭した。「そう先走っちゃいけません。次は、リトソンに話を訊きたいんですが」

キューをもらった女優のように、いきなりドアが勢いよく開いて、金のイヤリングをつけて黒い服を着た、小柄で痩せた女性が現れた。

「ミス・フローラ」クルックがいるのも気づかずに、大声で呼びかけた。「ちょっと、これを見てください。奥様の真珠《パール》が。パールがなくなってるんです」

「なくなってるですって！」フローラは、はっと振り返ったが、まるで女性の言ったことが理解できていないかのように、その声はどこかぼんやりしていた。

「そうなんです。ケースに鍵がかかっていないのを見て、変だと思ったんですよ。奥様が宝石をどんなに注意深く扱っていらっしゃるか知ってますからね。そうしたら、なんと――中身が空っぽじゃありませんか」

そこで初めてクルックの存在に気づき、疑わしげな視線を投げかけてきた。

「私のことなら、お気になさらずに」と、クルックは言った。「そのパールというのは、どういう代物なんです？」

「奥様が特に大切になさっていたネックレスですわ」と高飛車な口調で言う。「すみません、ミス・フローラ。お客様がご一緒だとは知らなくて」

「こちらはクルックさんよ、ワトソン。ちょうど、あなたに訊きたいことがあったの」

「私に?」

「ええ。実は、叔母様に何かあったのではないかと心配しているところなの」

この家の人間は、どうも風変わりだった。その言葉を聞くや、ワトソンは宝石ケースの上で両手をきつく握り締めて叫んだのだ。「こんなことになるんじゃないかと思ってたのよ。あのお年で、一人で旅をなさるなんて。奥様、どうぞ私もご一緒させてくださいって何度もお願いしたのに、『いよいよ足がおぼつかなくなったときにはね、ワトソン、ちゃんとあなたに言うわ』っておっしゃって。何があったんですの、ミス・フローラ?」

「ホテルの話では、灯火管制のさなかに事故に遭ったらしいんですよ」と、クルックが説明した。

「それで――どういう状況なんですか? まさか亡くなったわけじゃありませんよね? ああ、どうかミス・フローラ、そんなことはおっしゃらないで」

「わからないのよ」フローラは、ぽつりと言った。「叔母様がいなくなったということしかね。でも、パールについては」と続ける。「ケースにないからって、心配する必要はないわ。叔母がロンドンに持っていったの」

「奥様がパールを?」ワトソンは、不審そうな面持ちだった。

「ええ。あなたには言わなかったんだわ――心配するとわかっていたから……」

「今回のような、特別でもなんでもないときに」と、ワトソンは硬い表情で反論した。「どうして、ケースに入れてお持ちにならなかったんです?」

「きっと、身に着けていたほうが安全だと思ったからでしょう」

「身に着ける? 五千ポンドもするパールを身に着けるですって?」

「誰も本物だとは思わないだろうって言ってたわ」

「今なら、そんなことは言わないでしょうね」ワトソンは、噛みつくように言った。

「パールが関係しているかどうかはわからないのよ、叔母のその――失踪と」と、フローラが指摘した。

「子供の頃、算数で習いました」ワトソンは、厳めしさを崩さずに言った。「二+《たす》二は四だって。ああ、あんなパールのために人が殺されるなんて」

「殺されたと決まったわけじゃないわ」フローラが声を張り上げた。

「別の見方をすれば」と、クルックが口を挟んだ。「殺されていないとも決まってない」

「警察には知らせました?」ワトソンが強い口調で訊いた。

「ミス・カージーに猶予をあげませんか」と、クルックは提案した。「たった今、叔母さんのことで謎があると聞かされたばかりなんだ。しかしまあ、夜になっても何も出ないようなら、私が通報しますよ」

「何が出るっておっしゃるんですか?」と、ワトソンが詰問した。

「Xが動転していて、ホテルに間違った電話番号を伝えた可能性もないとは言えません。相棒のビル・パーソンズが、ロンドンのあの周辺にある老人ホームをしらみつぶしに当たっています。もし成果があれば、今夜、私が戻ったときに知らせてくれるはずです。それに、ティー・コージーの件もある。彼についても調査が必要だ」

ミス・フローラは、こわばった笑みを二人に向けた。「二つの謎が関連している可能性はあるわね」

「可能性どころの話ではありませんよ。有り金全部賭けたっていい」

「それにしても、奥様がロンドンにパールを持っていった理由がわからないわ」と、ワトソンが食い下がった。

「糸を替えたいって言ってたけど」

「糸替え？　でも、糸に問題はありませんでしたよ」

「私は、叔母が言ったとおりを伝えてるだけよ。グラントさんに訊けば、もっと詳しいことがわかるかもしれないわ。つい最近、叔母様はあのネックレスを彼に見せていたみたいだから。なんて美しいネックレスだろう、時には身に着けないともったいない、ってグラントさんが口にしていたのでわかったの」

「これまで、身に着けることはなかったんですか？」と、クルックが尋ねた。

答えたのはワトソンだった。「たぶん奥様は、持っているという実感を楽しんでいらしたんだと思います。これほど高価な代物は、大事に扱わなければばっておっしゃってました。それに、ここらで、ああいう素晴らしい品を着ける機会があると思います？」

「静かな場所だから？」クルックは呟いた。「この事件を解決する頃には、その静けさを破ることになりそうですね」

ワトソンは、熱っぽくクルックに向き直った。「あなたが、どういう役目を果たすのかはわかりませんけど、これだけは言っておきますわ。奥様のためなら、私は命を捧げます」

彼女がそうしなければならなくなる可能性もゼロではないかもしれないと、クルックは思った。

第四章

このせいで何かが起きるだろう。
それが殺人でなければいいのだが。

——サイモン・タッパーティット

一

ほどなくクルックは、この奇怪な事件に関する仮説を立てるための根拠となる情報をワトソンから得ることになった。ミス・フローラが二人だけにして場を去ると、家政婦は、まさに彼が期待していたことを語りだしたのだ。

「ミス・フローラのことですけど」と、ワトソンは言った。「彼女は一人で抱えすぎるんですよ。たまたま姪だというだけなのに、奥様に関心を寄せるのは彼女だけなのかと周囲に思わせるほどで、ほかの人がおはようと声をかけたくらいで妬むんですからね」

「ミス・カージーに献身的に尽くしていらっしゃるんですね？」クルックは、これ以上ない誠実な口調で言った。

「そんなの当然よ」ワトソンは、険しい顔で答えた。「奥様ほど彼女によくしてあげる人なんていないもの。そんな義務はないのにね。彼女が、奥様の前で感情を隠すような態度を取るのは、本当に残念だわ」

「人から誤解を受けるのが嫌なんじゃないですかね——叔母さんに取り入ろうとしていると」

「奥様は頭のいい方です。人が何を狙っているかなんて、お見通しよ。別に、ミス・フローラのことを悪く言ってるわけじゃないんですよ。ただ、なんといっても、私は彼女より以前から奥様を知っていますからね。今よりもっと暮らしが大変だった頃からずっと一緒なんですもの。フィリップス医師のお宅でね」

「ああ、そうでしたね。ミス・カージーは、そのお宅でコンパニオンをなさっていたとか」

「ええ、フィリップス夫人のお話し相手をされてました」

「きつい仕事だったんですか？」クルックは小声で尋ねた。

「病人のことをとやかく言う権利は、私たちにはありません。少々気難しいとしても、四六時中横になって人に面倒を見てもらっていたら、自分だってそうなるかもしれないもの」

「多くの人は、極楽だと思うでしょうがね」

「私は違いますよ。いつだって、自分で仕事をしたいと思っていました。ミス・カージーだってそうです——でも、必ずしもよいときばかりじゃありません。それでも、そこから逃げることはできませんからね」

「フィリップス夫人は、お年寄りだったんですか？」

「ご主人より少し年上でしたけど、今の私よりずいぶん若かったわ。いえ、せいぜい四十五、六だったわね。けど、長いことお加減が悪かったんですよ」

「正確には、どこが悪かったんです？」

「誰も、はっきりとは知りませんでした。フォースター医師がしょっちゅう往診に来て、強壮剤や睡眠薬なんかを処方してましたけど、夫人は、フォースター先生がきちんとわかってくれないって、よくこぼしていらっしゃいましたね。ほんの些細なことで怒るんですよ――お店の人がお釣りを一シリングでも間違えようものなら、どんなに夜遅くても、それを取り返すまでカリカリなさるんです」

「かなりお金にうるさい方だったんですね？」

「自分がご主人にお金を使わせていると、自覚なさってたんですよ。お医者様ですから、あなたや私に比べればお金はあったでしょうけど、それでもねえ」ワトソンは、何かを思い出すように続けた。

「夫人には、ちょっと変わったところがあったわね。いつも空想にふけっていて、オーストラリアの叔父さんが急死して遺産がもらえるという知らせが舞い込んだら、どんなにいいだろうっておっしゃってましたよ。家計簿はきちんとつけなくては、とも言ってましたね。それしか、自分にはご主人を手伝える方法がないからって」

「ご主人のことを愛していらした？」

「まあ――見方によればね。そりゃあ、時々はご主人が自分を一人にして出歩いていると感じてたみたいですけど。仕方ありませんよ。ご主人だって、一日中患者さんの相手をして、夜になると病人のいる部屋へ戻るだけじゃ、つまらないでしょう。けど、夫人は、夫の重荷になっていると思っていましたね。自分が死んだほうがみんなのためだって、私やミス・カージーによくおっしゃってました」

「まさか、そのとおりだとは言えませんしね。結局、夫人はなぜ亡くなったんですか？」

「ミス・カージーが来て二年が経った頃です。スペイン風邪にかかりましてね。あの病気が、どんなに大変かご存知でしょう？　立ち上がることさえできないほどでしたよ。それでも、いくらかよくなって、ミス・カージーと一緒に近くに静養に出かける手はずを整えていたんですけどね。突然、心臓がおかしくなったんじゃないかと思うんです。だって、ある晩、眠っているあいだに亡くなったんですもの」

「心臓麻痺ですか？」と尋ねたクルックの小さな目は、〈穴居人〉の飼っているカナリアのようにキラキラと輝いていた。

「死亡診断書には、そう書かれていたと思います。とはいっても、ちょうど時期が悪くてね。休戦直後の大流行でしょう。みんな大忙しで手が回らなかったんですよ。とりわけお医者様はね。ご主人が昼夜を問わず留守にしていたのは、夫人にはつらかったでしょうけど、大勢の人がハエのようにバタバタと死んでいくのに、戦争のせいで医者の数が足りないんだって、フィリップス先生はおっしゃってました」

「で、夫人が亡くなったあとは？」と、クルックが話の先を促した。

「先生は、家を処分なさいましてね。ほかの人がよくなった頃に、ご自身も感染してしまって、二度とハムステッドにはお戻りになりませんでした。のちに再婚されて、確かケンジントンに移られたんじゃなかったかしら。奥様は、時々連絡を取っていらっしゃいましたけど」

「あなたは？」

「奥様が職業紹介所を開いたあとのことですからね。フィリップス夫人の遺産として二千ポンドをもらったんだって、奥様が教えてくれたわ」

「妙だとは思いませんでしたか?」

「まあ、多少は。だって、フィリップス夫人はお金がないって、いつもこぼしてましたからね。つまり、本当はある程度のお金を持っていたか、そうでなければ、ご主人が夫人の名前でミス・カージーにお金をあげたってことでしょう」

「そんなことをする理由が、彼にはあったと?」

「奥様はフィリップス夫人にたいそう親切に接して、ちゃんとした看護婦が見つからないときには介護もなさってたんですよ。お金をもらったからって、誰も恨んだりするもんですか」

「それで――あなたも遺産を受け取ったんですか? 実際、あなたのほうが、ミス・カージーよりも長くお宅にいたんですよね」

ワトソンは気分を害したようだった。「そんなの考えたこともありません」という彼女の言葉が真実なのは、はた目にも疑いようがなかった。

「立派な心がけだ」と、クルックも認めた。「だが、やはり、ミス・カージーにそれだけ気前よく金をくれた医師なら、あなたのことも考えてくれていいと思いますがね」

「私は、ちゃんとお給料をいただきました」ワトソンは、厳然と言った。「それに、仕方ないんですよ。フィリップス夫人は、本当にミス・カージーをこき使いましたからね。私がお世話になった、ほかのどの家でだって雑巾にするような古いタオルをわざわざ繕わせたり、食料品店に行かせて、はした金を値切らせたりして。やっぱり、かなりお金を貯めてたのかしらね」

「それで、フィリップス夫人が亡くなったあと、あなたはミス・カージーと一緒になったんですね?」

「事務所を立ち上げる話を打ち明けられて、家政婦をやってくれないかって頼まれたんです。フィリップス医師も、もう私が必要ではなくなりましてね。さっきも言ったように、業務を譲り渡して、ほかの場所で開業しましたから。それに、私はミス・カージーが好きでしたし、フィリップス夫人の存命中は、ずっと一緒にいたんですもの――自分には性に合ってると思ったわけですけど、実際そのとおりでしたよ」

「で、ミス・フローラは、いつ加わったんです？」

ワトソンは、きゅっと唇を結んだ。「ある朝、奥様の事務所に現れたんです――たまたまと言っていいんじゃないかしら」

「同じ名前に引きつけられたんですかね？」

「奥様は、事務所にケイ・エージェンシーという名をつけていたんですよ。だから、どうやって知ったのか、私にはわかりません。とにかく、ひどく困窮した状況で――ミス・カージーくらいよくしてあげる叔母さんなんて、ほかにはいませんよ」

「困窮した状況というと……」と、クルックは遠まわしに水を向けた。

「失業中だったのよ。次の仕事も、なかなか見つからなくてね」

「どんな仕事をしていたんですか？」

「経理関係だと思います――もちろん、本人が言ったわけじゃないけれど、どうもその仕事に不満があったみたい。前に奥様が、半年も勤めなくて正解だったって言ってましたよ。普通なら、あんな信用紹介状じゃ、なかなかうまくいかないもんだけど、奥様は、血は水よりも濃いっておっしゃって……」

「身内だと気がついたんですか？」

「ええ、姪であることは確かだったんですけどね、父親が悪い血筋だからといってミス・フローラを非難するわけにはいかないっておっしゃって。父親というのは、もうずいぶん前に死んでいて、それがせめてもの救いでね。奥様は、ミス・フローラとお話なさったうえで、彼女をスタッフの一員に加えて、時々、仕事に出すようになったんですが、ミス・フローラは常に心強かったと思いますよ。なんといっても、奥様は本当によくしてあげましたからね。ミス・フローラが奥様に対して無愛想にすることがあるのが、残念でなりませんよ。それを言ったら、私にもだけど」

「どうやら、グラントさんのこともあまり好きじゃないようですね」と、クルックは切りだしてみた。

「彼女は、ちょっとひねくれ者なんですよ」ワトソンは歯に衣着せずに言った。「はっきり言って、欲深い人種よ。奥様のお金や宝石を狙ってるっていうんじゃないけど、奥様がほかの人間を信頼するのが嫌なんだわ」

「嫉妬ってやつですね」と、クルックは明るく言った。

「私のことだって、卒中で倒れればいいのにっていうような目つきで、よく睨んでますからね。紹介所でもそうでしたよ。奥様は、決してえこひいきする方じゃありません。スタッフの女の子全員に親切にしていたというのが本当のところです。論より証拠っていうんですかね。女の子たちは、仕事が欲しくなると、何度も何度も戻ってくるんです――二年間で彼女たちがこなした仕事の数を聞いたら、驚くでしょうよ――紹介所を辞めても、しょっちゅう手紙をよこしましてね。奥様は、きちんとお返事なさって、彼女たちが苦境に陥ると切り抜けさせてあげる。素晴らしい方です」

「本物の博愛主義者ですな」と、クルックも同意した。

「『奥様、そんなにつけ込まれてはいけません』と申し上げたら、こう言われました。『人に親切にして損はないのよ、ワトソン。絶対にね。この人たちがつらいときに助けてあげれば、スタッフが欲しいときに、私のもとへ戻ってきてくれるわ』そして、実際にそのとおりになったんです。奥様は、立派な得意先をお持ちでしたからね。ケイ・エージェンシーといえば、知らない人はいないくらいでしたよ。大きなお屋敷は、みんな奥様に依頼してました」

「そんなに順調だったのに、なぜ閉めたんでしょうね？」

「心臓発作のような症状に襲われて、医者から仕事を続けると命に関わるって言われましてね。それまでのことを考えたら、何もせずにロンドンにいるのは無理だと思って、荷物をまとめてここへ移られたんです」

「現在は、誰が事務所を引き継いでいるんです？」

「もう、ないでしょうよ。なにしろ、ミス・カージーあっての組織でしたから。ほかの人じゃ、同じようにはいきません」

「それでも、のれん分けのようなことはできたかもしれないのに」

「違う方針で運営されて、しかも、たぶんあまりうまくいかないだろうと思うと、嫌だったんですよ。それなら、いっそ手放してしまおうと」

「かなり成功していたんですよね？」

「町いちばんの紹介所でした」

「宝石に投資するくらいだから、相当羽振りがよかったんだろうな。いい石は値が張りますからね」

途端に、ワトソンは声をひそめた。「若い頃にあんまり持っていないと、ああいうものに魅せられるんだろうなって、よく思ったもんですよ。ミス・カージーがそうだもの。働いてばかりで楽しみもお金もたいしてなかった人が、急に裕福になってごらんなさい。そりゃあ、これまで持ったことのない品物が欲しくもなるわよねえ」

「毛皮のコートとか?」

「いいえ。不思議なことに、奥様は衣服には関心がなかったんですよ。着るものには、とんと無頓着で。まあ、それが奥様らしいとも言えましたけど。服装にたいそう気を遣って、完璧な着こなしを心がける人もいれば、ミス・カージーのように、まとってさえいればいいという人もいるのよね」

「わかりますよ」クルックは、真顔になって言った。「彼女は、宝石をよく見せびらかしていましたか?」

　ワトソンは、怪訝そうな顔をした。「身に着けたかってこと? いいえ、身に着けることはなかったわね。だから、あのパールを着けてロンドンに行ったたって聞いたときには、驚いたんですよ。そんな無謀なことをするなんて、おかしいじゃないの」

「身に着けないとしたら、なぜ持っているんでしょうね?」と、クルックがもっともな質問をした。

「あるいは、老後の保険として所有しているとか?」

「そういう人もいますよね」ワトソンも真面目な顔で言った。「懸命に働かなくちゃならなくて、それまであまり財産を持ったことのなかった人に多いわ。以前、七十歳近くになって大金を手にした老紳士のもとで働いたことがありましてね。根っからのケチでしたよ。一シリング使うのだって、まるで二度と会えない旧友に別れを告げるみたいでね。何時間でも座って、お金をいじってましたっけ。ミス・カージーも、ちょっとそういうところがあるんです。午後、部屋に閉じこもって鍵を掛けて、持ってる物を全部並べたりしてね」

「一人きりで？」

「一、二度、私も呼んでいただきました」

「ミス・フローラではなく？」

ワトソンは首を振った。「ミス・フローラは普段から、宝石をたくさん買いだめする意味がわからないとおっしゃってましてね。でも、とっても美しい物もあったんですよ。グリーンのクロスは、特に奥様のお気に入りでした。エメラルドなんですけどね。光にかざすと、緑色の炎のようでしたわ、そりゃあもう本当にきれいで。そうやって眺めながら、奥様は笑いだすんですよ」

「何が可笑しくて？」感情のこもらない声で、クルックが訊く。

「『これを身に着けていた人たちのことを想像してごらん』っておっしゃるんです。『この宝石が参加したろうパーティーの数々をね。これはねワトソン、ロナルド・クロスと呼ばれている有名な宝石なのよ。まさか最終的に私の手に渡るなんて、誰も想像しなかっただろうね』って」

「確かに」クルックは、真面目な口調で同意した。「人生とは異なものだ。そんなことを想像した人は、一人もいなかったでしょうな」

「ほかにも、そういう宝石がいくつもあります。奥様が、あまりにも心から愛でるように眺めるものだから、ちょっと薄気味悪い気がしたくらいですよ。だって、ミス・フローラのおっしゃるように、しょせんは石じゃありませんか」

「彼女が、いくつか手放したなんてことはないんでしょうね？」

ワトソンは、仰天した顔をした。「そんなことはないはずです。そもそも、誰に譲るっていうんです？　ミス・フローラは、宝石なんか着けませんし」

「老紳士のもとへ送ったってことは？」

「私が耳にしている話からすると、その人は宝石の扱いを知ってるようには思えませんけど。結婚したこともなさそうですしね。万が一、結婚していたとしても、本人はそれに気づいてないんじゃないかしら。いいえ、やっぱり石を手放すくらいなら、奥様は人生に別れを告げるでしょうね。『この宝石を手に入れるために、私は懸命に働いてきたのよ』って言ってたもの。『どんなに大変だったか、きっと誰にもわからない。……ここにある宝石はね、ワトソン、あなたが思ってるよりもっと大きなものの象徴なのよ。力そのものなの』そう言って、ほくそ笑むんです。あのクロスは、本当に息をのむほど美しかったわ」

「最後にクロスを見たのは、いつでした？」

「三カ月くらい前かしら。そういえば、私の誕生日だったわ。もちろん、ミス・カージーはそんなことご存知なかったけど、いいプレゼント代わりになったわね。私ごときに縁のある品じゃないことはわかっていても、見るのは好きでしたもの。奥様がもったいぶらずに、時には身に着けてくだされぱいいのにと、いつも残念に思ってましたよ。でも、たぶん見るだけで幸せだったんでしょうね」

「興味深いな」と、考え込むようにクルックは言った。「実に面白い。どうやら、ロナルド・クロスがここ半年のあいだどこにあったか、わかった気がする。キングズウィドウズではないはずだぞ」

憤慨して異議を唱えだしたワトソンを無視して、彼は続けた。「ところで、フィリップス医師がハムステッドのどこに住んでいたかを聞いていませんでしたね」

急に話題が変わったので、相手はまごつき、あまり抑揚のない声で答えた。「ポールトン・テラス十九番地です。カーブ沿いにある家で、ダイニングの窓から美しい景色が見えるんです」

「ぜひ拝見したいですね」クルックは優しく言った。「もう一つだけ。奥様の写真なんてお持ちじゃないでしょうかね?」

ワトソンは、見てきますと慇懃に応え、しばらくして、客間から拝借した銀の写真立てを二つ携えて戻ってきた。一枚は、黒髪を耳元から無造作に束ねた、小柄で決然とした表情の女性が写った写真だった。

「ミス・カージーです」と、ワトソンは得意げに言った。「もちろん、だいぶ前に撮ったものですけど……」

「そのようですな」クルックは心を込めて相づちを打った。「二十年くらい前でしょうか」

もう一枚は、ひと目でティー・コージーだとわかった。やはりかなり前に撮られたものだ。

「現在の奥様そのものって感じだわ」と、一枚目の写真を見て、ワトソンが感想を述べた。「この頃とあまり変わっていないんですよ。そりゃあ、髪の色は変わったし、少しは皺も増えたけれど、その写真を見れば、すぐに本人だとわかるでしょう」

「状況によりけりですがね」彼女の現在の状態次第だという意味で言ったのだが、そこまでは口に出さないでおいた。

クルックが玄関までやって来ると、廊下の向かいの部屋からヒラリー・グラントが顔を出した。開封した電報を手にしている。

「運命ってやつですよ」と、ミス・フローラに電報を手渡しながら、うれしそうに言った。「陸軍省からの呼び出しです。おかげで、政府の費用を使って、僕も小母さんを捜しに行けそうだ」

「こんなときに、よく冗談が言えますわね、グラントさん」と、フローラが噛みついた。「クルックさんは、家族にとって冗談では済まされない状況だとお考えなんですよ。こういうのは……」

彼女は電報を突き返した。

「これは本物ですよ」グラントは、やや傷ついた表情で抗議した。「きっと、あなたはこれが暗号で、本当は『明日の午後三時に、チャーチルの椅子の下に爆弾を仕掛けよ』という意味だとでも思っているんでしょう」

ミス・フローラは、彼を完全に無視した。それでもグラントはけろりとして、先ほどクルックがつまずいたスーツケースを手にすると、階段に向かいながら言った。「たった一泊のために、こんな大きなかばんは要らないんだけど」

フローラは、クルックに向き直った。「電話番号を教えていただけます？　今夜、ご連絡を差し上げてもいいかしら？」

「ヒトラーが許してくれれば」クルックは、いつもの明敏なウィットで応えた。

「では、叔母が夕食に戻らなかったら、お知らせします」

「そのときは、警察に知らせたほうがいいな」と、クルックがアドバイスした。「私からも通報してほしいとお思いでしょうね。ロンドンに戻るまでに従兄のセオドアの所在がわからなかったなら、そうしますよ」

「従兄のセオドアは、どうでもいいんです」と、ミス・フローラは冷たく言った。

「だとすると、あなたはイギリスでは珍しい女性になるでしょうな。夕刻までに、世間の人間はこぞってセオドアの件に関心を持つことになるはずですから」

クルックは家をあとにし、ヒラリー・グラントとともに狭い私道を歩いた。

「あの家の人たちは、まさにフロイト教授にはうってつけの研究材料だな」と、クルックは漏らした。

ところが、グラントの言葉は彼を驚かせた。「実を言えば、僕はミス・フローラが気の毒なんです。確かに、いまは辛辣ですけど、彼女の叔母さんと比べられるなんて、たまりませんよ。ミス・カージーにかかったら、輝きにかけては靴磨きのクリームだってかたなしだ」

「ミス・フローラは、老婦人と仲良くやれているのかな？」と、クルックは訊いた。

「ええ、まあ。そりゃ、少しは文句を言うこともありますがね。もちろん、ワトソンとは犬猿の仲ですよ。あの二人は、こそ泥同士みたいに互いを信用していません」

「年齢を考えると、あまり活気のある生活だとは思えないね。まだ、四十そこそこだと思うが」

「そうですけど、ここで出て行ったら、ワトソンに負けることになりますからね。ミス・フローラがつむじを曲げると、いつもミス・カージーが言うんですよ。『わずかなタールを惜しんで船をだめにしてはいけないよ。私が死んだら、我慢してきてよかったと思うようになるんだからね』って」

「つまり、財産をすべて姪に遺すってことか？」

「どうかな」ヒラリー・グラントは、考え深げに言った。「遺す財産がどれくらいあるかわかりませんよ。それに、そんなのは口だけで、本当は全部、色男たちの巣に寄付するつもりかもしれませんしね。でも、遺書がミス・フローラに有利に書かれているとしても、僕は驚かないな。むしろ、そうするんじゃないかって気がする。だって、そうでしょう？　生きているあいだ、ずっと楽しめるんだからね。ミス・カージーは、男の気をそそってからかうのが好きでね。姪は、いつもご機嫌を取って、したいようにさせてくれるんですよ」

「猫とネズミだな」と、クルックはしたりげに言った。「君は、彼女が見せかけの金持ちだと思ってるのか？」

「見事なパールを持っているのは、事実です」と、青年は太鼓判を押した。「ある日、僕に言ったんです。もし興味があるなら、もっと素晴らしい品を見せてあげる、ってね。貧しい人間なら、あんな宝石は持ってませんよね。ミス・フローラは一つも持っていないし、それを一切気にしてもいない――つまり、家の諸々の維持費を賄っているのは、ミス・カージーだということになる――貧困者には無理な話です」

「年金に加入していたのかもしれない」と、クルックが意見を述べた。「本当のところはわからないさ」

「それは思いつかなかった」と、ヒラリー・グラントは認めた。「きっと、ミス・フローラも考えていないんじゃないかな」

「ミス・フローラは、将来の話なんかも結構するのかい？」と、クルックは尋ねた。

「年を取って楽しめなくなったら、お金なんて意味がないって言ってただけです。それでも僕には、彼女が関わっている場合、金銭の動機が決定的要素になるとは思えないんですよね。彼女が金を使えないっていうより、とにかく、まずは叔母さん第一に考えたがるというか。自分が誰かにとって、こんなに重要な存在になったことはないと感じてるんじゃないかと思うんです。言ってることがわかってもらえるか、自信はないんだけど……」

歩み寄ってもらいたいとでも言いたげに、グラントは所在なさげにクルックを見た。

「君は、ただの付け足しとしてあの家にいるわけじゃなさそうだな」クルックは、にやりと笑った。

「あそこのばかげた心理戦や、力関係の駆け引きを見ていると、喉がカラカラになっちまう。簡単に言うと、彼女とワトソンは、お互いにとんでもなく嫉妬し合ってるってことなんだろ。おっ！　あれは郵便局かい？　ビル・パーソンズに電話をして、死体が見つかっていないか確かめたいんだ。あの家でするのは、ちょっとまずいと思ってね」

「二時半までは入れませんよ。一時から二時半までは閉めるんです。たとえ昼休みに講和条約が締結されたって、絶対に開けませんね」

「今、二時二十分か。田舎じゃ、なんでも自分たちでやるんだよな？　誰の得にもならない風は吹かないって言葉もあることだし。さっきも言ったが、ちょうど喉がカラカラでね」

そう言うと、元気いっぱいに通りを渡って〈スリー・キングズ〉に向かったのだった。

二時四十分、クルックはビルと話していた。「思うに」と、彼は切りだした。「例の老人ホームは見つからなかっただろう」

「ご名答」と、ビル。「見つからなかった」

「死体もか？」と、クルックが続ける。

「ああ。だが、警察のほうが少し先を行ってる」

「ひょっとして、警察は死体を発見したのか？」

「あんたに身元を確認してほしいそうだ」

「どこで見つかったんだ？」

「下のフラット」と、ビルは単刀直入に言った。

「なんてこった！　かわいそうに、やっぱりティー・コージーか」

だが、実際に警察が見つけたのは、ティー・コージーの叔母の死体だったのである。

二

クルックがキングズウィドウズ行きの列車にのんびりと揺られていた頃、若く美しいシグリッド・ピーターセンは、ブランドン・ストリートのフラットを再び訪れていた。ミス・フィッツパトリックに打ち明けたとおり、近くの通りにあった住居を三月に空襲で焼け出され、それ以来、彼女が働くオフィスと、食堂を手伝っている避難所を往復しながらの不便な生活を強いられていた。空襲から三週間経って、家具がいくつか救い出されたこともあり、ようやく新たにフラットを借りる決心をしたのだった。周辺にはいくつも候補があったが、利便性と部屋のサイズの両方とも気に入ったのが、クルックの住むフラットの二階だったのだ。それで、ティー・コージーが謎の失踪を遂げたこの日、カーテンの寸法を測るため、正午に目当ての物件へと急いだ。不動産屋からは、元の居住者と連絡を取って、その女性の荷物を速やかに移動させるという約束を一応は取りつけてあった。今回は、ドアを開けた途端に現れる気味の悪い中国のお面を目にする心の準備はできていたし、前回味わった、なんとも言えない胸のざわつきを抑える対策を講じていたはずだったのだが、鍵穴に鍵を差し込んだとき、突然、得体の知れない恐怖に襲われた。ドアの向こうから、自分に向かって叫ぶ声がはっきりと聞こえたような気がしたのだ。「入るな。入るな」と。

このばかげた恐怖を振り払い、シグリッドは鍵を回して暗い廊下に足を踏み入れた。どうしようもないほどがらくたがため込まれ、不注意な人なら何度もつまずいてしまいそうな、散らかり放題のリビングに対する覚悟はできていた。

「このフラットが異様な感じがするのは、きっと置かれている家具のせいだわ」と、シグリッドは思った。「どれもこれも、まるでノアの箱舟から出てきたかのように古めかしくて、ずぶ濡れになったみたいに見えるんだもの」

雨戸の隙間から差し込むわずかな光の中に浮かぶその部屋は、薄暗く不気味だった。家具の輪郭だけが浮き上がって見える。クッションや色つきの古いベッドカバーが積み上げられ、虫に食われた膝掛け毛布で覆われている、スプリングの壊れたソファ、暖炉の上の壁に立てかけられた飾り、おんぼろのシェードが歪んでしまっている、欠けたスタンドランプ。シグリッドは、そんながらくたの中をおそるおそる移動した。

すると、注意深く踏み出した足の下で何かが割れる感触がし、落ちていた飾りでも踏んだのだろうと思った。急いで足を離し、窓に手を伸ばして雨戸を開けると、何を壊したのか確かめようと振り向いた。驚いたことに、それはがらくたの山のどこかから落ちて見過ごされていたと思われる、鎖の切れ端がついた平たい金時計だった。

「ケースのようなものがあったはずだと思うけど」と思いながら、シグリッドは屈んでそれを拾い上げた。彼女が踏んだためにガラスは割れてしまったが、時計の文字盤は傷ついていなかった。偶然にも、時計の針は十二時十分を指していた。

「古い時計だって、二十四時間のうち二回はこの時間を指す瞬間があるんですものね」と思い直し、時計をかたわらに置いて、カーテンの寸法を測るのに踏み台になりそうな物を探した。長い網レースにしましょう、とシグリッドは決めた。その上に、彼女の持っている、小さな青い花柄が散りばめられたクリーム色の木綿サラサの、光を通さないよう黒い布で裏打ちされたカーテンを掛ければいい。「正直じゃない人だったら、時計を持っていってしまうかもしれないわ」と、彼女は思った。「金だけでも、二、三ポンドの価値はあるもの」

この部屋の窓には、カーテンの金具を隠す覆いもついていたので、その寸法も測らなければならなかった。五分ほどかけて必要な計算をし終えると、背が低くほっそりとした可愛らしい娘は、再び自分の家が持てる喜びに顔をほころばせた。部屋に自分以外の者がいるとは、夢にも思わなかった。踏み台にしていたグラグラする食器棚から降りながら、ふと例の金時計に目をやった。針は十二時十五分を指している。輝く青い瞳の上の、小さな金の羽根のような眉が、驚きのあまり吊り上がった。思わず、自分の手首につけているちっぽけな腕時計を見る。

やはり、十二時十五分だ。

「そんなはずないわ」と自分に言い聞かせ、金時計を取り上げて反射的に耳元に持っていった。

次の瞬間、シグリッドは愕然とした。

いいいい、この時計は動いている。

とっさに状況が理解できなかったのも無理はない。何カ月も閉めたままになっていた部屋の中にあった時計が、動いているのだ！

不動産屋からは、一年ものあいだ放っておかれたフラットなので、かなり汚くてむさくるしい状態なのは覚悟してくれと言われていた。彼女の頭の中を、この事実が執拗に駆け巡った。

丸一年、私以外に誰も入ったことのないフラットにあった時計が、動いている！

それに——昨日この時計に気づかなかったのは、おかしくはないか？　床の真ん中に転がっていたのに、目につかないわけがないではないか。

とすると――昨日からこれまでのあいだに、誰かが下見に来たのだろうか？　だが、今日、不動産屋が鍵をくれたとき、こう言っていた。「あなたがお持ちになっていてもよさそうですよ。ほかに誰もあの部屋を欲しいと言う人がいないようですからね」つまり、その線はないということだ。

「だけど、正確な時間を示しながら、時計が空から降ってきたりはしないわ」と、シグリッドは思った。「誰かがここに持ち込んだのよ」

彼女は、その人物が壁から浮かび上がってくるのを待つかのように、ぼんやりと周囲を見まわした。と、その視線がソファの上で止まった。どうして今まで気づかなかったのだろう？　クッションが丁寧に――いや、無造作に？――どちらだろうか――散らしてあって、膝掛け毛布の下に人の体でもあるかのように見える。

「昨日こんなに想像力がたくましくなくて、よかったわ。きっと昨日だったら、ただのクッションだってわかる前に、ヒステリーを起こしていたに違いないもの」

そう思いながらも、彼女の目はどうしてもソファに吸い寄せられてしまう。好条件にもかかわらず、急に、やっぱりこのフラットを借りるのはやめたほうが賢明だという気がしてきた。どの部屋にも奇妙な雰囲気が漂っていて、一人でここにいたら何かに取りつかれたような感覚に陥りそうだと思ったのだ。

手にした時計から、いろいろなものが積まれたソファに視線を戻した。

「ほら、しっかりしなさい」と、自分を叱咤《しった》する。「ただのクッションだってわかってるじゃないの」

手を伸ばして、虫に食われた毛布をはがしてみた。

家じゅうをつんざくような悲鳴が上がった。天井に思いきりぶつかって粉々になった音が、跳ね返って響きわたったかのようだった。一瞬、シグリッドには、その音がどこから発せられたのか、自分でもわからなかった。ひょっとして、ソファの上にあるのって――ソファの上のものって……。

彼女は両手で目を覆った。黒いエナメル靴を履いた片足が毛布の房飾りに引っ掛かり、その反動でわずかに揺れているのが目に入ったのだ……。悲鳴のあとの静寂の中で、彼女の耳に、時計が時を刻む音がはっきりと聞こえた。

チックタック、チックタック――もう死んでいる、もう死んでいる。

「私、頭がおかしくなってしまったんだわ」時計の音がさらに響く。チックタック、チックタック、頭が狂っている、頭が狂っている。

彼女は固まったまま、動くことができなかった。

目を覆っていた手が少しずつ離れ、こちらを見返しているように思えるものを、シグリッドはまじまじと見つめた。だが、もちろん、見返しているように思うのは、頭がおかしくなったがゆえの空想にすぎない。だって、死体は、死体には見ることなんてできないのだから。

しかも、ソファの上のものは、布巾か雑巾のようなものを口に突っ込まれて窒息し、完全に息絶えているのだ。

最初の悲鳴が建物内に鳴り響いたとき、三号室にいた家政婦のデイヴィス夫人は、カップを置いて踊り場まで下りてきた。同時に、四号室にいたテイト夫人も、コップを脇へ置いて階段の手すりに身を乗り出した。二人はお互いの顔は知っていたが、家政婦同士の暗黙の了解で、親しくなることは避けていた。

「何か聞こえたかい?」ちょっと間をおいて、デイヴィス夫人が尋ねた。

「ええ、聞きましたとも」と、テイト夫人は頷いた。「そりゃもう、ぎくっとしたわよ。ちょうど座っているときで、助かったわ」

「私も」と、デイヴィス夫人も言った。二人とも、もうすぐ手に入りにくくなるだろうから、ほうきやはたきといった家庭用品は大切に扱うようにという政府の呼びかけを、重く受け止めているのだった。「いったい、なんだったんだろうね」

「こんな真っ昼間に、ちゃんとした家で耳にするような音じゃあないわね」日が暮れてからなら、けたたましい悲鳴が聞こえるのも普通のことだとでも言うように、テイト夫人が感想を述べた。

「それに、誰の声だったのかね」と、デイヴィス夫人は首をかしげた。「下のフラットは、空き家のはずだけど」

「本来はね」テイト夫人は陰気な口調で付け加えた。

そのとき、また別の音が聞こえた。今度は悲鳴ではなく、もっと低い、たとえ想像力のない人でも、血が凍り、肉が凍えてしまいそうな音だった。二人の耳に届いたのは、すすり泣きながら喘ぐような声だったのだ。

うううー! うううー!

苦痛にうめく獣みたいだ、と、テイト夫人はぞっとした。

「殺人でも起きてるような声に聞こえるよ」と、デイヴィス夫人は言った。

すると、一つ下の階から呼びかける声がした。「そこに誰かいるの?」

二人とも、すぐには応答しなかった。階段で聞き耳を立てているというのは、決して行儀のいい行為とは言えないからだ。

「お願い！」悲痛な声が再び階下から聞こえた。「そこに誰かいるの？」

声のするほうに近いところにいたデイヴィス夫人が、気取った口調で訊いた。「どなたかお呼びになった？」

「ああ、どうか下りてきてください。お願い。大変なの――ひどいことが起きてるんです。とんでもないことが」

一応の面目が立ったので、二人の女性は津波のような勢いで階段を駆け下り、青い服を着て震えているほっそりとした人影のもとに押し寄せた。

「まあまあ、落ち着いて」と、威厳たっぷりにテイト夫人が声をかけた。「どうしたの？　恐ろしいことでもあったの？」

すっかり取り乱しているシグリッドが、身ぶりで背後のドアを指し示した。

デイヴィス夫人は、すっくと立ち上がった。「きっとゴキブリを見たんだね。若い子っていうのは、ゴキブリを見ると、よくこうなるんだよ。私が若いときには……」

「私が若いときには」と、テイト夫人がぶっきらぼうに口を挟んだ。「ゴキブリを見て大騒ぎなんかしたら、母にこっぴどく叱られたもんよ。だけど、ゴキブリじゃないと思うわ。ねえ、そうなんでしょう？」

シグリッドが振り向いたので、初めて彼女の顔をまともに見た二人は、思わず息をのんだ。

「ものすごいショックを受けてるわ」と、テイト夫人は言った。「だから、ゴキブリじゃないって言ったでしょう。さあ、お嬢さん、デイヴィスさんと私に話してごらんなさいな……」

「中に……」シグリッドは震える手で指差しながら、かすれ声で喘いだ。

「でも、このフラットは空き家でしょ」と、デイヴィス夫人が反論した。

シグリッドは首を振った。「今は違います。昨日の午後は空き家でしたけど、今は、そうじゃないんです」

「この子が何を言ってるのか、確かめたほうがよさそうだね」と、デイヴィス夫人は言った。

シグリッドは、手を伸ばして夫人を引き留めた。

「だめ、入らないで」と、かすれた声で言う。「そんなんじゃないの。警察に知らせなくちゃ」

「私は一度だって、警察と関わり合いになったことはないんだからね」と、デイヴィス夫人は譲らない。「とにかく、この目で確かめなくちゃ」

二人の女性はドアを押し開け、暗い廊下に立って目をしばたたいた。テイト夫人が肩越しに振り返った。

「どこなの？」と訊く。

「中です。左側。でも、入らないで。入っちゃだめ」

こんなに懇願しても、この二人を止めることは、たとえ野生の牛でも無理だっただろう。それに、出産、死病、臨終に何度も立ち会ったことのある彼女たちは、きわめてタフだった。死者に敬意を払わなくては、などと口にしながら急いで毛布を元に戻したテイト夫人に、デイヴィス夫人は、こんなことをした人間が誰かは知らないけれど、哀れな被害者に少しも敬意を払ってないね、と応じた。それから、真っ青になっているシグリッドのところへ戻り、警察に行くよう諭した。二人とも、警察なんてところと関わったことはないけれど、若い女の子が一人じゃ気の毒だから付き添ってあげると言う。

「ありがとう」シグリッドは、か細い声で礼を言った。

「外国人なんでしょう?」と、テイト夫人が訊く。

「ノルウェー人です」と、シグリッドは小さく答えた。

「大変だねえ」と、テイト夫人。「母国をヒトラーに侵攻されたかと思ったら、空襲で焼け出されて、今度は自分の、っていうか、自分のも同然のフラットで死体が見つかるなんてね」

階下へ下りながら、二人はなおも情報を引き出そうとあれこれ話しかけたが、シグリッドは弱々しく首を振るだけだった。

地階の窓から、ミス・フィッツパトリックは三人が通りに出てきたのを見た。そのことをノートに書き留めると、ちょっと気晴らしをすることにし、ハルモニウムの前に座って賛美歌の弾き語りを始めた。


素晴らしきものすべてを。

警察が到着したときにも弾き続けていた。彼女の座っている位置から、窓を通して警官の姿が見えた。しばらくして——かなり長い時間が経ってから——地階への階段をどしどしと歩く足音が聞こえ、「彼ら」がドアをノックした。(クルックにとって、「彼ら」というのはパブのバーテンダーなのだが、ミス・フィッツパトリックには、「彼ら」といえば警察のことなのだった)警察は彼女に、二階で女性の死体が発見されたことを伝え、いろいろと質問をしてきた。

「は！」ミス・フィッツパトリックは、それ見たことかという口調で言った。「どうせ、クルックさんの奥さんでしょうよ」

ベンハム刑事部長は、さらなる説明を求める視線を送った。存在するとは思ってもみなかった〈クルック夫人〉を指して言っているのか、自信が持てなかったのだ――それとも、別の人間のことなのだろうか。

「今朝、奥さんがいなくなったって言って、うちに来たんですよ」と、ミス・ノィッツパトリックは言葉を補った。「見かけなかったかって訊かれたけど、もちろん、私は見ちゃいません。そういえば、今日、彼女が戻ってこないか見張っといてくれって言ってたね。でも、まさか、そんなところで見つかるとは思ってなかったでしょうよ」

「クルック氏は留守です」ベンハムは、言わなくてもいいことを口にした。

「今夜、戻ってきますよ」と、ミス・フィッツパトリックが請け合った。「私と話しに来るって言ってたもの。灯火管制になる前においでって言ったんですよ。じゃないと、たとえチャーチル首相だって入れてやらないよってね」

刑事は、さらに質問を続けたが、彼女の見るところ、どれも事件の解明には至らないように思えた。彼女は、頑として死体を見に行こうとはしなかった。爆撃が始まって以来、たくさんの死体を目にしてきたのに、なんでまた、わざわざ嫌な思いをしなくちゃならないんだい、と言うのだ。死んだ女性が誰にしろ、自分の友人ではない。そもそも、友人などいないのだから、と。根負けした刑事部長が、よく磨かれたリノリウムの床から大きなブーツを引き離して去っていくと、ミス・フィッツパトリックは座ってハルモニウムを弾き始めたのだった。「神よ、汝《なんじ》を愛す……」

第五章

今こそチャンスだ。とどまれ、わが馬よ。
私が状況を吟味しよう。
そして曖昧な過去から
かつての状態を呼び起こすのだ。
——ロングフェロー

一

クルックとその連れは、ロンドンまで快適な旅を楽しんだ。

「下りに乗らなくちゃならない人は、気の毒だな」と、ヒラリー・グラントが考え深げに言った。

「だって今朝の混雑具合と、この列車じゃ比べものにならないですものね。一人になりたいと思えば、それぞれに車両を占領できそうだ」

だが、クルックは友好的な気分だったので、パディントンに到着するまでずっと席を別にすることはしなかった。改札を抜けながら、グラントは言った。「もし僕に用があれば、〈スポーティング・アンド・ドラマティック〉に泊まっていますから、連絡をください。僕が戦争をコントロールできるわけじゃないんで、いつまでとは言えませんけど、とりあえず今夜はそこにいます」

「警察にとって、君は天の恵みだろうよ」と、クルックが太鼓判を押した。「遺体の確認をしてくれる人間が必要になるはずだ——まあ、場合によっては要らんかもしれんが。私は適任とは言えない。私が何を言ったところで、証拠にはならないからな。だいたい、老婦人に一度も会ったことがないときている」

「ミス・フローラを怖がらせたくなかったので黙っていたんですが」ヒラリー・グラントは真顔になって言った。「はっきり言って、状況は芳しくないと思うんです。なにしろ彼女の帽子は、この辺りじゃ白亜のビーチー岬と同じくらい有名ですからね。あなたのお友達のフラットに、彼女がおふざけで置いていったとは考えにくい」

「確かに」と、クルックも同意した。「私も同感だ。だが、グラント、君も私も警察ではないからな。彼らがどう見るかはわからない——ネス湖の怪獣みたいなもんさ」

ヒラリーがタクシーを呼び止めて飛び乗り、官庁街のホワイトホールにある住所を告げるのを見届けて、クルックはそれよりも安上がりな、のんびりとした手段でアールズコートに向かった。階段の最下段に足をかけた途端、人目をはばかるような、それでいて居丈高な声が聞こえて下に目をやると、地階の窓に〈穴居人〉の姿が見えた。クルックが気づいたと見るや、彼女は意味ありげに手招きした。いつものように、急いで警察と関わり合うつもりのないクルックは、元気よく勝手口へ下りて行った。

「静かに入っておくれよ」と、ミス・フィッツパトリックがたしなめた。「ギャリーが目を覚ましてしまうからね」ギャリーというのは、カナリアだ。「彼ら、まだ上にいるんだよ」と続ける。「午後中、出たり入ったりでね。あんたとあの人——彼のことをなんて呼んでたっけ？——あんたたちが戻ってくるのを待ってるんだと思うね」

「どうして彼らは、私が何か知っていると思うんだろう？」と、クルックが訊いた。

「そりゃあ、あんたの奥さんかもしれないって私が教えたから」

クルックは、にやりとした。「で、それに対してなんて言ってた？」

「あんたがいつ帰るか訊かれただけさ。きっと指紋を採取してるんだろうよ」

「老婦人のかい？」

「とにかく、上がったり下りたりしてて、あんたのとこで働いてる女性、まあ、あれを働いてるって呼べるとしたらだけど、彼女がね、警察が写真を撮っていた以外はよくわからないって言うんだよ」

「あの部屋に、たいしたものはないからな」と、クルックは慰めた。「死体はどうなった？」

「警察が運び出したよ——あんたの奥さんじゃないかって、私が教えたあとにね」ミス・フィッツパトリックは、いちだんと声をひそめた。

「まさか、私のベッドの下で見つかったって言うんじゃないだろうな」と、クルックは諦め半分の声で言った。

「いいえ。それに、彼女は上にいたんだって——ソファのね。つまり——下じゃなかったんだよ」

「第一発見者は？」

「昨日来た娘さ。もう一度部屋を見たかったらしくてね」

「相当なショックを受けただろうな」

「悲鳴を上げてたよ」

「無理もない。三階は？　彼を見かけなかったか？」

〈穴居人〉は、ぼさぼさの小さな頭を横に振った。「私の考えじゃ、警察が別のフラットで見つけるんじゃないかね」

「それは、いかにもありそうな線だな」と、クルックも頷いた。

「警官は、まるで私が彼を時計の中にでも隠しているんじゃないかっていう口ぶりだったからね」と、ミス・フィッツパトリックは考え込んだ。「彼がいるからって」——彼女は、ベンハム刑事部長のことを頭に浮かべていた——「敷地内にもう一つ死体がないとはかぎらないよ」

「そりゃそうだ」と、クルックは相づちを打ち、鳥かごに向かってパチンと大きな指を弾いた。途端に、カナリアが目を覚まして歌いだした。クルックは部屋を出ると、階段を上っていった。

二階に上がったところでドアが開き、「クルックさん？」という声がした。

「お手数をおかけしたようだね」と言いながら、クルックは音を立てずに後ずさった。用心するに越したことはない。死体が一つ見つかったのだ、二つにならないという保証はどこにもない。

ベンハムは自己紹介をした。クルックは、自分の部屋でビールを飲まないかと誘ったが、たとえ勤務時間以外でも、刑事部長はビールを飲まないことがわかった。彼は週末に警察のチームでホッケーをやっており、ビールはプレイに悪影響を及ぼすのではないかと恐れているのだった。

クルックが黙っているので、ベンハムが口火を切った。「二階で死体が発見されましてね。それを、あなたに確認していただきたいのです」彼はそそり立つような大男で、顎がひどく長いために、口が顔の真ん中にあるように見えた。

「帽子は？」と、クルックが呟いた。

ベンハムは、驚いた顔をした。「帽子？」

「その女性の帽子のことだよ」

「ありませんでしたね。でも、近頃は、女性が必ずしも帽子をかぶるとはかぎらないでしょう」

「彼女がキングズウィドウズを出たときには、確かにかぶっていたそうだ――その遺体が、私の言っている老婦人ならの話だがね。それは、まだわからない」

「あなたの老婦人というのは？」

「カージーという名だ」

ベンハムが身をこわばらせた。「三階の住人と同じ名ですね」

「彼の叔母かもしれん」と、クルックは考え込むように言った。「彼は、叔母さんのことを案じていた。ほかの人たちもそうだ」

「カージー氏は、今日ずっと留守でしてね」

クルックは腕時計を見た。「まだ、少し早いかな。確かではないが。私自身、いつもこの時間には帰っていないんでね」

「彼は、朝早く出かけたようですね」

「クルックをつかまえるには早起きしなければならないというのが私の口癖なんだが、カージー氏は今朝、私より早く起きたらしい。どうもこの家は、悪い噂が立ちそうだ。なんせ、紳士が一晩のうちにフラットから姿を消し、翌朝には別の部屋で死体が見つかったんだからな。不吉な前触れじゃないことを祈りたいね」クルックは、さらに続けた。「万が一、遺体がミス・カージーだとしたら、あんたがたの役に立つのは、ヒラリー・グラントという男だ。ミス・カージーの家で数カ月暮らしていて、どうやら彼女をよく知っているようだ。私自身は、一度も彼女に会ったことがないんでね。彼は〈スポーティング・アンド・ドラマティック〉にいる——まあ、そのグラントっていう男を、陸軍省が当面使う気になっていればの話だが」

ベンハムはクルックの電話を借り、幸い、クラブ室にいたグラントをつかまえることができた。

「結局、手違いだったんですよ」ブランドン・ストリートに現れたグラントは、うんざりした口調でクルックに告げた。「陸軍省は、僕が役に立ちそうだから、エジプトで危険にさらすには惜しいと思ってるみたいなんです。本当に重大な局面が来るまで、取っておくつもりらしい」彼独特のひょうきんさは、消えてしまっていた。「で、何かわかりました?」

「警察は、君に期待しているようだ」とクルックが言い、三人は一緒に遺体安置所に向かった。

遺体は見るからに小柄な年配の女性のもので、どの死体もそうだが、生きているときより若干小さかった。たくさんの黒玉で飾られた黒いドレスをまとい、ぶら下がった黒玉のイヤリングをして、黒いビーズ飾りのあるストラップ付きの古めかしい黒の靴を履き、いろいろな鎖やブレスレットを身に着けている。フラットではハンドバッグが発見されておらず、身内や親しい友人による確認もなかったため、身元が特定できずにいたのだった。パールはどこにも見当たらなかった。

「間違いなく、ミス・カージーです」グラントは真剣な口調で言った。「ちょっと、見ていてあまり気持ちのいいもんじゃありませんね」彼は、くるりと背を向けた。「いったい何をされたんですか?」

「頭を殴られて気絶し、そのあとで首を絞められたんです」ベンハムは、感情のこもらない声で答えた。

「凶器は発見したのか?」と、クルックが尋ねた。

「部屋には凶器になりそうなものがたくさんあって、ほとんどは埃や油でまみれていますから、指紋がついているはずなんですが、そういうものは見つかりませんでした。だが、犯行が行われた場所は、まだ特定されたわけではありませんからね。クルックさん、あなたのお話からすると、カージー氏が戻ってこない場合、彼のフラットを捜索したほうがよさそうですね」

「なんだって!」グラントが大声を上げた。「まさか、彼まで何かに巻き込まれたって言うんじゃないでしょうね?」

「ああいう人間については、なんとも言えんよ」と、クルックは二人に断言した。「突然、アーサー王の宮廷にタイムスリップしているかもしれないんだ。それが、彼の十八番でね」

ベンハムはむっつりとして、ほう、それはずいぶんと便利なことだが、法は法なんでね、と言った。彼は、ミス・カージーのロンドンへの来訪についてヒラリー・グラントに質問し、姪と連絡を取る必要があると言った。検死に立ち会ってもらわなければならないというのだ。それから三人はブランドン・ストリートに戻り、ベンハムは前夜の出来事について細かく尋問を始めた。

「あなたのフラットに入ろうとしていたのに、変だとは思わなかったんですか?」怪訝そうに訊く。

「決して普通のことではありませんよね」

「その言葉は、ティー・コージーには当てはまらない」と、クルックは説いて聞かせた。「われわれにとって普通のことが、彼にはおかしなことなのさ。逆もまた然りだ」

心の中で、盾の紋章に描かれたライオンのように荒々しく渦巻いている疑念については、警察に明かすことをしなかった。もし、警察に守護聖人がいるとすれば、それは、ディケンズの『困難な時代』の主人公、事実に固執するトマス・グラッドグラインドに違いない。それに対し、クルックが思考においては大事にしているのは、心を奪うような奇抜な空想なのだ。

ブランドン・ストリートに戻ってみても、相変わらずティー・コージーが帰ってきた形跡はなく、洗濯屋の紙包みがフラットの外の階段に置かれていた。

「いつもは、大英博物館が閉まると帰ってくるんだ」と、クルックは呟いた。「閉館時間が何時かは知らんが」

「もう帰っていてもいいはずです」と、ベンハムがきっぱりと応えた。

「それに、そもそも午前九時半に私と約束していたんだしな」クルックのこの言葉が、警察に決断させたようだった。

「フラットに入りましょう」と、刑事部長は言った。

「たぶん、鍵はいつもの場所にあるよ」警棒でドアをぶち破るのを見越して、クルックは急いで教えた。

おそらくデイヴィス夫人は、いつもと同じように掃除をしたのだろう。すなわち、暗殺者が残したかもしれない指紋は、不鮮明になってしまって使い物にならないということだ。ぞんざいに走り書きした署名のように、部屋の片隅に埃が集めてあり汚れた雑巾がぽつんと残されていた。テーブルの上のメモには、読みにくい字で「悪いけど、明日は来ません」と書いてある。ミス・カージーからの手紙は、まだマントルピースの上にあり、ベンハムは封筒から便箋を取り出して一瞥《べつ》した。

「彼は、私の見ている前でその手紙を開封したんだ」と、クルックが補足した。

刑事は、無愛想で大きな顔を上げた。

「二度目にですね」

クルックの赤い眉がぴくりと動いた。警察が彼をやり込めるのは、珍しいことだ。

「この封筒は」ベンハムは説明を始めた。「一度開けたあと、注意深く封をしてあります。それが再び、少しずれた箇所で開封されているのです。あなたは昨夜、カージー氏が元どおりに封をするのを見ていないんですよね？」

「いや、私がここにいるあいだは、そんなことはしなかった」

「私が入ってきたときには、封は開いていました。ということは、最初に開けられたのは、あなたが来る前だったということになります。それにもう一つ」ベンハムは、部屋を見まわして付け加えた。「ほかに、開封されていない手紙はないようです。これは、どこにありました？」

「そこに積んである新聞の上だ」

「それで、彼はすぐに筆跡に気づいたんですか？　ミス・カージーは、ちょくちょく金を送ってくるんでしょうか？　それなのに、彼は手紙を開けなかった。ふむ」

彼はリビングを出て寝室へ行ったが、何も新たな手がかりは発見できなかった。ベッドメイキングがだらしないので、デイヴィス夫人に訊いてみなければ、昨夜、ベッドが使われたかどうかもわからない。ベンハムは、夫人の住所を知りたがったが、誰も知らなかった。テイト夫人に尋ねてみてもいいが、たぶん助けにはならないだろうと、クルックが言った。

「おそらく、そうでしょうね」ベンハムは、気難しい口調で同意した。「外に一人残して、訪れる人間を全員呼び止めさせることにします。クルックさん、カージー氏のことで何かわかったら、われわれに知らせてください」

クルックは、しきりに昨夜の出来事を思い出していた。確かにあのとき、もしかしたら自分は罠に首を突っ込んでいるのかもしれないとも考えたが、しかし――それにしても――わざわざ自分を引っぱり出すとは。ブルドッグのような風貌と性質を併せ持ったクルックという男は、一度つかんだものは絶対に離さないという定評があるのに？

警察が去ると、彼はヒラリー・グラントに向き直った。

「ビールでも飲むか？」と誘う。「というより、私が欲しいんだ」

「まったく、ひどい話ですよ」と、グラントが言った。「哀れな老女の頭を殴るなんて、どういう了見なんでしょう？　今のところ警察は、二＋二は四という正しい推理をしているようですね」

「二×一は二、二×二は四だが、得点の仕方をちゃんと知っていれば、二×四が九十六になることだってあるんだ。警察の中にいればな」

クルックは、警察には手厳しかった。奇跡をもたらすのは、自分の仕事ではないと言うのだった。

二人で少しのあいだあれこれ話をしたあと、グラントが言った。「ミス・フローラのことを考えていたんですが、警察は彼女に電話か何かをするんでしょうかね？」

「まずは、地元警察と連絡を取るだろう」と、クルックは言った。「そして地元の警察が、ミス・フローラに事の経緯を説明するはずだ」

ヒラリーは、ため息をついた。「彼女が、いつもあんなに対立的な態度を取らないでくれたらいいんですけど。彼女自身のためにって意味ですよ。あの、ミス・フローラも目にしなくてはならないんでしょうか――僕らの見たものを？」

クルックは頷いた。「そうなるだろうな」

「彼女は、叔母さんにとても献身的な人でしてね。僕の見るかぎり、叔母を中心に生活を築いてきたと言っても過言じゃない。これから、どうするんだろう」

「戦時中だからな」と、クルックは冷静に言った。「誰でも仕事を見つけることはできるさ。それに、どのみち叔母さんが八十歳になれば、ずっとこのままではいられないことに気づいたはずだろう」

「だけどやっぱり、死んだとなると――しかも、こんな形で――ひどくショックを受けるでしょう」

「私は、ひょっとしたら、現在の彼女の暮らしぶりは、結局それほどの痛手を受けないことになるんじゃないかという気がし始めているんだ」と、クルックは予言のようにも聞こえることを口にし、もう一本ビールを開けたのだった。

二

聖書の言葉をもじって「あなた」を「私」に替え、「闇も光も、私には同じことだ」と常々口にするクルックには、灯火管制の時間をとうに過ぎているなかをブルームズベリーのオフィスに戻るのは、ごく当然のことであり、そこでビル・パーソンズが待っていたのも、また当然のことだった。ビルは、かつてはハンサムだったことをうかがわせる顔立ちの長身の男で、歩くとき、少し足を引きずった。この足の不具合は、法と秩序の力を相手に戦いを挑んで、大抵は楽勝を収めていた、不良時代の置き土産だった。昔、ビルはイギリスでも名うての宝石泥棒だったのだが、ことさら激しい追跡劇を繰り広げた際、スポーツマン精神にもとる警官からかかとに銃弾を撃ち込まれて、かなり若い年で足を洗い、クルックの言葉を借りれば、天使の側に回ったのだった。そして、クルックの副官として正式に雇われ、それを見た大勢の実業家の目を丸くさせた。しかし、クルックは、メダルの両面を知っているビルは、なくてはならない存在だと譲らなかった。彼の昔の仲間を糾弾することはしないという約束で契約を結んだのだが、大繁盛のクルックの仕事の大半は社会の裏側で行われるものなので、そういう事態は滅多に起きなかった。

道徳にかなった人間には警察がついていると、クルックはよく口にした。悪徳な人間にこそ、特別な弁護士が必要なのだ、と。それに、どんなにあくどい人間でも、決して出し惜しみをしたりはしない。有罪を無罪にしてくれる証拠には、気前よく金を払うものだ。だが、道徳的な人間は、自分は無罪だという言葉を信じてくれるものと思っていて、それを証明するのに金を払うなんておかしいと憤る。だから、大抵の場合、あまり深入りをしてこないのだった。

「何か新たな情報は？」クルックが入ってくるなり、ビルが尋ねた。

「君も知っているとおり、警察に洗いざらい話したところで、なんの得にもならない」と、クルックは答えた。「彼らは感謝するどころか、自分たちだって半分でもチャンスがあったら、もっといろいろなことがわかったのに、と思うんだ。だが、これはかなり面白いぞ、ビル。例えば、ロナルド・クロスについて何を知ってる？」

「少なくともここ一年は、イギリス国内に存在しなかったはずだ」と、ビルは即答した。

「誰が国外に密輸したか知ってるか？」

「アンデルセンが扱ったんだが、どこから手に入れたのか——そこまではわからない」

「私は知ってるぞ」と、クルックはあっさり言った。「ミス・クララ・カージーからだ。しかも彼女は、ほかにもいろいろと宝石を持っているんだ」

「なんと！」と、ビルも同じようにあっさりした口調で言った。「どうやって手に入れたんだろう？」

「ああいう物を手に入れる方法は、二つしかない」クルックは、あらためて説いた。「一つは金を支払う方法だが、どうも私には彼女がそうしたとは思えない。もう一つは、圧力を伴うもの……」

「ゆすり？」ビルの眉が、そのグレーがかった銀髪に向かって吊り上がった。「じゃあ、それが彼女の商売だと？」

「ああ、ビル、私はそう思う。だが、慎重を期したほうがいいし、われわれの評判を保つためにも、まずはその考えを検証してみよう。ミス・フローラと家政婦によれば、医師の妻のフィリップス夫人が一九一八年に死んだ際、コンパニオンだったミス・カージーに二千ポンドを遺したそうだ。しかし、家政婦の話では、フィリップス夫人は金を持っていなかったというし、医師はコンパニオンへの賃金の支払いについては、やや保守的な考えだったらしい。何より、仮に夫人が本当に、二年足らずの貢献に対してコンパニオンに二千ポンドを遺すと言ったとしても、家政婦の忠誠には一銭も遺さないというのは、どうも怪しい」

「つまり、臭うってことか」と、ビルはにこりともせずに言った。

「君は、どう思う？　そりゃあ、タダで得をするのが百万長者の秘訣なのはわかるが、ミス・カージーに金をやるつもりがあるなら、夫人は、なぜ生きているときに賃金を払わなかったんだ？　答えは、こうだ。なぜなら、夫人には先立つものがなかったから……」

「夫にはあった？　そして、ミス・カージーはそれを知っていたと？」

「ほかにも知っていることがあって、それを金に換えたとか」クルックは、好戦的な顎をシミだらけの大きな手で撫でた。「死んだフィリップス夫人の病気に、不審な点があったとしたら」と、考え込む。「夫は再婚したと、ワトソンが言ってたな」

「一九一八年といえば、ずいぶん昔だ」と、ビルがそれとなく口にした。

「調べられるかもしれんぞ」クルックは意に介さなかった。「そうさ、いくら博愛主義者だって、何もないのに二千ポンドを払ったりするもんか。しかも妻の死後、夫は別の土地に移っている」

「ハムステッドにいたんでは、噂が立ちやすかったってことか?」

「そのとおりだ、ビル」

「その夫を捜すつもりなのか?」

「そして、二十年前に妻を殺害したか本人に訊くのか? それもいいか。いや、それよりフォースターを捜そう。夫人が死んだときに診療に当たっていたのは、彼だ。もし、何か不審な点があったとしたら、忘れるはずがない」

「きちんとした分別があるなら、そうだろうな」と、ビル。

「私が、彼の記憶を刺激してやれるかもしれないさ」

「証拠は……」と切りだしたビルを、〈犯罪者の希望〉が無造作に遮った。

「証拠なんて必要ない。医者の評判っていうのは、初舞台を踏む女優なんかよりよっぽど繊細だからな。ちょっと耳元でささやいてやれば、大いに慌てるはずだよ。ティー・コージーじゃないが、この件に関しては、二十年なんて昨日みたいなもんだ。それにな、ビル、ずっと堅気な生活を送ってきたクララ・カージーのような女性が、どうしてロナルド・クロスのことなんて知ってるんだ? 絶対に裏の顔があるのさ。寝酒のビールを賭けたっていいぜ」

「ほかの宝石について、手がかりはないのか?」ビルは、何か考える顔で呟いた。

「どうやら厳重に保管されているらしい——五千ポンドの価値があるとされる謎のパールのネックレ

ス以外はな。誰の査定かは訊かないでくれ」と、急いで言い添えた。「私も知らないんだ。ただ、姪はミス・カージーがロンドンに着けて行ったと言うし、家政婦は、彼女はそんな愚か者ではないと言う」

「警察はなんと？」

「彼らは、パールの件を聞いていないようだ」クルックは、いかにも無邪気に答えた。「考えてみると妙だよな、ビル？」

「彼女、網を仕掛けたのかもな」というビルの声に、感心するような響きはなかった。「医師から二千ドルもらったというのはわかるが、ロナルド・クロスなんて代物は、どう考えても、その医師のものとは考えにくい」

「その二千ドルで何をしたか知ってるか？」と、クルックが訊いた。「教えてやろう。職業紹介所を開いたんだ。コンパニオン、個人秘書、執事なんかを紹介する事務所だ」

「入り込んでいた家々からすると、やり方を心得ていたようだな」

「間違いなく、コツを心得ていたな。だからこそ、従業員とずっと連絡を取り合っていたんだ。彼女たちは新たな仕事をもらいに、ちょくちょくミス・カージーのもとへ戻ってきた。彼女が手紙を書いて、お茶にでも誘ったんだろう。それで、ケイ・エージェンシーを経営していた数年のあいだに、ロナルド・クロスや行方不明のパールも収集したんだ。きっと、ほかにもたくさん貴重な品を集めているに違いない」

「そして、ケイ・エージェンシーを断念したから――たぶんそうだと思うんだが――ロナルド・クロスとパールも手放したってことか？」

「ほかのものだよ、ビル。残りの宝石もだ。ケイ・エージェンシーのことを密告したほうがいいかもしれんな。おそらく、ワトソンの身は安全だ。彼女は何も知らずに言われたままを信じていて、奥様は五年ほど前、健康を理由に事務所をたたんだと言っているくらいだから。のれん分けについても訊いてみた。それなりの価値があるはずなんだが、そういうことはしていないと思うと言う。おおかた、年老いた女がロンドンにいては、やばくなったんだろう。派手にゆすりをやりすぎたのかもな。彼女のような立場の女は、ほかの人間にとっては格好の標的だ」

「大きいノミは小さいノミに嚙まれるってやつだな」と言ってから、ビルは思案ありげな表情になった。「どうやって、この件を解明する気だ？」

「一つだけ有力な線がある」と、クルックは訳知り顔で言った。

「クロスじゃなく？」

「いや、違う。アンデルセンが、自分が取引した宝石だと言って名乗り出ると思うか？　あるいは、別のブローカーが？　やつらは、そんなことは絶対にしない。あれこれ余計なことまで訊かれるからな。犬好きな連中のあいだでグレーハウンドがもてはやされるように、あのクロスは、ある種の社会では有名な品だ。それに、例のパール——実在するとして、まあその可能性が高いと思うが、ミス・カージーは、パールを誰のもとへ持っていったんだろう？　またアンデルセンか？　それとも、パーディン・マーティン？　フレディか？　それはわからないし、わからなくていいんだ。はっきり言うとな、ビル、この二次的な事件において、私はベンハムになるつもりはない。彼の証人の半分は、それぞれにスポットライトに当たりたくない事情を抱えている。それでだ、フィリップス医師が関わっている死亡者の記録を調べてみようと思う。それが、今のところわれわれに与えられた唯一のチャンスだからな」

「二十年も前のことを、フォースターが喋るかな?」ビルの口調は懐疑的だった。

「手術のやり方を知っているのは、何も医者だけじゃないさ」クルックは素っ気なく言い返した。

「むろん、彼がまだ生きていると思ってるからだが。朝になったら、一っ走り会いに行ってくるよ。その間《かん》に、君はティー・コージーとケイ・エージェンシーについて調べてみてくれ。死体を除けば、彼らがつながっていると考える根拠があるわけじゃないがね。知ってのとおり、私は詩人というのがあまり好きではないが、時には彼らも、もっともなことを言う。物事は見かけどおりではない、ってさ。まあ、ほかの誰かが言ったのを、その詩人が横取りして自分の言葉にしたのかもしれんがな」

彼らしい、おどけた意見を口にすると、クルックは帽子を頭にぽんとのせて、アールズコートへ戻っていった。

三

翌朝、クルックは試しに三号室のベルを押してみた。が、返事はなく、そのまま足音も高らかに階段を下りて、地下鉄でウェスト・ハムステッドへ向かった。医師名簿と電話帳を照らし合わせた結果、目当ての人物だろうと思われる、アースキン・フォースターという医師が見つかったのだ。念のため登録官事務所に寄って、自分は弁護士で、依頼人に代わって、一九一八年のスペイン風邪の大流行で亡くなったとされるチャールズ・フィリップス医師の妻、フィリップス夫人の死について事実関係を確認しなければならないのだと説明した。登録官は、一九一五年に再招集された、いわゆる退役将校《ダッグアウト》だった。ずいぶんと丁寧に時間をかけて、ようやく彼は記録簿の中に、一九一八年十二月三日にスペイン風邪で死亡したミセス・ミュリエル・フィリップスという人物に関する項目を見つけた。死亡診断書の署名は、C・アースキン・フォースターのものだ。

「彼は、まだこの辺りにいるんですかね？」勢い込んだ様子を見せないようにして尋ねたクルックに、登録官は、そうだと答えた。そこでブライニング・ストリートへ行ってみると、すぐに六十代の赤ら顔の小柄な男のもとへたどり着くことができた。ひと目見て、クルックには彼が高血圧を患っているとわかった。

クルックが入るやいなや、フォースターはぶすっとして言った。「ほう、今日はまた、なんの用で来たのかね？　診断書が欲しいわけじゃなかろう。君は、見るからに健康そのものだよ。仮病を使う輩《やから》には、うんざりしとるんだ」

「それを聞いて安心したよ」と、クルックはうれしそうに応え、山高帽をテーブルの上に放り投げた。

「お互い本気で、手の内をすべてさらして話そうじゃないか――そのほうが私にぴったりだ」

小柄な医師が睨みつけた。「いったい、なんの話だ？」

「診断書も、強壮薬も、聴診器も要らない。私の名は、クルック。弁護士だ。あんたから、ちょっとした情報が欲しい――殺人についてのな」

「なんの話だ！」医師は、再び同じ言葉を口にしたが、今度はさっきよりも訪問者を注視していた。

「殺人のことなど知らん」

「おいおい」と、クルックがたしなめた。「患者が殺害されたかもしれないと、一度も疑ってみたことのない医者なんて、これまで会ったことがないぜ。推理小説を書く人間なら、みんなそう言うさ」

「どうやら」医師は、鋭い目つきをクルックに注いだ。「私が忙しい人間だということに気づいておらんようだな」

「そうだろうとも。私も同じだ。つまり、二人とも忙しいってわけだ。なら、はっきり言おう。私は、一九一八年にスペイン風邪が大流行した際に死んだ女性の件を調査している。あんたが死亡診断書に署名したんだ。覚えているだろう……」

フォースター医師が、膨らむ途中の防空気球のような顔になった。

「あのエピデミックのとき、ハムステッドだけで、どれだけの人間がスペイン風邪で命を落としたか知らんのか？」と、彼はわめいた。

「教えてもらおうじゃないか」クルックは愛想よく言った。

「まさか君は、私がたった一人の患者のことを覚えていると思っとるんじゃなかろうな」今や彼は、爆発寸前の防空気球だった。

「彼女は、ちょっと特別でね。慢性病を患っていたうえに、同業の開業医の奥さんだった。フィリップスという名の医師だ。何か思い出したか？」

フォースターが思い出したのは、間違いなかった。

「彼女なら覚えている」彼は、しぶしぶ認めた。「だが、スペイン風邪で死んだからではない。死因に不審点はなかった。心不全だ――よくあるケースだよ」

「それだけか？　実際に死体を見たかどうか、思い出せるか？　大事なことなんだ」フォースターが、あきらかにクルックを追い出そうと椅子から立ち上がりかけたのを見て、クルックがたたみかけた。

「君が何者かなど、知ったことではない」と口を開きかけた医師を、クルックが遮った。「警察より、私のほうがいいんじゃないのかい？」

「警察？」フォースターが目を見開いた。

「説明したほうがよさそうだな。フィリップス夫人のことを覚えているのなら、カージーというコンパニオンがいたことも覚えてるだろう」

医師の息が荒くなった。「女性の名前は、記憶にない」

「でも、いたのは記憶しているんだな」

「それは覚えている。フィリップスは、初めからコンパニオンには反対だった。彼の考えでは――そして、それは正しかったんだが――そういう女性は、奥さんを本来の性格よりもヒステリックにするに違いないというのだ」

「おやおや！」クルックはため息をついた。「あんまり思いやりのある夫じゃないな」

「同じ立場の大抵の男たちより、よほど思いやりがあったさ。夫人は、することもなく、話す友人もいない、よくいるタイプの女性だった。だから、病弱という状態を創りだしたんだ。そういう女性は大勢いる。それが仕事の代わりなんだな。子供もいなければ、何もない。今なら、ハーレー・ストリートへ行って二十五ギニーも払えば、成り上がり者の医者が『抑圧』とでも診断するんだろうが、それは神のみぞ知る、だ」

「もしかしたら」と、クルックは、なだめるように言った。「成り上がり者の医者が正しかったかもしれないぜ」

「どういうことだ？」フォースターが、いきり立った。

クルックは、シガーケースを取り出した。「自殺の噂があったんじゃないのか？」

「どこでそんなことを」と、フォースターが声を荒らげた。「まったくの事実無根だ」

「そうかい？　思い違いだったかな」

「そんな話、誰に吹き込まれたんだ？」

クルックは身を乗り出した。その態度はまるで、ごまかしをトーストの上にのせて出されても気づかないような、誠実で正直な人間のものになっていた。

「なんらかの不正行為があったんだろう？　いいかい、フィリップス夫人には、働かなくても暮らせる資産があったんだ」

「どこで聞いたのか知らんが」医師は、語気鋭く言い返した。「夫人は、金など持っていなかった。仕事で彼女の世話をした人間なら――いや、個人的にだってそうだ――誰だって、それは知っているはずだ」

「おかしいな」クルックは、考え込むように言った。「彼女がコンパニオンに二千ポンドを遺したことは、知ってるか？」

「君は、誰かに担がれとるんだ」と、医師は小ばかにした言い方をした。

「実際」クルックは、まったく動じない。「コンパニオンは、その金で事務所を立ち上げたんだよ」

「問題にならん」と、フォースターは突っぱねた。

「好きにするがいいさ。だが――彼女がフィリップス夫人のもとへ行ったときには給料以外の金は一切なかったのに、二年足らずのちに去るときには二千ポンドを手にしていたという事実は変えられない。もし、その金がフィリップス夫人のポケットから出たのでないのなら――当然、夫が払ったことになる。あの家に、それだけの金を持った人間は、ほかにいなかったからな」

「なぜ、彼が好きこのんでコンパニオンの開業に手を貸してやらなきゃならんのだ？　まさか！」ふと新たな考えが思い浮かんだらしく、フォースターは続けた。「変な想像をしているんじゃなかろうな？　当時、あの女性は少なくとも五十にはなっていたはずだぞ」

「何かはあったに違いないんだ」クルックは食い下がった。「夫が彼女の手を握ったのでないとすれば、ほかの何かだ」

「忠告しておこう」フォースターは、恐ろしい形相で言った。「寝た子を起こすようなことはせんほうがいい。フィリップス夫人は亡くなっているし、夫のほうは、今の奥さんと再婚して二十年にもなる。それに、誰が気にするというのだ？」

「言っただろう――警察さ」

「二十年前に起きたかもしれないことなど、今さら警察が捜査を始められるわりないがい」

「すると、あんたは、彼女が自殺をしたというのは本当かもしれないと思うんだな？」

「自殺したと思うような理由は、まったくない。そもそも、私の覚えているかぎり、夫人は自ら命を絶つような人ではなかった」

「夫を自由にしてやるなんて、絶対にしないってことか？　なるほど、それは興味深いな」

「おい」フォースターが、しびれを切らした。「いったい、なんだっていうんだ？」

「彼女が、その後も彼と連絡を取っていたことを知ってるか？」と、クルックは訊いた。「つまり、ミス・カージーのことだが」

「カージー？　ああ、コンパニオンか。どうも、彼女の名前は覚えられそうにない。顔を見ても、わからないだろう」

「ああ、断言するよ」と、クルックは静かに言った。「現在のような姿になってしまってはな」

「まさか、彼女は……？」

クルックは頷いた。

「だから、警察は過去にさかのぼって調べているのさ。きっと、たいした過去が出てくるだろうよ。そして、その中でも特に興味深い部分は、フィリップス夫人の死に端を発しているように思える」

「いいか」フォースターの口調に力が込められた。「できれば、君の頭の中にとどめておいてくれ。私は、フィリップス夫人の死については何も知らん。異常なことはという意味だ。ずっと彼女のスペイン風邪の治療を担当していたんだが、あるとき、心不全で亡くなったという知らせを受けたんだ――決して、起きても不思議ではない状況だった――それで、死亡診断書を届けさせた。それがすべてだ」

「届けさせただって？　自分で行って、彼女を診たんじゃないのか？」

「君が当時、医者をしていたら、臨終に立ち会う余裕などなかったことがよくわかるはずだ」フォースターは、苦い顔で言い返した。「それまで私は、ずっと夫人の診療に当たっていたというのに……」

「彼女が死ぬと思ってたか？」

フォースターは、歯切れが悪くなった。

「スペイン風邪の場合、どんな緊急事態も覚悟しなければならない。とにかく、夫人が自殺したのでないことは確信している。そういうタイプではなかった」

クルックが、穏やかに言った。「でも、殺されるかもしれないタイプだった」

「殺される？」

「どう考えようと、あんたの勝手だがね」クルックは辛抱強く粘った。「誰かがミス・カージーに二千ポンドを渡し、それは純粋な慈善行為なんかではなかった。そんなわけがない。弁護士を長年やっていればわかるさ」

フォースターは、一、二分、頭を整理していたが、おもむろに口を開いた。「それにしても、今になってその件をほじくり返すのは、どういうわけだ？　そのミス・カージーとやらが、面倒でも起こしているのか？」

「何者かが、彼女を面倒に巻き込んでいるんだ」

フォースターの表情は冷ややかだった。「自業自得だと思うね」

「殺害事件の被害者は、大体がそうだ」不謹慎なもの言いで、クルックが口を合わせた。

医師が目を見張った。「今、なんと言った？」

「もう一度言わせたいのか？　そんなことはないだろう。さあ、われわれが、なぜ過去をほじくり返しているのか、もうわかったよな？」

「つまり、誰かがミス・カージーを殺害したのか？」

「少なくとも、警察はそう考えている」

「しかし――どうして、そのことでフィリップスを引っぱり出すんだ？」

「言っとくが、彼は関与してるんだよ。二十年前から関わっているんだ。ミス・カージーは、何者かに会いにロンドンへやって来た。現時点では、それが誰かまではわかっていない」

「君は、それがフィリップスだったと？」

「かもしれん」クルックは呟いた。「うん、そうだな、それはあり得る。ありがとう、礼を言うよ」

フォースターは、椅子から立ち上がった。「この件は、今後どうなるのだろう？」

「誰もあんたを責めたりはしないさ」と、クルックは彼を安心させた。「それに、もしフィリップスが、ミス・カージーのビジネスの立ち上げを支援した正当な理由を提示できれば、彼もお咎《とが》めなしってことになる。問題は、できるかどうかだがね」

訪問者が出て行くと、フォースター医師は、しばらく座ったまま動けなかった。クルックにぶつけられた質問と、それまで特に隠したほうがいいとも思っていなかった疑念が、彼の記憶を呼び起こしていたのだった。確かに、自分はフィリップス夫人を直接診に行かなかった。行く必要が、どこにあっただろう？ フィリップスは、不正行為をはたらくような人物ではなかった。妻を愛していなかったかもしれないし、それを責めるつもりもないが、自分の仕事は大事にしていた。フォースターは、同僚が妻の死から二年もしないうちに患者の娘と再婚したことを聞かされたとき、なんとも嫌な感じを抱いたのを思い出した。だが、一生、男やもめのままでいなくてはいけないわけではないのだからと、自分を納得させたのだった。医者だって、どこかで花嫁と出会うのだ。その生活スタイルを考えれば、患者の家というのがもっともありそうな場所ではないか？ それでもやはり、気分は晴れなかった。不思議なほどしっくりくる名前のクルックという男は、見た印象を信用するなら、フェレットと同じくらい用心深そうだった。あの男なら、隠されたものをなんでも探り出しそうな気がする。フォースター自身、フィリップスが突然ハムステッドを去ったのには、少し驚いたくらいだ。いくらか噂もあった。あまりにも理想的な結婚生活だったために、妻のいなくなったその土地に耐えられないのだという内容ではなく、耳にしたのは、あまりよくないものばかりだった。二千ポンドに関する話に、フォースターは相当なショックを受けていた。見下した表情を浮かべ、不信感をあらわにすることもできないではないが、クルックが見込みのないことを始めに、わざわざハムステッドまで来たとは考えにくい。

考え事に没頭するあまり、次の患者を知らせようとする受付係に腕を触られて、彼はようやくわれに返ったのだった。

第六章

私は、知識を求めるのみだ。
——デイヴィッド・コパフィールド

一

フィリップスの所在を突き止めていたクルックは、難なく本人を見つけ出した。あいにく一度目のときのような幸運には恵まれず、医師が予約患者の診療をこなすあいだ、かなりの時間待たされた。だが、クルックは、たとえ三十分だろうと無駄に過ごす人間ではない。ここにも受付係が一人いて、待合室では患者が二人待っていたので、彼らをたきつけて、いろいろと訊き出したのだ。どうやら、フィリップスは人気もあり、感じもいいらしかった。やっと医師の前に案内されてみて、この印象は確かなものとなった。フィリップスは、背が高く痩せ型で、品のある顔立ちをしており、第一次世界大戦で負ったケガのせいで、わずかに足を引きずっていた。聞けば、一九一四年から翌年にかけて前線に従軍し、一九一五年の終わりに「これ以上の兵役は務まらない」との認定を受けて帰されたのだという。

「君は、きわめて健康な人間の標本のようだな」というのが、訪問者への彼の第一声だった。医者にかかったことのないクルックは、このありがたくない挨拶は、きっと医者というやつの習慣なのだろうと思った。「君に、どこか悪いところがあるなんて言うんじゃないだろうね」

「自分のことで来たわけじゃない」と、クルックは認めた。「私は、かつて最初の奥さんのコンパニオンだった、ミス・カージーに関連して、ここへ来たんだ」

目の前にいる男の体が、こわばったように見えた。顎で椅子を示され、クルックは座った。すると、医師が口を開いた。「君とミス・カージーとは、どういう関係なのかね？」

「私は弁護士だ――チャリングクロスの東の人間なら誰でも知っている。ロンドン警視庁《スコットランドヤード》に訊いてみてもいい。あそこでも、私を知らない者はいないからな。ミス・カージーの甥が、私の依頼人でね」

「悪いが、力にはなれんと思う」当惑した様子でフィリップスは言った。

「ミス・カージーは、二日前、何人もの人間を訪問するつもりでロンドンに出てきた」

「私と会う約束はなかった」と、フィリップスは声を尖らせた。

「それが、知りたかったことの一つさ。実は、われわれは、助けになりそうな人となんとか連絡を取ろうとしているんだ」

「つまり彼女が――いなくなったというのか？」

「少しのあいだ行方がつかめなかったんだが、警察にバトンタッチせざるを得なくてね。彼らならお手のものだからな。すぐに発見してくれたよ――だが、当然のことながら、彼らは少々詮索好きだ」

「ミス・カージーが死んだってことか？」

「そのとおり」クルックは険しい顔で言った。「一九一八年に彼女が辞めたあとも、ずっと連絡を取り合っていたんだろう？」

フィリップスは、できることなら否定したいと思ったようだが、再びクルックの顔をちらっと見て諦めた。

「実を言うと、たまに援助を求められたんだ。もうすっかり年老いているだろうから、断りにくくてな……」

「あんたが彼女に二千ポンドをプレゼントしたときは、まだ年寄りじゃなかったぜ」クルックは、ずばり核心を突いた。

「私は……」医師は反射的に否定しようとしたものの、考え直した。「どうやら、彼女は君に打ち明けたとみえる」

「あんたが、恋愛感情で金を渡したなどとは思っちゃいない」と、障害物競争の馬のように素早くたたみかけた。「奥さんのもとには二年足らずしかいなかったんだから、彼女にはあんたに保険金の類を請求する権利はなかった。もし、その事実が明るみに出れば、当然、答えに窮する質問攻めに遭うのは目に見えている。しかも、ばれるのは時間の問題だ」

「どうして、君の言うように何かが明るみに出ると思うのかね？」

「ふむ」クルックは、できるかぎり道理をわきまえた雰囲気を醸し出して言った。「あんたは、どう思う？　事実をよく考えてみるといい。この女性は、なんとも不審な状況で死んでいるのを発見された。簡単に言えば、暴行を受けて殺されたんだ」

「私とは無関係だ」と、フィリップスは言葉を返した。「彼女は、とても難しい女性だった。敵が大勢いても不思議ではない……」

「警察には、そんなことを言わないほうがいいな」クルックは、にこりともせずに忠告した。「ああ、もちろん、大勢いてもおかしくない。どうも彼女は謎多き女のようだから、警察はできるだけ多くの情報をかき集めようとするはずだ。遅かれ早かれ、あんたの家にいた事実にもたどり着くだろう……」

「なぜ、そんなことが言える」と、フィリップスは小声で言った。

「一つには、彼女が今でも、あんたの元家政婦だったワトソンと一緒にいるからだ」

フィリップスは苦笑いをした。「カージーは、うまいこと正体を隠しおおせているだろう？　本人がどう説明しているのか知らんが、ワトソンはすっかり信じているんだ」

「それでも、まったくのばかではない。ワトソンなりに結論を引き出している」

「というと？」医師の声が鋭さを帯びた。

「それがだな」クルックの口調は、どこか申し訳なさそうだった。「コンパニオンに二千ポンドを遺したのは、あんたの最初の奥さんではないことに気づいているんだ。彼女にはそんな金はなかったという、単純な理由からね」

フィリップスは、深いため息をついた。そんな彼を、クルックはじっと見つめていた。

「そうなると、あんたはどうなると思う？」

「わかったよ」途端にフィリップスが降参した。「真実を話そう。私は妻の、ひいては自分の名誉を守るために、カージーに金を渡した。妻が自殺したとあっては、医師としての評判に関わるからな」

「やはり、そうか。死亡診断書には、スペイン風邪によって引き起こされた心不全となっていたが」

「フォースターが悪いんじゃない。彼は忙しかったんだ。私が電話でそう告げたら、そのまま診断書を作成して届けてきた。すべて通常どおりの処理だった。われわれはみんな、いつだってそういうふうにしていたからな。軍隊に医者を取られていて、なかなか一般の病人まで手が回らなかった。悪事を企む男にとっては、またとない好機だったというわけだ」話しながら、口元が歪んだ。

「女にとってもな」と、クルックが相づちを打った。「しかし、スペイン風邪は、ひどく気の滅入る病気だと知られていたし、奥さんは当時、というよりいつも具合が悪かった。休戦協定の直後で世間が浮かれていたことを考えれば、薬の過剰摂取か何かだったと認めたところで、それほど問題にはならなかったんじゃないのか？」

「君は、肝心な点を見逃している」フィリップスは、嚙んで含めるように言った。「あの状況では、妻が自殺したという確たる証拠はなかった。実際、慌ててそういう解決に走ったなら、誰も、たとえごろつきだろうと冷静には受け止められないほどの世間の悪評を、彼女に押しつける結果になっただろう」

クルックは、狡猾そうな目を向けた。「つまり、奥さんがどうやって死んだか、あんたにもわからないってことか？」

「はっきりとはな」フィリップスは、ゆっくりとした口調で言った。「とはいえ、もし君が警察だとしたら、私は、精神不安定による自殺だったと言う」

「だが、そうではないと証明はできなかった——ほかに決定的な証拠でもあったのか？」

「いや」と、フィリップスは、消え入るような声で答えた。「証明できなかった」

「そろそろ、心を割って打ち明ける気にはならないか？　言っただろう、私は弁護士だと。警察じゃない」

「しかし――彼らの味方なのでは？」

クルックは、にやりと笑った。「このクルックが、天使の味方だって？　あいつらにそう言ってやればいい。どう反応するか見ものだよ」

「いずれわかるだろうから、君には事実を話したほうがよさそうだ。実は、カージーは葬儀が終わるまで、切り札を出してはこなかったんだ」

「最初から話してくれ」と、クルックが促した。「そもそも彼女は、どこで切り札を見つけたんだ？」

「状況だけで十分だった。犯罪の気配がほんの少しでも漂えば――ことに医者の家では――当事者には破滅的なのだ。殺人の噂がささやかれただけでも、多かれ少なかれ仕事に悪影響が出る」

「後ろめたさだな」と、クルックはきっぱりと言った。「普通の人間は、いつ自分の頭がおかしくならないともかぎらないと不安なもんだから、すでに殺人の容疑をかけられた医者なんてのは、人として受け入れられないのさ」

「君の言うとおりかもしれん。ともかく、事実はこうだ。私の妻は、ほかの数千人の人々と同じようにスペイン風邪に感染した。フォースターも私も、なんとか危機は脱し、間違いなく快方に向かっているると思っていた。確かに妻は、自分は重荷になっていて、いつでも死ぬ覚悟はできている、といったようなことをしきりに口にしてはいたが、医者というものは、そういうことをしょっちゅう聞かされているから、たいして気に留めていなかった。だが、あの最後の晩、夕食後に部屋を覗くと、妻はまた同じようなことをあれこれと言いだした。そこへ、緊急の電話が入った。エピデミックのさなかだろうと、誤って脚を折る人や、産気づく人、はしかにかかる人だっている。ミュリエルは、睡眠薬をくれと言った。カージーは自分のことにかまけて、よく薬を忘れてしまい、そのたびに頼まなければばならないと言うのだ。そういうことのために彼女を雇っているのだよ、と言ったら、妻は『わかってるけど、ひっきりなしに煩わせているような気がして嫌なの』と答えた。そこで、私は薬瓶とコップを取ってきて、ベッドのそばに置いた。すると妻は、薬を注いでくれと言う。フォースターが処方してくれた強い配合の水薬だったので、飲み方に気をつけるよう、彼女に注意した。本人は、ひどく疲れたときにしか飲まないのだけれど、今夜はきっと必要になると思う、と言っていた。私は薬を調合し、瓶を薬棚に戻した。瓶には、三分の一くらい残っていた。玄関に下りてくるとカージーがいて、奥様はよくなってきたように見える、と言われた。私は『ああ。だが、そっとしておいてやってほしい。少々ヒステリックになっているみたいだから』と念を押し、睡眠薬を作っておいたので、早く気持ちが静まればいいと思う、と付け加えた。そうして、私は外出した。その日は、六時近くまで帰ってこられなかった――午前六時だ。この手で取り上げなければならい赤ん坊が、なかなか生まれてこなかったうえに、ショー家から、レディ・ショーが危篤だから来てくれと連絡が入ったのだ。四時頃駆けつけると、ぎりぎり臨終に間に合って、さっきも言ったように、家に戻ってきたのは六時になったというわけだ。玄関でカージーに出くわした途端、こう言われた。『ああ、ドクター、奥様が心配です。もしかしたら――何かあったんじゃないかしら』とね。きっと」と言いながらも、フィリップスは本当にそうは思っていない様子だった。「君たち、法をつかさどる人間だって、心底疲れることはあるだろう。あの晩、私は立ったまま寝られそうなほど疲れきっていた。丸一日、ほとんど休んでいなかったんだ。カージーが爆弾を破裂させるには、私の側からすれば、あれほど悪いタイミングはなかったし、彼女にしてみれば絶好のチャンスだったと言える」

クルックは頷いた。話の先を予知しているだけに、医師に同情する気持ちが芽生えていた。この時点では、彼が殺人を犯したかどうかは判断がつきかねた。

「当然」と相手は続けた。「どういうことか尋ねた私に、彼女は言った。『奥様が全然目を覚まされなくて。なんだか、やけに重たいんです』フォースターを呼びにやったかと訊くと、あの段階ではわからなかったが、今考えてみると妙な返答をした。『旦那様がお戻りになるのを待ったほうがいいと思ったものですから。ご連絡しようとしたんですが、どこにいらっしゃるかわからなくて』実際には、ショー家に行くかもしれないと伝えてあったんだが、そのことを指摘したところ、こう言った。『ええ、でも、あちらにお電話をしてはいけないかと思いまして』議論はせずに、私は妻の部屋へ上がった。むろん、これっぽっちも疑ってはいなかった」

フィリップスは、そこで言葉を切ってクルックを見た。クルックの口からは「そういうこともあるさ」と、たいした助けにもならないセリフが飛び出しただけで、もっと同情的な感想を待っても出てくる気配がないので、さらに話を続けた。

「最後に妻を見たのはいつなのかカージーに問うと、『十時頃に睡眠薬をお飲みになって、ベルを鳴らして呼ぶまでは一人にしてほしいとおっしゃいました』と言う」

「で、鳴らしたのか？」

「鳴らさなかったようなんだが、それでもカージーは、五時頃に部屋へ入ってみた。妻は、五時にお茶を飲むのが好きだったんだ。そして、足を踏み入れると同時に、何かが起きたと気づいた。それを聞いた私は、驚きはしたものの、実を言うと、仰天したというわけではなかった。妻のような興奮しやすい人種というのは、すごろくゲームのようなものでね。上がったかと思うと、次の瞬間には急に落ち込む。こういう結果を予期していたわけではないが、長いこと医者をやっていると、絶対ということはないと学ぶんだ。私はカージーに、フォースターに電話して、事情を話すよう指示した。すると『フォースター先生に来てほしいということですか？』と言うので、担当医は彼だから、死亡診断書を届けてくれればそれでいいと答えた」

再び、医師は口をつぐんだ。自分が口にする一言一句が重要な意味を持つと感じたのか、慎重に言葉を選びながら話していた。

「すると、カージーは言った。『つまり、先生を呼んでほしくないということですか？』初め、私は彼女の意図がわからずに、『われわれ、ほかの医者と同じように忙しい思いをしている彼に、わざわざ来てもらう必要はないだろう』と答えた。彼女は頷いて、思わせぶりに小声で言った。『ええ、そうですわね』とね。だが、一向に電話をかけに行こうとしないので、『早く連絡したまえ』と、少し強く言うと、じっと私を見つめた。『なんだ？　どうした？』と問うと、カージーは言った。『昨夜、奥様の睡眠薬を用意なさったのは、旦那様ですよね。どのくらい薬が残っていたか、お気づきになりましたか？』私が『約三分の一だ。間違いない』と答えると、頷いた。『私も、そうだと思いました。でも――瓶を見てください』彼女が戸棚に行って取り出してみせた瓶は、すっかり空になっていた」

「ミス・カージーの意のままだな」と、クルックは感じ入ったように言った。

「私が思うつぼにはまるのを、向こうはわかっていたんだ」と、フィリップスも同意した。「どこで瓶を見つけたかを訊くと、戸棚の中だと言う。『誰が触ったんだろう？』と言った私を、彼女は見据えた。『ご自分の立場がおわかりですの？』」

「なんと興味深い」クルックが合いの手を入れた。「可能性は三つしかない。あんたが過剰に薬を注いだか、奥さんがそっと起き出して、夫を陥れようと余計に薬を飲んだか、カージーが仕組んだか」

「妻は、私が彼女のためにつくった薬を、カージーに触らせたりはしない」と、フィリップスはむきになった。

「ミス・カージーが、チャンスをうかがってコップを引っくり返したとか。そりゃあリスクは高いが、彼女はリスクの扱いに慣れた女だ。あるいは――奥さんの死は薬とはまったく関係がないのに、カージーが賭けに出て、中身を捨てただけかもしれない」

「検死をすれば、わかったかもしれないな」フィリップスは、ぽつりと言った。

「問題は、検死をしたところで、あんたが耐えられたかってことだ。瓶が空っぽだった事実はどうしたって明るみに出て、噂が広まっただろう。こういう駆け引きじゃ、警察のほうが一枚も二枚も上手だ。いや、カージーは、あんたがはったりだとは言いださないと、初めからわかっていたんだ――たとえ、本当にはったりだったとしてもな。そのあと、どうなったんだ？」

「三日間は何も起こらなかった。葬儀を終えて、私は今後のことを考え始めた。ハムステッドにとどまるつもりはなかった。不幸な思い出が多すぎたからね。ちょうど、ここの業務を買い取れるチャンスに恵まれて、私のそれまでの業務も難なく処理できることになった。共同で仕事をしていたパートナーが、息子に引き継がせることにしたのだ――すべて、うまい具合に話がまとまった。使用人たちにも、そのことを知らせた。彼らが多少おかしな様子を見せても、そのときはたいしたことではないと思った。カージーは、実にうまく立ちまわっていたんだ。使用人はみんな、彼女に好意を持っていた。ワトソンは特にそうだ。私は常々、カージーが妻に巧みに取り入っているのではないかという疑念を抱いていた。あきらかに、彼女が来てから、妻との関係が前より難しくなったからだ。それでも、彼女が何を企んでいるのかは気がつかなかった」

ないぜ」

「また、ずいぶんとお人好しなことだ」と、クルックが漏らした。「犯罪者には、そんな間抜けはい

「もちろん、ほかの使用人同様、カージーにも通告した。彼女は、驚きはしなかった。私が男やもめになったからには、家の中にもう自分の居場所はないと悟っていたからだ。私は給料一カ月分の小切手を渡し、紹介状を書いてやると申し出たんだが、彼女は小切手を受け取らなかった――相手が興味を示さないものを差し出したまま立ち尽くす男が、いかに間抜けに見えるか考えたことがあるか？――彼女は言った。『私は五十を過ぎてるんですよ、フィリップス先生。ほかの人の家で働くには、年を取りすぎてますわ』私は、どう応えていいかわからなかった。すると、彼女は続けた。『自分で事業を始めるとしたら、これが最後のチャンスです。五年もしたら、もう無理ですもの』だから、社交辞令のつもりで訊いたんだ。『どんな事業をやってみたいんだね？』とね。間髪入れずに、彼女は答えた。『わかっていただけると思ってましたわ、フィリップス先生。私、職業紹介所をやりたいと思っていますの。ただ、それにはもちろん、資金が必要ですけど』私は、本気なのかと尋ねた。相当な責任が伴う仕事だからね。すると、『あら、責任には慣れてますわ。それに、私のような仕事をしている人間は、口も堅くなるものなんですよ。先生にはおわかりにならないでしょうね。いつも人の言いなりになっている身がどんなものか』と言ったんだ」

「弁護士は雇わなかったのか？」と、クルックは哀れむように尋ねた。「そうすれば、もっと安く済ませられたかもしれないのに」

フィリップスは首を振った。「あの状況では無理だった。カージーは、さらに言ったのだ。『二千ポンドをいただきたいですわ、フィリップス先生』私は言った。『君は、自分が何を言ってるかわかっ

ているのか?』するとも彼女は、『もっと値を吊り上げてもいいんですけど、どうなさいます?』とうそぶいた。〈呆然とした〉では、とても言葉が足りない。ミュリエルに悪影響を与えている気がして前から好きになれなかったのだが、これほどまでとは——あそこまで危険な人物だとは思ってもみなかった。で、こう言ったんだ。『私が、君のビジネスの立ち上げを手助けしなくてはならない理由を教えてくれないか?』実は、彼女がほのめかしていることはあきらかだった。彼女は……」言いよどんだフィリップスに、クルックが助け舟を出した。

「そこまででいい。へたな子守唄じゃあるまいし。彼女は、あんたに買ってもらいたいものを持っていた。そんなところだろう?」

フィリップスは頷いた。

「人間に文字を書くことを教えたやつは、ヒトラーよりたちが悪い」と、クルックは呟いた。「手紙を持っていたんだな……」

「どうやって手に入れたのか見当もつかん。それでも、そこにあったのは事実で、彼女はそれらを二千ポンドで売ると持ちかけてきた——最初の入札者に、だと」

「あんた以外の人間には、価値のないものだからな」と、クルックが請け合った。

「私にとっては、二百万ポンドだって惜しくはないくらいだった」

クルックは、窓の外に目をやった。「その手紙を書いた人物っていうのは——今の奥さんか?」

フィリップスは頷いた。「すべてお見通しなんだな。なら、立場はわかるだろう?」

「だましやすいカモを狙うってのはフェアな行為じゃないが、魅惑的には違いない」と、クルックはしかめつらしく言った。「で、君は彼女に二千ポンドを渡した。それで事は済んだのか?」

「私がミス・ショーと再婚するまでは音沙汰がなかったんだが、その後、私の家の一員だった身として、世間と懸命に闘っていると手紙に書いてよこした——何を言わんとしているかは、一目瞭然だ」

「拒否しようとは思わなかったのか?」

「断れる立場にはなかった」

「手紙は返してもらったんだろうに」

「そうだが、ネガまではな。カージーは、手紙を送り返す前に写真に撮っていたんだ。日付も何もかも……」

「今度はネガを売りつけて、自分の巣を羽根でふさふさに飾ろうって魂胆か?」

「ああ。彼女は、もう一つ持っていた」

「売り物を?」

「そうだ」

「ミス・カージーは、いつやって来た?」

「きちんと約束をしたことはない。気の向いたときに、ふらりと現れるんだ。どんな患者が待っていようと関係なく、ただただ自分の好きなときにやって来る……」

「コレクションの締めくくりに、大物を欲しがったんじゃないか?」

フィリップスは頷いた。

「払う気だったのか?」

「言い値をのむしかなかった。が、実際には現れなかったんだ。さあ、話すことはこれですべてだ」

フィリップスは、そう言って立ち上がった。「カージーがそれを生業《なりわい》にしていたとしても、驚かんよ。

つまり、ゆすりをな」

クルックは、感心したようなまなざしを向けた。

「二十年前に、そのくらい利口だったらよかったのにな」と、彼は言った。「正直、それを言うなら――この私もだがね」

二

受付係がフィリップス医師に次の患者の来訪を告げた。痛風を患っている落ち着きのない紳士で、それを機に、クルックは気を利かせて自分のオフィスに戻った。

「あんたの大事な紹介所について、いくつか情報を仕入れたぜ」気のなさそうな声で、ビルが言った。

「ミス・カージーってのは、かなりのやり手だ。ちょっと急いで閉店したのも頷ける。長いこと、よく切り抜けてこられたもんだ」

「隠れみののおかげだろうな」と、クルックは呟きながら、ドアの裏にある掛り釘に帽子を掛けた。腰を落ち着けて仕事に取りかかろうとする合図だ。

「彼女は、臨時の使用人専門だった――奥方のメイドやなんかのだ。実際には、人はいつでも見つかる――高い賃金を払えばな。だが、ケイ・エージェンシーに頼めば、熟練した人材を紹介してもらえる。問題は、マリーだか、アルフォンスだか、ミス・スミスだかいう人材が、申し分のない信用紹介状を引っ提げてやって来て半年くらい働き、彼らが別の仕事のために辞めていなくなったあとで、不愉快な出来事が起き始めることだ。元の雇い主の女性のところへ――たいていが女性なんだ――自分の軽率さを思い知らされる手紙が届く。公表されたら、とんでもなく高くつくネタだ。手紙の差し出し人さえ黙らせることができれば、高い買い物ではないんじゃないかと提案してある。時には、手紙を写した写真が同封されていたらしい」

「やり口は、いつも同じだな」と、クルックは小さく言った。「ミス・カージーが、どうやって素晴らしいコレクションを集めたのか、わかってきたぞ」

ビルは頷いた。「人間の心理を突いてる。警察に届け出る神経の持ち主なんて、百人に一人いるかいないかだ——世間体や、家族のことや、諸々の騒動を心配するからな。大抵の場合、金は支払われ、証拠品が送り返される。だが、時には確固とした証拠もないのに、おいしいものが手に入ることもある。ミス・カージーは、その手だてを知っていたらしい。もちろん、顧客は入念に選んだ。はずれを引くこともあったが、そういうところからはすぐに手を引いた。かなりの確率で、従業員は顧客の不利になる情報をつかんだ。わずかな金でこき使われてきた姪のようにな。姪は、別の仕事を得られる望みは薄かった。最低限の暮らしを保てる生活賃金も、まっとうな会社で働けるチャンスもなかったんだ。ミス・カージーは、姪を派遣して、雇い先のことを探らせた。半年経っても何もつかめない場合は、従業員がそのことを報告する。なかには、行ってみてすぐに使いものになりそうにないとわかる家もあって、そういうときには、静かすぎるとか、母親が病気になったとか、どうにも家に馴染めないなどと言って契約を打ち切るんだが、そういうケースは、それほど多くはなかったようだ。気まぐれな従業員がいるという評判が立つのを、ミス・カージーが嫌がったんだな。彼女は、大勢の使用人を抱える大きな家にしか、人材を派遣しなかった。なかでも、週末にパーティーを開くような家が好みだった。週末のパーティーは、ゆすり屋にとってはまたとないチャンスで、『どの家庭の戸棚にも骸骨がある』ということわざには一理あるってわけだ。一つ一つの『骸骨』すなわち、その家の秘密には、金になるものと、セントポール大聖堂のてっぺんに吊り下げたって誰も見向きもしないものと、いろいろ違いはあるがね」

「そんなことだろうと思っていた」と、クルックは言った。「金が続くあいだは、儲かる商売だったに違いない」

「ゆすりほど、両者にとって大金の絡むものはない。まあ、聞いた話だが」と、自分では体験のないビルも同意した。昔、宝石泥棒だったとはいっても、宝石泥棒というのはどちらかといえば紳士的で、恐喝者とは一線を画していたのだ。

「彼女は、従業員たちに相当な金を支払わなきゃならなかったろうな」と、クルックは考えを巡らせた。「さもないと、みんな自分でゆすりを始めちまうかもしれない」

それに対して、ビルは異議を唱えた。「恐喝も、いざ自分でやるとなると度胸が要るもんだ。ばれたら、えらいことになるからな。姪から何か情報を得られないだろうか」

「よっぽど頭が悪くないかぎり、無理だろうな。最終的に紹介所を閉めた経緯は?」

「遅かれ早かれ起きるはずのことが、実際に起きたんだ。ミス・カージーは頭のいい女で、よく連絡を取り合う仲の家には、人材を紹介しないように気をつけていた。互いの体験を比較して感づかれちまうといけないからな。ところが、あるとき、ミスをしてしまった。従業員の一人のミス・Aという女が、レディ・Zの家にコンパニオン兼秘書として送り込まれた。しばらく経って、そいつが辞めた――病気の母親がどうとか言ったわけだ――そして、そのあとすぐに、謎の手紙が届き始めた。レディ・Zは、言われたとおり金を払い――どうやってかはわからない――それで事が済むよう祈った。レややあって、田舎の友人を訪ねた彼女は、そこで秘書として働いていたミス・Aに出くわした。当然、母親の様子やなんかを尋ね、あとで友人に、Aが以前、自分のもとで働いていたことを喋った。雇い主同士が出会ったことを、カージーが知っていれば問題はなかったんだが、どうやらAは黙っていたらしい。例によって、いつもの手順をたどっちまった。家庭の事情で町を離れなければならないと言ってミス・Aが辞める。そのあとすぐ――まあ、お決まりのやり口だ。だが今回は、哀れな女性が自分一人では耐えきれなくなって、レディ・Zに相談した。レディ・Zだって、ばかじゃない。あれこれ考えて推理を始めた。ミセス・Xが『他人に漏れてしまうなんて信じられないわ。私、本当に用心深く隠していたのよ』と言うのを聞いて、自分もそうだったと思った彼女は、共通点を探すうちに気がついた――ミス・Aだとな。話を突き合わせてみると、細部までそっくりだ。そこでレディ・Zは、一年前にやるべきだったことを行動に移した。勇気を振り絞ってカージーのところへ行き、ミス・Aの信用紹介状を見たいと言ったんだ。人の悪意を疑いたくはないが、Aが辞めたのと同じ頃に重要な書類がなくなった、証拠がないので告発しなかったのだが、Aを雇った友人の家でも、まったく同じことが起きた、と」

「もちろん、ミス・カージーはAのために申し分のない紹介状を用意しておいた」クルックが言葉を挟んだ。「しかも、それまでに苦情は一件もなかった」

「そのとおり」と、ビルは頷いた。「それでも、一度怒ったレディ・Zは、イキのいい戦車のように止まらなかった。ミス・Aの代わりに誰か紹介してほしいと彼女が頼んだとき、適当な人間がいないと紹介所から断られたんだが、ミセス・Xの場合も同じだったんだ。どんな話し合いが行われたのか、はっきりとはわからないが、レディ・Zは、すべての石を引っくり返して、その下に隠れているものを洗いざらいぶちまけると啖呵《たんか》を切ったらしい。それで、さすがにカージーは、潮時だと悟ったんだろう」

「あえてレディ・Zに立ち向かえば、勝ち目はあったのにな」と、クルックは突き放したような言い方をした。「裕福な夫と二人の息子がいるレディ・Zは、世間の注目を浴びたくなかったはずだ」

「たぶん、噂が多少広まり始めたんだろう。とにかく、ミス・カージーは体調が悪いと公表された。そして、後始末をする責任者の人間を残した——おそらく、あんたがキングズウィドウズまで会いに行った、叔母の信頼を得ていた例の姪だと思う。深刻な心臓発作のせいで、所長は営業を断念して田舎にリタイアすることになったと、顧客に回覧で知らせた。同じビルにいた男が喜んで店舗を引き継ぎ、ケイ・エージェンシーは姿を消したってわけだ」

「それで、紹介所の従業員たちはどうなった?」

「クララ・カージーって女は抜け目がなくて、裁判で決定的な証拠になるようなものは、何一つ彼らに握らせていなかった。それに、彼ら自身、悪事にどっぷりと加担していたからな。被害者の多くは、いまだに誰がどうやって犯行に及んだのか知らないままの可能性が高い」

「まさに、甲の損は乙の得ってやつだ」と、クルックは達観したように言った。「ニュースが広まっても、心穏やかに寝ていられる人たちのことを考えればな」

「自分が心穏やかに寝られているっていう自覚がないんじゃ、なんにもならんがね」と、ビルが言い返した。

しかし、クルックは自分の考えに没頭していた。

「警察も気の毒に」と、彼は言った。「もっと自分たちの力を見せつけたかっただろうに。こういう殺人は、世の中の害になるというよりむしろ、ためになる。やつらが犯人を裁判所に引き渡すときには、それを念頭に置かなくちゃならない。だがな、ビル、そういうことにはならんだろうよ。私が保証する。警察に、この犯人は挙げられない」

そして、正義の女神の公正な盾の上についた傷を思って、ため息をついたのだった。

第七章

すべての疑問には理由がある。
——ことわざ

一

丸一日が経って、ようやく検死が行われた。フローラ・カージーは、どうしても行くと言い張るワトソンと一緒に、ロンドンにやって来ていた。自分は誰よりも長くミス・カージーを知っているのだから、こんなときにどうしてキングズウィドウズにじっとしていられるだろう、ミス・フローラに連れていってもらわなくてもいいから、自分で汽車賃を払ってでも絶対に検死に立ち会うと譲らなかった——そして、そのとおりにしたのだった。ヒラリー・グラントもいた。フローラを見つけて話しかけにいったものの、けんもほろろにあしらわれたらしく、一分もしないうちに彼女のそばを離れて部屋の反対側に歩いていった。

この段階でできることは、あまりなかった。フローラは身元確認の証拠となるものを提出し、青ざめていちだんと小さく見えるシグリッド・ピーターセンは、遺体を見つけたときの状況を再び繰り返した。その後、警察のさらなる取り調べを待つあいだ検死は延期すると、検死官が一同に発表した。

フローラはクルックを見て、従兄のセオドアの消息を尋ねた。

「忽然と消えたままです」と、クルックは答えた。「推して知るべし、ですね」

「彼がいつか叔母を破滅させると、ずっと思っていました」フローラは、敵意のこもった、沈んだ声で言った。「昨年の秋、空襲で死んだという噂を耳にしたときには、喜んだんですよ。叔母を食いものにする人間が一人減ったと思って。ところが、その晩、彼だけが家を留守にしていたらしくて、数週間後、新たな場所に引っ越して悪夢のようにまた現れたんです」

クルックは、いたわるように頷いた。「ヒトラーの大失敗でしたね」と、真面目な口調で調子を合わせる。

「それにしても、まだ彼を見つけられないなんて、警察は何をやっているんでしょう?」ミス・フローラは、同じ声で続けた。

「彼らも、精いっぱいやってるんですよ」と、クルックは寛大なところを見せた。「ただ、容易には見つからない場所にいるのかもしれない」

「それは十分にあり得ますわね」と、ミス・フローラは、憎々しげに同意した。「そこが叔母の弱点でした。長年、リスクを負いながらも成功を収めてきたものだから、自分は不死身だと勘違いしていたんです。自分ほど目ざとくて賢明な人間はいないと思っていたばかりか、挑んでこようとする人間がいるなどとは夢にも思っていませんでした。私があれほど注意したのに……」

「挑むって、何に対してです?」クルックは、興味を引かれて訊いた。

「人を額面どおり信用することにです。でも、叔母は聞く耳を持ちませんでした。『釈迦に説法よ。

自分自身を信じて賭けに出なかったら、どうやってここまでのし上がってこられたと思う?』って言って。結局、余計な賭けに出てしまったんですね」

「十分、見返りはあったと思いますよ」と、クルックはなだめるような声をつくり慰めた。

「確かに、人生で蓄積してきたものを五年間は享受しました」相手はさっと態度をあらためた。「何年かは、まだ元気でしたから。人生も、同じように楽しんだんだと思います。変化の激しさという人生の皮肉が気に入っていたんです。人の一生は、いかだ舟のようだと、よく言ってました。いつ転覆して、安全だと思い込んでいた人間を水中に投げ出すかわからないって。そうして、いつもの薄笑いを浮かべて、こう言うんです。『だけどね、すでに水中にいた人にチャンスもくれるの。いかだが態勢を戻したら、そりゃあいなくなってしまった人もいるだろうけれど、素早く行動する人間はよじ登ることができる。覚えておきなさい、フローラ。水が冷たくて、沈んでしまうと思ったときには、そのうちにいかだが引っくり返って、自分にチャンスが生まれるってことを思い出すんだよ』叔母は、勝負師でした」フローラは、ぽつりと言った。「どうしても賭けに出てしまう自分を、わかってもいたんです。でも、それ以外の生き方はできませんでした」

「ベッドで安らかに亡くなることに満足する女性ではなかったようですね」

クルックは、これ以上会話を続けたくなかった。差し当たって、ミス・フローラから得られる情報はなさそうだ。もちろん山ほどの質問が喉まで出かかっていて、それらに対して正直な答えが得られれば、いずれ謎が解決するのではないかという気はするが、そんな答えが返ってくるわけがないと確信していたので、葬儀の手配をしようと、ミス・フローラのそばを離れた。

しかし、まだもう一人、家の者が残っていた。ミス・フローラのもとをあとにしたクルックに、ワトソンがおそるおそる近づいてきたのだ。

「すみません」と、彼女は話しかけてきた。「私、このあと自分がどうしたらいいのかわからなくて。それで、法律の専門家の方なら、アドバイスをしていただけるんじゃないかと思いまして」

「遺言の内容を聞くまでは、待つことですな」と、クルックは助言した。「ひょっとすると、あなたに関することが書かれているかもしれない。書かれていなかったとしても、ミス・フローラが……」

だが、ワトソンは首を横に振った。

「奥様がいらっしゃらなくなってしまっては、もう彼女と暮らすのは嫌なんです。奥様は、私が自分の家のように思える雰囲気をつくってくださいましたけど、ミス・フローラは――あの人は違います」

「わかるよ」クルックは、いつもの彼らしい、抜け目のなさそうな、無遠慮な態度で言った。彼女の言うことが、本当に理解できたからだ。

ワトソンにだって人並みにプライドというものがあり、血縁者でありながら事実上は使用人だった、しかも誠意の感じられない使用人だった人間から、金を受け取ったり、命令されたりするつもりはないのだ。ワトソンは、絶対にミス・フローラの下で働こうとはしないだろう。だが、もう決して若くはない。六十七、八といったところだろうか。クルックは、彼女のためになにがしかの金を遺すだけの親切心を、ミス・カージーが持ち合わせていたことを心から願った。

「ミス・カージーの弁護士は誰かな?」と、クルックは続けた。

「あそこにいる紳士だと思います。あの小柄な方。ミス・フローラに電話してきて、検死への立ち会いを頼んだのはあの人です」

「姿を見せたのは、初めて?」

「ええ。検死が終わったら話し合いましょうって、ミス・フローラが彼に言っていました。かなりの締まり屋なんですよ、あのミス・フローラって人は」

しかし、クルックはそれには応えなかった。ミス・フローラが、弁護料を節約するために弁護士の訪問回数を減らそうとするとは思えなかったのだ。

「いいですか」と、彼はワトソンに言った。「あの男が、あなたの立場をはっきりさせることになる。しばらくは、私のアドバイスに従って、キングズウィドウズにとどまることだ。することは山ほどあるでしょうからね」

「ミス・フローラは、家を閉めるって言うんですよ」ワトソンは言いよどんだ。「でも、私はね、そんなことをしたらきっと政府が引き継ぐことになって、たいしたお金にならないだろうって説得しているんです」

「いずれにしても」と、クルックは乾いた声で言った。「しばらく待って、家が本当に彼女のものになるのかを見極めたほうがいい」

「まあ、そんなことは考えもしませんでした。もしかして──いえ、でも、ミス・フローラは当然自分のものになると思ってますよ」

「ミス・フローラも私くらいの年になれば、どんなことだって当然だなんて思っちゃいけないってことがわかるはずだ」クルックは快活に言った。「あの家は、ミス・カージーが所有しているんですか?」

「ええ、そうです。奥様がお買いになったんです。他人の家の世話をして苦労して手に入れたお金を無駄に使いたくはなかったらしくて、戦争が終わったら、売却して儲けようと思っていらっしゃいました」

「その頃までに、古くなって壊れていなければね」と、クルックは調子を合わせた。「あとそれから、当たり前だが、私は彼女と姪の関係についてよく知らなくてね……」

「奥様は、彼女をまったく信用していませんでしたよ」ワトソンは、わざと素っ気ない言い方をした。「私にはわかります。お金に関してとか、そういうことじゃなくて——実は、グラントさんに話しているのを小耳に挟んだことがありましてね。フローラが、この私の後釜に座りたがっているっておっしゃったんです。私とミス・フローラじゃ、器が違うのに」

「大変な思いをしてきたんですね」と、クルックは認めた。「あなた自身は、どうしようと考えていたんですか？」

「ベイジングストークに姉がいるんです。そこに行こうかと思ってました。でもやっぱり、事の成り行きを見届けたいですわ」と、ため息をつく。「グラントさんは出て行くんですって。信じられます？　昨夜、私がいるところで、ミス・フローラは彼に面と向かって言ったんですよ。家にやって来てからずっと彼が叔母に取り入っていたのを、自分は知っているんだって。とっても気まずかったですよ、ほんとに」

「そりゃあ、気まずいなんてもんじゃないな」クルックは、しみじみ呟いた。「よし、私が弁護士と話してみよう。彼の名前は？」

「マクスウェルさんです」

クルックは、部屋を横切って弁護士のところへ行った。「依頼人に代わってお話したいんだが」と切りだす。「私の名は、クルック。残念ながら今日は来られなかった、セオドア・カージーの代理人です。お手間を取らせるつもりはないが、遺言によって彼が得る利益があるかどうかわかるとありがたいと思いましてね」

マクスウェルが答えるより前に、ミス・フローラがすかさず歩み寄り割って入った。クルックには目もくれず、「では、二時半にお会いしましょう、マクスウェルさん。私はまず、葬儀の手配をしなければならないので」と言うと、すぐにまた、すたすたと去っていった。

「なんだか不安だな」と、去っていく彼女の後ろ姿を見送りながら、マクスウェル氏はおどおどした様子で口を開いた。

「わかりますよ」と、クルックは優しく言った。「私なら、むしろガラガラへビの代理人をしたいくらいだ。どうです、ランチでもご一緒しませんか？　ちょうど食べたいところでしてね。あなたも、そう見えますよ」

煮えきらなくて断ることができず、マクスウェルはクルックに従った。が、実を言うと、彼も嫌ではなかった。恐ろしいミス・フローラと二時半に顔を突き合わせるため、一杯やって景気をつけたい気分だったのだ。

「もちろんご存知だと思うが、ミス・カージーはだいぶ前から、時々、私の依頼人を援助してくれてましてね」危ない橋を巧みに渡りながら、クルックは言った。話を続けるには、ティー・コージーから聞いた言葉しか頼みがないうえに、理性のある人間に対して可能なティー・コージーが現れない弁明は二つしかなく、どちらもクルックは気に入らなかった。

「ええ、ええ、そうですね」目の前にぽんと置かれた〈ウールトン〉の看板メニューをためつすがめつしながら、マクスウェルは相づちを打った。「彼が援助を求めるかぎり応じるというのが、彼女の意志でした」

「つまり、とことんまでってことか」と、クルックはわかりやすく言い直した。「それを聞いたら、依頼人もほっとするでしょう。いくらぐらい援助してくれていたんですか？」

「大体、いつも控えめな額でしてね。カージー氏は、贅沢を好む人じゃありませんから。遺言書では、年に二百ポンドの年金が提示されています。彼の財産を考えれば、十分やっていける金額だと思いますよ」

「それなら、依頼人も文句は言わないだろう。ワトソンについては、どうです？　彼女は、寒空に放り出されるんじゃないかと心配そうだったが」

マクスウェルは、少しむっとした表情をした。「私の依頼人は、ちゃんと彼女にも遺産を割り当てていますよ。同じくらいの額のね。それに、〈スワンズダウン〉の家も遺している。ただ……」

クルックは小さくヒューと口笛を吹いた。「そいつはミス・カージーも厄介なことをしたもんだ。ミス・フローラが黙ってるわけがないのに。ところで、彼女の取り分は？」

「それ以外の残りの財産です」国防市民軍兵に対抗しようとする落下傘兵のように、クルックに対抗しても勝ち目のないマクスウェルは、問われるままに答えた。

「よかった」と、クルックは言った。「それなら、彼女もほっとするんじゃないですか？　だって、宝石がありますからね」

マクスウェルの顔が、いくらか明るくなった。検死の際に会った怖そうな女性に、遺言書に書かれた取り分を切りだすのが恐ろしかったらしい。「宝石は、相当な価値があるはずです。実際に見たことはないんですが。いずれにしても、私は専門家じゃありませんしね。ですが、ミス・カージーはいつも、それが自分の資産の主要な部分を成していると言っていました」

クルックの赤い眉毛が吊り上がった。「本当に?」と、小声で呟く。

マクスウェルは、声をひそめた。「実を言いますとね。私の依頼人は、少々変わった女性だったんですよ。弁護士を雇ったのも、慣例に従っただけのことだって言いましてね。自分のあとを継ぐ者たちには、事務的なことを処理してくれる人間が必要だろうからって言うんです。自分が遺す財産をめぐって、つまらないいざこざが起きるのはごめんだ、私がイエスと言ったらイエスだし、ノーと言ったらノーなのだ、と。けれども、本人は人の助言を聞かないばかりか、求めもしませんでした」

「で、彼女の収入源は?」と、クルックは促した。

「どこから入ってきたのかはわかりません。確かに、株に投資する多少の金はありましたが、戦況のせいで、そのうちのいくつかは下落して実質的に売り物にならなくなりましたし、それ以外のものも分配金の支払いに充てられたうえに、所得税が重くのしかかっていましたから……」

「要するに、彼女は資産に頼っていたってことだな」と、クルックがきびきびと要約した。

「大体において、銀行口座にはさほど大金を入れていませんでね」と、マクスウェルが説明した。

「ところが、残額が低くなると入金するんですよ。いつも、かなりの額でした」

「株を売って?」

「いいえ、違います。未払いの借金が返済されたと言っていました――さっきも言いましたが、彼女は、自分のことをあまり語らない人でしてね。ただ、昔、友人たちに大金を貸したとかで、それが少しずつ返済されていたようなんです。もしくは、何かを売ったと言ってましたね」

「例えば、宝石とか？」

「あり得ますね。でも、詳細は教えてもらえませんでした。彼女が亡くなったとき、銀行口座の残額は残り少なかったんです。実は、残高を超過して引き出していたほどだったんですが、支店長には、すぐにまとまった額を入金すると約束していました。支払われるはずの金銭がロンドンにあって、それを回収に行くからと」

「金額は言ってましたか？」

「千ポンドは下らなかったはずです」

「大抵いつも、そのくらいの額を入金していた？」

マクスウェルは、やや当惑した顔をした。「決して、異例の額ではないと言っていいでしょう」

「彼女は、金遣いが荒かったのかな？」

「服は独特でしたが、ある程度の楽しみは好きでしたよ。それに、昔の従業員に親切でしてね。ずっと連絡を取っていて、彼らが苦境に立つと、よく援助もしていました」

「そっちの案件は、あなたに任せなかったんですか？」

老紳士は首を振った。「あの人は秘密主義でね。誰にも心の内を明かさなかったんじゃないかな」

「彼女の死後、その千ポンドが出てくる気配は？」

「まったく」と、マクスウェルは言った。「不思議なのは、いくら書類を調べてみても、そういう額の金が支払われることになっていると示すものが見つからないことです」

「銀行には、ほとんど残額がないって言いましたよね？」

マクスウェルは黙って頷いた。

「そうなると、私の依頼人の年金はどうなります？」

「ミス・カージーは、万一の場合、まず不動産を処分するようにという宣誓供述を残しています。それに、宝石もあります。宝石には相当な価値があるはずですし、カージー氏くらいの年齢の人に対する年金を購入するのは、それほど高額ではないでしょうから」

「確か、流動資産よりも家屋の大きさを重要視するんでしたね」と、クルックはマクスウェルの話に歩調を合わせた。「宝石の査定は、まだなんでしょうね？」

「すぐに行うつもりです」

「保険はかけてあるんでしょうな？」

「ミス・カージーには何度も勧めたんですが、自分の物はちゃんと自分で管理していて、得策を講じているから大丈夫だとおっしゃいましてね。正直に言いますと、今のところ、保険がかけられていたことを示すものは見つかっていないんです。銀行にもその手の書類はありません。でも、もし本当に宝石にミス・カージーが考えているとおりの価値があるのだとしたら、保険をかけないなんて狂気の沙汰としか思えません」

クルックは椅子の背もたれに背中を預け、思うところありげに相手を見た。

「時にはね、マクスウェル、保険をかけないほうが、危険が少ないってこともあるんですよ」

マクスウェルは、クルックの頭がおかしくなったとでも思ったようだった。

「おっしゃってることがわかりません」

「もし、自分が有名な品物を持っているという噂が広まったら、それを窓から放り投げて、なかったことにするほうがいい。堅く口を閉ざして、宝石を守ろうなんてことはしないのがいちばんだ。それに、もちろん」と、ゆっくりした口調で付け加えた。「警察のことも警戒しなくちゃならない」

「警察ですって?」マクスウェルが、仰天した顔になった。

「そう。彼らは、しつこいくらい詮索好きだ。しかも、宝石といった類には並々ならぬ関心を示しますからね」

「しかし——まさかあなたは、私の依頼人が不当に石を所持していたとおっしゃりたいんですか?」

「おい、おい、よしてくれよ」と、クルックがたしなめた。「あなたも弁護士なら、宝石にまつわる不正行為なんて山ほどあるのは知っているはずだ。なにも、ミス・カージーが世の中の安全を脅かすギャングのボスだって言ってるわけじゃない。そんなことはあり得ないと思う。だが、彼女が有名な石を複数持っていて、しかも、どうやら一度は、そのコレクションにロナルド・クロスまであったらしいとなると、好奇心のある人間なら、どうやって手に入れたのか首をかしげるとは思いませんか?」

「もし、やましいことが一つもないとすれば——人目に触れさせたでしょうな」マクスウェルは、取りすました態度で言った。

「それはしなかった。その点は確かだ。だとすると、どういうことになるかわかりますか?」

しかし、たとえそのとき、どんなことがわかったとしても、マクスウェルがまだ真相から程遠いところにいるのはあきらかだった。

クルックは、諦めて話を先へ進めた。「私の考えでは、ミス・フローラも一枚嚙んでいる。マクスウェル、言っとくが、私は彼女の好きにさせはしない」と、嘲《あざけ》るように指を鳴らした。

マクスウェルは弱々しく、ちょっと普通の事態ではありませんな、と呟いた。

「まったく普通じゃない」と、クルックはいつものように元気よく言った。「だが、だからこそ興味深い。まあそれはともかく、偏見なしにここだけの話、あなたもずいぶん前から、うすうす感づいていたんじゃないんですか？　だって、年寄りの女性たちが、急に大金を現金で口座に入れるなんて――話がうますぎる」

マクスウェルは、ここへきて新たな意見を述べた。「私は、ミス・カージーが、宝石が実際よりも価値があるという幻想を抱いているのではないかと思ってました。それだって普通じゃないんですが……」

「もしそうなら、がっかりだな」正直なところ、その線はまるで考えていなかったクルックは言った。

「でも、やはり」と、やや明るい口調になって続けた。「ミス・カージーは、決して幻想を抱くような女性ではないと思う。宝石の査定は誰が？　パーシー・フラムがおすすめですよ。十人中九人の専門家を欺くほどの見事な偽物だろうと、彼の目はごまかせませんからね」

二

ビル・パーソンズとパーシー・フラムとは、長年の知り合いだった。昔は大いに助け合っていた仲で、今でも時々、ビルはかつての盟友に何かと便宜を図っていた。だから、フラムがミス・カージーの秘密の財宝に関する情報を提供してくれるのは、ごく当然のことだった。

数時間後、フラムはクルックとビルに会いに、ブルームズベリー・ストリートのオフィスにやって来た。

「まんまと騙されたってやつですよ」クルックの、唯一座り心地のいい椅子に長身を沈めながら、彼が口を開いた。「老婦人を殺したやつが、宝石を売って金にしようと目論んだのだとしたらね。これほど驚かされたのは初めてだ。本物なんか、一つもありゃしないんだから——値打ちのあるものがないっていう意味ですけどね。ブローチやロケット——せいぜい客間で身に着ける程度の代物だ——は一つ二つあったが、目を引くような素晴らしい品は全然なかった」

「どのくらいの価値になる?」

パーシー・フラムは肩をすくめた。「その女性にとって、コレクションがどういう意味を持つかという点次第でしょうね」

「私も、ミス・カージーをよくは知らない」と、クルックは説明した。「実は、人づてに聞いて知っているだけなんだが、ただ一つ断言できるのは、彼女がセンチメンタルな理由でイミテーションを大事にするようなタイプではないってことだ。感傷なんて気質は、これっぽっちも持ち合わせていなかっただろうよ。それが、まがい物を持ってたってことは、何か裏があるはずだ」

「それを知りたくて来たんですよ」と、フラムは葉巻の灰を落としながら言った。「あそこのイミテーションは、すべて立派な品のコピーだった。例えば、ブロッケンホースト・ルビーとかね」彼はちらりとクルックをうかがったが、クルックの顔は無表情だった。「ここは一つ、協力し合おうじゃないですか」と、フラムが持ちかけた。「それから、これも訊きたいんだが、ミス・カージーってのは、特別な人間じゃありませんよね。つまり、誰なのかをみんなが知っているような人物ではない。こっちの世界にも属してはいなかったようで、業界の人間は、誰も彼女を知らない——といっても、一人は知ってるはずなんですがね。コピーを作ったやつがいるんだから——だが、それ以外のわれわれは、知らなかった。それなのに、なんでまた、ブロッケンホースト・ルビーのコピーが、彼女の手に渡るなんてことになったんでしょうね？」

「何年か前、その件で騒ぎがあったんじゃなかったか？」と、クルックは何かを思い出すように尋ねた。「確か、君が……？」

「このコピーを作ったのは、私じゃないですよ。私が作ったのは、オリジナルだ。レディ・ブロッケンホーストのために作ったんです。船旅で本物をなくすんじゃないかとご主人が心配しているんだって言うもんでね。非常に賢明ですよ。こういう豪華クルーズには、ギャングが紛れ込んでいるものだ――ああ、言わなくても知ってるか。昔はよく、そういう連中を無罪にしてたんですもんね」クルックは、にやりとしたが、何も言わなかった。「で、私はそれを作って、あとはすっかり忘れてたんです――宝石が盗まれたって噂が広まり始めるまでは。ブロッケンホースト卿は、狂わんばかりに激怒した……」

「そして突然、扇子を閉じるように、ぴたりと口を閉じた。おそらく、窃盗が行われたのだとすれば、自分の最も身近で大切な人間が関わっているのではないかと気づいたんだろうな」

「つまり、レディ・Bが自分でルビーを売った」

「手放した、と言ったほうがいいな。うん、ミス・カージーが以前、それを持っていたのは間違いなさそうだぞ。ブロッケンホーストのような男だって、妻に二千ポンドの小切手を振り出す自由裁量《カルテブランシュ》を与えはしない。だからミス・カージーは、大きな計画を目論んだ――もっと大きなことをな」

　パーシー・フラムは頷いた。「きっとほかの宝石も、同じようにして持ち主が変わったんでしょう。実は、ブロッケンホースト・ルビーは、一年ほど前に市場に出たんですよ」

「報酬を現物で受け取った場合に問題なのは」と、クルックは考え深げに言った。「いざ金に換えるときになって、ペテンにかけられやすいことだ。ミス・カージーは、通常の宝石商のところに行って査定を依頼するわけにはいかなかった。例のルビーは、すぐにそれとわかるから、業界の人間なら誰だろうと警察に通報するはずだ。ミス・Kは、それを知っていたに違いない。だから、当然のことながら、故買屋を通して売った——彼女がそのことに気づいたのが、実に残念だよ、パーシー。そうでなければ、顧客として私に稼がせてくれたかもしれないのにな」

「全部でいくらぐらいの価値があるかって訊かれれば、高く見積もっても二、三百ポンドってとこですかね。それでも、出しすぎなくらいだ」

「パールはどうだ？」と、クルックは尋ねた。

フラムは驚いた顔をした。「パールなんてありませんでしたよ」

「そいつは変だな。警察もまだ見つけていないはずだ。だが、それを言ったら、彼らは彼女の荷物も——帽子も——甥だって見つけてはいないが。まあ、差し当たって、警察はかなり手いっぱいのようだから——いや、見方によっては、手が空っぽと言えるかもな」

この点では、クルックは正しかった。警察は、確かに手詰まりの状態だったのだ。ミス・カージーが死んだ晩に、ウォーバーグ・コート・ホテルから自称ミスター・カージーを乗せたタクシーの運転手を捜させていたが、一向に成果が上がらなかった。数日経って、ようやく運転手本人が、証言をしに地元の警察署に出頭してきた。

「どうして、もっと前に来なかったんだ？」と、彼は怒りっぽい警官から詰問された。

「だって、あんたらが捜してるのが俺だなんて、知らなかったんですよ」と、運転手も同じように勢い込んで言い返した。「パディントンは、俺の担当地区じゃないからね。そうでしょう？　俺は、ハムステッドで商売してるんだ。あの日は、パディントンまで行ってくれっていう一行を乗せてきただけなんですから——あれは、変わった仕事だったな——夜行列車に乗りたかったらしくてね——まあ、戦時下じゃ、もっと奇妙なことが起きたって不思議じゃないけど——で、問題の客はね、歩道から手を上げて俺を呼び止めたんですよ。『ベイズウォーター・クレセント十八番地まで行ってくれるかい？』って訊くんです。『今夜、列車に乗らなきゃならないんだが、私の荷物がそこにあるんだ』『どこに行きたかったんですか、旦那？』って尋ねたら、『帰らなきゃならないのに、実はもう遅すぎるんだ。今夜のうちにユーストンまで行きたい。電報が届いて、生死に関わる事態なんだが、乗り場にはタクシーが一台もいなくてね。礼は弾むから、頼むよ』って言うじゃありませんか。人間、時には勝負に賭けてみなくちゃと思ったから、引き受けたんですよ。そうしたら『十八番地だぞ。私が停まれと言うまで、車を走らせてくれ』って言ってね。真っ暗な晩で、星も出ちゃいない。何はともあれ、自分の記憶を頼りに走りましたよ。ホテルだとは知りませんでした。なんだって、灯火管制で辺りは真っ暗ですからね。到着すると、こう言いました。『このまま待っててくれ。荷物は玄関に置いてあるから、すぐに戻ってくる』思ったより長くかかったんで、ひょっとして料金を踏み倒されたのかと思い始めたところへようやく戻ってきて、電話をかけなくちゃならなかったとかなんとか言ってましたね。車を降りて荷物を積み込もうとしたら、言ったんです。『いや、たいした荷物ではないんだ。大急ぎで向かってくれ。でないと、あの列車に乗り遅れてしまう』って」

「それで、ユーストンまで乗せて行ったのか？」

「ええ、そうです。西に行かなくちゃならないって言ってね。大隊に再加入するんだとか、時間がぎりぎりだとか言ってました」

「そいつの顔をはっきり見たのか？」

運転手は首を振った。「さっきも言いましたけど、真っ暗だったんですよ。警察なら、懐中電灯をちらつかせて見られるでしょうがね。ユーストンに着くと、十シリングをくれて、すっ飛んで駅に入っていきましたよ」

「ポーターを使ったかどうかは、気がつかなかったんだろうな？」

「車に近寄ってきたポーターはいなかったと思いますよ。近頃じゃ、ポーターをつかまえるのも大変でね」

「そいつは、制服姿だったか？」

「そう言われてみれば、違いましたね。背がやや高めの男で、大きな黒い帽子をかぶってました。それ以外は、わかりません」

警察からすれば、正義と秩序を損なう不当で卑しむべき遅れに阻まれたわけで、それを挽回しようと、型どおりの訊き込みをし、駅に預けられた荷物をすべて調べたが、収穫はゼロだった。問題の夜に担当していた駅員を見つけ出して取り調べたものの、こちらも成果はなかった。駅員は、そんな時間に荷物を預けた人はいなかったと証言した。その男がうまく騙したのに違いないと、不機嫌そうに言ったのだった。

ベンハム刑事は、次に遺失物案内所に注目した。鉄道駅で荷物を処分するには、ことに、灯火管制中で誰にも見とがめられないとすれば、それが最も簡単な方法だと考えたのだった。どこか暗い隅にかばんを置いて、さっさと駅を出て行けばいいのだ。その場合、二つの可能性が生じる。手つかずのまま残っていてポーターに発見され、遺失物案内所に保管されるか、精力的かもしれないが良心には欠ける人間に拾われて、ねこばばされるかだ。どこの駅事務所にも落とし物のかばんの報告はなかったので、犯人が警察の捜査をかく乱するために、かばんを持って別の出口から出て行ったか、かばんが盗まれたかのどちらかに思われた。後者の場合、捜査が進まないのも仕方がない。自分が持っている品が警察の捜している物だと、こそ泥が知ったなら、黙っておこうとするに違いないからだ。

彼らは、再びミス・フローラとワトソンに会って、事件に隠されているものを暴きだそうとした。ワトソンは、奥様はせいぜい二、三泊留守にするだけのつもりで、下着の替えと、寝間着と、洗面道具しか持って出なかったと言った。彼女（ワトソン）自身が荷造りをしたのだという。衣類にはすべて名前が入っていたが、それ以外は、デザインも品質も特に珍しい物ではなかった。なくなった物の特徴は、すべての地区の警察署に通達され、なにがしかの成果をもたらすかと思われたが、結局、何も出なかった。警察は、なくなったパールについても、あらゆる宝石商に問い合わせた。だが、一つ、二つ出てきたものをワトソンとミス・フローラに見てもらったところ、問題の宝石とは似ても似つかないと断言された。

つまるところ、多大なるエネルギーとイニシアチブを発揮はしたものの、〈穴居人〉が言うように、警察は税金を使うだけで、たいした成果をもたらすことはできなかったのである。

第八章

最後には戻ってこよう、
この暗い家で死ぬために。
――エドワード・L・デイヴィソン

一

警察が関与したこの事件のせいで、ミス・フィッツパトリックは完全に取り乱していた。警察関係者がたまに訪れるだけでも、彼女の頭の中では制服警官がひっきりなしに来ているように拡大され、夢の中でさえ、青い制服に身を包んだ男たちが、表門を出たり入ったりして、階段を上がっていくのだった。

「私が警察に税金を払っているのは殺人を防いでもらうためで、起きた事件も解決できないなんていうのは問題外だよ」生真面目な黒い瞳でまばたきもせずに彼女を見つめ、賢者のように考えを包み隠している、カナリアのギャリーに話しかけた。「それに、あんな男たちがうろうろしてたら、安心できやしない」

幼い頃、ミス・フィッツパトリックは母親から「男には気をつけなさい」と教え込まれた。「関わりを持つんじゃないよ」と、母は口を酸っぱくして言ったものだ。「男と付き合わないのが、何より安全なんだからね」その教えどおり、ミス・フィッツパトリックがたった一度恋に落ちた相手は、十分と言うには程遠い収入での暮らしで衰弱したあげく肺病で死んだ、禁欲主義の牧師補だった。もし、死の床にいる牧師補の耳元で〈穴居人〉の名をささやいたとしても、彼にはなんの意味も持たなかっただろう。禁欲主義の牧師補たちにとって、女性とは、個性を持つことをやめた存在なのだ。誰も一様に「信者」であり、それ以上ではないのだった。

〈謎のカージー事件〉から一週間が過ぎた頃には、老女の頑固な頭の中で、自分は正真正銘の危険にさらされているという考えが膨らんでいた。ある日の午後、家の中を見まわしていると、簞笥《たんす》の上に掲げられた刺繍飾りの金言が目に留まった。「光るもの必ずしも金ならず」と格言は言明しており、つまりは、制服を着ている男が必ずしも警官だとはかぎらない、ということだと理解した。それからというもの、門が軋む音で誰かがやって来たことを察知するたびに、ドアに鍵を掛けるのはもちろんのこと、古い長椅子を引きずってきて、ドアの前に置いたのだった。彼女の用心も、まんざら的外れとは言えなかった。いったん建物の玄関に入られてしまえば、簡単に地下への階段を下りてねぐらを襲われるからだ。そんな目に遭うかもしれないというのに、用心を怠って犯行の後押しをするような真似などするものか、と彼女は心に決めていた。犯罪の記録の中には、人里離れた宿屋や一人暮らしの部屋にいた老女が、かび臭いベッドの下の書類保管金庫に隠してあったであろう金目当てに殺されたという話が山ほどある。七十四になっても、決して彼女は、まだ人生を諦めてはいないのだ。「この戦争を最後まで見届けなくちゃ」というのが、彼女の口癖だった。「ヒトラーなんかにやられてたまるもんか」

窓辺に座って建物への出入りを監視する、お気に入りの行動さえ自粛していた。それが彼女の習慣だと警察に（それ以外の人間にも）知られたからには、続けるのは危険だ。だから、黒っぽい分厚いカーテンを引き、暖炉のそばに腰かけるようにした。常夜灯代わりにほんの少しだけ燃やす暖炉の火が、彼女が自分に許している唯一の照明だった。ここのところ、警察の無能さや戦争によって生じている暴力の増加傾向について、マスコミ宛てに長々と手紙を書くことに、かなりの時間を費やしていた。また、大きなカードに、曲がった字で、

「不在」


と書いて、勝手口に貼り出した。

そうやって、地中に棲む小動物にますます似てきた彼女は、暗闇の中に一人きりで暮らしていたのだった。

あちこちに敵意を向けるミス・フィッツパトリックの思い詰めた心は、今や、あの若い娘、シグリッド・ピーターセンこそが現在の不快の原因だと思い込もうとし、シグリッド本人にそう言ってやろうと思い立った。最初の訪問の際、年配の女性と住んでいるという家の住所をもらっていたので、彼女はその紙切れを捜し、四十年前に父親が亡くなったときに母が取っておいた黒縁の封筒を見つけ出した。

誤って投函されないよう切手を貼らずに取ってあった封筒に入れられた手紙は、翌日シグリッドの

もとに届いた。そこには、次のように書かれていた。

「自分が他人の生活をどれほど侵害しているか、思い知るがいい。気をつけろ。お前は危険にさらされている。死者を安らかに眠らせよ」

これで、と、便箋をたたんで黄ばんだ封筒に入れながら、ミス・フィッツパトリックは満足げに思った。あの娘も、自分が余計なことをしたせいで、私の家に制服の男たちが、ずかずか入り込んでくるようになったことを痛感するだろう。空き家に死体を運び込むのが法に触れるといったって、それが私となんの関係があるというのだ？　小さな三角のショール（これも母の時代の物で、何十年も繰り返し使われ、何代にもわたる虫たちのご馳走となってきた）を喉元で結び、スチール製のカーラーを山ほど巻いた大きな頭を振って頷く姿は、まさに魔女そのものに見えた。その翌日、今度は葉書を送った。

「甲が種をまき乙が刈り取る」

そして、最後の駄目押しとして、もう一通書いた。

「今度、自分に関係のないものにつまずいたときには、何も見なかったふりをするのが賢明だと言う友人がいたら、その言葉を信じることだ。今回のことでどういう結果がもたらされるか、思い知るがいい」

当然のことながら、シグリッドは最初の手紙に驚愕した。ミス・カージーの死について、警察よりも詳しく知っている人間が書いたように思えたからだ。翌日届いた二通目は、彼女の好奇心だけでなく、不安も掻き立てた。三通目を受け取った段階で、シグリッドは誰かに相談しようと決断した。適任なのは聡明な友人だが、ただ一人信頼する人は、ノルウェーにおける敗走で行方不明になってしまっていた。一日、二日、どうしたらいいだろうと思い悩んでいた彼女は、ふと、いなくなったカージー氏の代理人で、同じブランドン・ストリート一番地に部屋を構えている弁護士のことを思い出した。一度会っただけの老人のために、あれだけ骨を折っているのだから、これまで一度だって弁護士の必要に迫られた経験がなく、どうやって見つけたらいいかもわからない若い娘にならば、喜んで助言してくれるだろうと、無邪気に考えたのだった。

シグリッドは意を決し、その晩、定時に職場を出ると、地下鉄の階段を駆け下りた。ブランドン・ストリート一番地に着いたのは、五時二十五分だった。仕方のないことだが、彼女はクルックが夕食前に仕事から戻ることは滅多にないとは知らなかったし、当然、伝言を預けられる使用人か誰かがいるものと思っていた。バッグには、差し出し人不明の三通の手紙を携えている。建物の正面玄関は、鍵が掛かっていなかった。珍しいことだったが、警察が頻繁に出入りしているので、彼らが再び訪問しようと思ったとき、暗い中をまた階段を上って掛け金を外すのを、ミス・フィッツパトリックが嫌がったからだった。

玄関はとても暗かった。ケチな大家が、一分しかもたない青電球に替えていたため、スイッチを入れても、明かりはわずか一分灯っているだけなのだ。シグリッドは持ってきた懐中電灯をつけ、そろりそろり階段を上り始めた。玄関にあった表示板には、クルックが最上階に佇んでいることが示されており、名前の横の札は、いつも変わらずそうなのだが、「在宅」となっていた。「正式には外出ではない」というのが、クルックの言い分だった。「ちょっとそこまで出かけているとか、野暮用があるというだけで、外出とは呼べない。ビジネスではないのだ」

最初の踊り場で小さな懐中電灯の明かりが弱くなり、シグリッドは手元に視線を落としてから先を急いだ。ばかげたことだが、突然ドアが開いて、先だって彼女が見つけたもの、が、ふらふらと目の前に出てきそうな気がしたのだ。もちろん、そんなわけがないことは百も承知だった。クララ・カージーの遺体は、数日前にきちんと埋葬されていた。それでも、あのときのイメージは、いまだに彼女の頭にこびりついていた。踊り場から続く次の階段を駆け上がり、その先の踊り場で急にぱたりと立ち止まった。手すり越しに懐中電灯で上を照らし、最上階に近づいているのだと自分を安心させようとしたが、それはあきらかに間違いだった。頭上には、暗闇の中に続いている曲がりくねった階段が見える。階下は完全に真っ暗で、ほの暗い青い明かりは、すでに最初の踊り場に到達した時点で、カチリという小さな音を立てて消えていた。懐中電燈の光は、いっそう弱くなっているようだ。そう思っているあいだにも、どんどん薄れてきて、ついには完全に切れてしまった。必死にスイッチを押すが、何も起こらない。予備の電池は持っておらず、周囲を包み込む暗闇の海の中で、一瞬、パニックになって凍りついた。

「下へ下りるのはよくないわ」理性を取り戻して、自分に言い聞かせた。「上へ行ったら、クルックさんが懐中電灯を持っていて、外の通りまで案内してくれるかもしれない」

上へ向かって一歩踏み出した途端、歩幅を誤って足を踏み外してしまい、慌てて手すりをつかんだ。バランスを取り戻そうとしたときに、手から懐中電灯が滑り落ち、階段を転がっていった。カン、カン、カン。まるで、化け物か何かが宙に向かって飛び跳ねるような音を立てて落ちていく。辺りはもう、何も見えなくなった。

シグリッドは、少しのあいだ、手すりを握り締めていた。上方の闇の中で、見えないドアが開いた。そして、ほのかな光が彼女の頭上の壁に揺らめいた。「誰かいるのか?」光と同じくらい微かな声がささやく。

シグリッドは、なんとか気持ちを奮い立たせた。「あの――私、フラットにどなたかいらっしゃるとは知らなくて。クルックさんに会いに来たんですけど、懐中電燈が切れてしまって……」と小声で告げた。

「クルックさんはお留守です」さっきと同様に、はっきりとしない口調で、頭上の声が言った。「私も、彼に会いたかったんですよ」

「まあ!」安心したシグリッドは、思わず相手のほうへ階段を数段上った。「でも、きっともうすぐ帰っていらっしゃると思いますわ」

「彼は、きまった時間で行動しませんがね」と、その声は懐疑的だった。「だが――こっちへ上がってきて、少し待ってみるといい」

階段の曲がり角を曲がって上を見ると、黒い服に身を包んだ長身で遠慮がちな、クルックが描写したとおりの人影が見えた。痩せて背が高く、つば広の黒い帽子をかぶった姿はどことなく幽霊のようで、黒いコートは、首元まできっちりとボタンを留めてある。

「私もたった今、帰ってきたところでしてね」と、彼は言った。「私の名は、カージー。ここは、私のフラットです」

「ティー・コージー！」と、シグリッドは大声を出してから、耳のつけ根まで真っ赤になった。「その」と、困惑したように言い添えた。「クルックさんが、そう呼んでいたものですから」

「クルックさんとお知り合いなんですか？」

「あの――検死のときにお会いしたんです」

「検死？　わからないな。いったい誰の……？」

「あなたの――あなたの叔母様です」と、シグリッドは驚いて言った。「ご存知ないんですか？」

「おかしいと思われるかもしれませんが」と、老人は言った。「私は、何も知らないのです。ほとんど知らないと言うべきでしょうか。クルックさんが助けになってくれるかもしれないと思っていたのですが」

話しながら、彼女をフラットに招き入れるように後ずさった。そこは、予想にたがわず、とても埃っぽく、寂しい雰囲気のする部屋だった。ティー・コージーも、室内にあるすべてのものと同じくらい不気味に見えた。彼は、片手で顎を撫でて言った。「クルックさんは親切にも、叔母を捜す手助けをすると言ってくれましてね。約束したんです――私は、その約束を守れなかったんですが」

「クルックさんが心配なさってましたわ」と、シグリッドは言った。

「ひどく無礼だと思われたでしょうね」老人は、不安げな声になった。「彼に迷惑がかかっていないといいんだが」そして、ふと思い出して言った。「検死とおっしゃいましたね」

「ええ。実は――私が遺体を発見したんです」

「すみません、あなたを存じ上げないんですが」と、老人は謝った。

「シグリッド・ピーターセンと申します。フラットの見学に来て、それで——そこで叔母様を見つけたんです」

「でも——どのフラットで?」

「一つ下です。おわかりになりませんか? 誰かが叔母様を殺害して、そこに遺体を置き去りにしたんですよ」

「一階下のフラットで叔母を殺した? しかし、なぜ彼女はそこにいたんでしょう? 叔母の帽子がここで見つかったことはご存知ですよね。どうも訳がわからない」

「私にも、よくわかりません」と、シグリッドも認めた。「彼女がどうやってそこに入ったのか、誰もわからないんです」

「叔母は、老人ホームにいたのです」と、相手は言った。「少なくとも、私はそう思わされていた。だが、きっと、それも計画の一部だったのでしょう」

「老人ホームのことは、誰に聞いたんですか?」と、シグリッドは尋ねた。

「説明が必要ですね。でも、まずは座りませんか? クルックさんが解明してくれるかと期待していたのです。私にはあまりに難解でしてね。今がいつかもわからないくらいだから」

「五時半をちょっと回ったところです」と、シグリッドが教えた。

「いや、その——年や日付のことですよ。私にとって、時間というのはあってないようなもので、長さもわからないんだ」

「何があったんですか?」と、シグリッドは問いただした。「新聞をお読みにならないの?」

彼は首を横に振った。

「警察があなたを捜していることを知らなかったんですか?」

「警察が?」

「そうですよ。叔母様の帽子のせいだと思います。それに、誰もあなたを見つけられなかったから。どこにいらしたんです?」

ティー・コージーは頭を振った。「わかりません。本当に変だとお思いでしょうが――実は、老人ホームに向かっていたのです」そこで、彼はぴたりと止まった。「だが、老人ホームなんて存在しなかった。騙されたんだ。老人ホームなんてなかった」

シグリッドは、クルックがティー・コージーと出会ったときとそっくりな気分になり始めていた。この老人は、自分の尻尾を追いかける子猫のように、自らの考えにとらわれて離れられないようだ。

「じゃあ、先週、ずっとどこにいらしたんですか?」どうにか老人の意識を引きつけて、何か確かな言葉を聞き出せないかと思いながら、質問してみる。

「それもわかりません」と、悲しげな答えが返ってきた。と突然、カメが甲羅から首を伸ばすかのように、はっと頭を上げた。「今、週と言いましたか?」

「ええ。実際には一週間以上ですわ。そのあいだ、みんな、あなたを捜していたんですよ」

「本当ですか!」彼の声に、新たな関心の響きが加わった。「それは、実に興味深い。丸一週間経って、誰も何も知らないとは。もちろん、私もだ。丸々一週間が、人生から消失してしまった。しかし、そうなると」その声は、さっきまでよりも強く、熱意さえ帯びていた。「要するに一週間とはなんなのだろう? 時間の期間だ。それ以上ではない。そして、時間の性質が謎のままだということは

「……」

「フラットを出たとき、何をなさってたの？」と、シグリッドが遮って問いかけた。

「それが、なんとも奇妙なのです。さっきも言ったとおり、私は、翌朝キングズウィドウズまでクルックさんのお伴をすることに同意しました。前の晩のことです。九時半に彼が迎えに来ることになっていました。クルックさんが帰ったあと、私はドアに鍵を掛けて――そう、確かに鍵を掛けた――ベッドに入りました。それが突然、電話のベルで目覚めたのです。しばらく鳴っていたのですが、そのときは、そのことを知りませんでした」

「どうして、今はご存知なんですか？」興味を引かれて、シグリッドは尋ねた。

「私が留守か、あるいは絶対に目を覚まさないのかと思い始めたところだったと、男が言ったからです」

「つまり、電話の相手が？」

「はい」ティー・コージーは、にっこりと微笑んだ。

「でも、それって誰だったんです？」シグリッドの声が、つい苛立ちでしつこくなった。

老人の声は、再びか弱く震えた。「それが――本当にわからないのです。カージーさんかと訊かれて、そうだと答えると、叔母のクララ・カージーが灯火管制のさなかに事故に遭って、老人ホームにいると言われました。たった今意識を取り戻して、私を呼んでいるから、すぐに来てくれないかと言うんです。重体なのだ、と」

「そんな時間に、どうやって来るように言われたんですか？」と、シグリッドは現実的に訊いた。

「タクシーを呼びにやって角に停めさせるので、ほかの部屋の人たちを起こさないよう、そっと下りてくるように言われました。叔母がどこかで帽子をなくしたらしいと言うので、ここにあると教えたら、持ってきてくれと頼まれました。それで、服を着替え、鍵を開けて、外へ下りて行ったんです。三時半か四時頃だったと思います。角を曲がったところに車がいて、男が待っていました。歩道に出てきて車のドアを開け、私に乗るよう言いました。ご存知のように周囲はかなり暗いですから、男の顔はよく見えませんでしたが、だいぶ若い感じでした。叔母がバスにはねられてしまい、ロンドンに親戚がいないかどうか突き止めようとしたらしいのですが、灯火管制中にかばんをひったくられたようで、本人が意識を取り戻して私を呼ぶまで、彼らは叔母の身元もわからずにいたそうなのです」

「その人たちは、警察には通報したんですか？」と、シグリッドは尋ねた。

ティー・コージーは、この質問にあきらかに面食らったようだった。

「それを確認することは、思いつきませんでした。車でしばらく走ったのですが、真っ暗な夜で、どこをどう走ったのかはわかりません。叔母の容体はかなり悪いのかと尋ねたら、もし、たいしたことがなかったら、こんな時間に私をベッドから引きずり出したりしないと言われ、私が黙っていると間もなく車が停まって、一緒に降りました。運転していた男は、自分は、叔母が運び込まれた老人ホームの担当医師だと言っていました。辺りはまだ暗くて、彼は階段を上るときに私の腕を支えてくれ、それから鍵を見つけてドアを開け、二人で玄関に足を踏み入れました。向こうが懐中電灯を手にしていたんですが、光が弱かったので、誘導してもらいながら少し階段を上がって、ほどなく一枚のドアの前で立ち止まり、彼がそれを開けて、一緒に部屋の中に入ったのです」そこで口をつぐみ、そのまま沈黙が続いたので、シグリッドは、相手が話し終えたのだと悟った。

「どの辺りにいたのか、全然わからないんですか？」

「その——ロンドンだったとは思います」と、ティー・コージーは、ためらいがちに答えた。「郊外まで行くほどの距離は走らなかったはずです。そもそも私は目が悪くて、さっきも言いましたが、とても暗い夜だったのです。相手の男が、月が出ていないと言ったのを覚えています」

「フラットの内部は、どんな様子でした？　フラットだったとしたらですけど。さっき、彼はあなたを老人ホームに連れていくつもりだったっておっしゃったと思ったのに」

しかし、ティー・コージーの態度ははっきりしなかった。「フラットだとは言ってません」と、彼は言った。「少し階段を上がったと言っただけです」再びためらってから、ようやく勝ち誇ったような口調で口を開いた。「オウムがいました。大きな緑色のオウムです」ちょっと言葉を切ってから言った。「とても装飾品の多いフラットでした」

「それで、喋れました？　そのオウムですけど？」

老人は、びっくりしたような顔になった。「いいえ、とんでもない。それはありません。だって、生きていないんですから。早く叔母のところへ連れていってくれと頼もうと振り返ったら、私一人しかいないことに気づきました。私の到着を容易にするために先に行ったのだと思って、部屋の反対側に動きかけたら……」彼の声が尻すぼみになった。「ひどく静かだと思った記憶があります。本当にとても静かでした。医師だと名乗った男が戻ってきたのが聞こえた気がして、話しかけようと頭をそちらに向けました。おそらく、その動きが私の命を救ったのです」

「命を救った？」シグリッドは、大きな青い瞳でじっと見つめた。

「はい。なぜなら、それと同時に、何かがものすごい力で正確に私を狙って殴りつけたからです。驚いた瞬間——本当に、心底驚きました——は、一瞬でしたが意識があったのを覚えています。そして、クルックさんに事情を説明するメモを残してくれればよかったと思いました。伝言もせずに姿を消したのでは、きっとあまりに奇妙に思われるでしょうから」

「だから、なかなか現れなかったんですね」と、シグリッドが声を上げた。「でも、ずっとどこにいらしたんです?」

悲しそうに老人は頭を振った。シグリッドは、帽子のつばがつくる影の下にある顔を、さっきまでよりもはっきりと見ることができた。そこには、不思議なほどにやつれた表情が浮かんでいた。

「悲しいことに、それがわからなくて。記憶がないのです」

「でも、そんなふうに、人生から一週間が抜け落ちてしまうなんてあり得ないわ」

「一週間が抜け落ちたというのは、不正確な表現でしょうね」と、老人が反論した。「私の場合、頭蓋骨に受けた一撃のせいで、いわゆる時間というものが停止したのかもしれません。単純に止まったのです。私の人生は、自分が何者でどこにいるのかを認識した瞬間に再始動したわけです」

「どこだったんですか?」興味を持って、シグリッドは訊いた。

弱々しかった声が、再び明るくなった。「それが、最も不思議な点でしてね。私が次に本当の意味で意識を得た瞬間というのは、なんとこのフラットだったのです。気がついたらここにいました。おそらく自分で階段を上ってきたんだと思うのですが、記憶がありません。ですが、たぶん」彼は希望を託すように続けた。「クルックさんならわかると思います。彼は、前にもとても力になってくださいました。私は、全面的にクルックさんを信頼しているのです」

シグリッドは、眠っているのではないことを確認するために、自分をつねってみた。ノルウェーからの難民である彼女は、この二年間でたくさんの異様な光景を目にしてきたし、変わった人たちにも大勢出会った。が、ティー・コージーのような人間は初めてだった。頭がおかしいのか、それとも、まったく新しいタイプの人物なのか、さっぱりわからない。彼のような人間はほかにもいるのかもしれないが、これまで一度も会ったことがなかった。クルックなら彼女に、精神病院はそういう人たちでいっぱいで、彼らの特異性など、取るに足らないことだと教えたことだろう。

ティー・コージーが「私は、全面的にクルックさんを信頼しているのです」と言うのを聞いたとき、なんとなくシグリッドは、子供向けラジオ番組『チルドレンズアワー』でディケンズを宣伝している場面を思い浮かべた。現実にしがみつくように、彼女は言った。「たぶん、今にもクルックさんが戻っていらっしゃいますわ。もしかしたら、誰か、クルックさんがいつ戻るか教えてくれるかもしれません」

「彼が帰ってきたら、足音でわかるはずです」と、老人は言った。「だが、彼にはオフィスもある。ひょっとすると、そっちに……そうだ、いいことを思いついた。あなたは電話を捜してください。玄関にありますから」

「番号はご存知なの?」

「いや——知りません。ですが、確かオフィスはブルームズベリー・ストリートにあったはず……」

ティー・コージーは、シグリッドのあとについてよろよろと玄関までやって来て、低い電話台に置いてある電話帳を指し示した。

「私が見つけますわ」と、シグリッドは請け合った。彼女自身、普通の人間とコンタクトを取る必要性を痛感し始めていたのだった。

明かりが暗くて、電話帳の上に覆いかぶさるように体を曲げなければならなかった。そのため、自分を殴ったものがなんだったのか、彼女には見えなかった。ただ、突然、頭に激しい痛みを感じ、目まいがして、膝から崩れ落ちたのだ。倒れるとき、暗闇をつかみながら、彼女は別の殺人者、マクベス夫人の有名な叫びをもじっていた。

〈それにしてもあの老人に、あんなに力がいっぱいあったとは？〉

二

小説家が同じ物語を別の本にして何度も書くように、犯罪者と関わる人生を送ってきた人間が、同じ犯罪パターンを繰り返す傾向にあるのは、自明の理だ。足元で気を失っている娘を見て、殺人者は、比較的安全な二階のフラットに運ぼうと考えた。すでに警察はあの部屋を調べ尽くしており、おそらく数カ月は捜査をしに戻らないだろう。死体が見つかった部屋を借りたがる人間もいないだろうから、数カ月とは言わないまでも、数週間は遺体が発見されずに済むかもしれない。たとえ発見されたとしても、彼が思うに、自分を犯行と結びつける根拠はないはずだ。この娘さえいなくなれば、自分がこっそりここに忍び込んだことは誰にも知られない。建物内に人がいないのを利用して、下の階まで引きずり降ろせばいい。前回死体を隠したときは、額や口元に汗が噴き出る思いだった。いつなんどき人がやって来るかとハラハラしながら、踊り場を挟んだ二続き分の階段をぐったりとした体を引きずって運ぶのがどんなものか、やってみた人間でなければわからない。しかし今回は、〈穴居人〉がねぐらから出てくることがないのも、クルックが夜遅くまで帰ってこないことも知っているし、郵便配達夫や近所の御用聞きが来るには、もう遅い時間だ。だから、あとは冷静に、辛抱強く行動すればいいだけだった。

事を急げば、致命的になりかねない。娘に対する彼の返答は、とても満足できるようなものではなく、彼女がそれを受け入れたのは、自分のことを頭のおかしな人間だと思ったからにほかならない。クルックのような男なら、きっと探りを入れただろう。いや、だめだ、クルックには絶対に出くわすわけにはいかない。セオドア・カージーが誰の目にも触れないでいるかぎり、セオドア・カージーについて、世間に好きなように言わせておくことができるのだ。

娘の上に屈み込んで状態を確認しようしたそのとき、聞き違いようのない音が聞こえた――大きな正面玄関のドアが、威勢よく閉まる音だ。長身の体を思わず伸ばした。間違いない。あれは、クルックが階段を上る足音だ。弁護士はいつもの軽やかな足取りで勢いよく上ってきて、二号室の前で一瞬足を止め、それから踊り場を回り込んで、ややゆっくりと上がり始めた。三号室の外で立ち止まり、このところの習慣で、呼び鈴を押した。

ドアの反対側にいた男は、身を硬くしてじっとしていた。クルックが一足遅く戻ってきて、階段でばったり出くわさなかった幸運に感謝した。恐怖を駆り立てるあの足音を聞いた時点で用心のために電気は消してあるし、木製のドア越しには、クルックに見えるわけはないのだと、はやる自分の心を静めた。

驚いたことに、クルックは再度呼び鈴を鳴らした。男は、自分が殴り倒した相手を見下ろした。彼女はぴくりともせず、生気を感じさせる色も徴候も見られない。武器が打ちつけた片側のこめかみの周辺が大きく黒ずんでいるだけだ。今の彼を見たなら、クルックは年老いた気高い鳥を思い浮かべたりはしなかっただろう。その顔に、気高さはかけらもなかった。険しく、利己的で、残酷な表情をしている。そして、男は恐怖に苛まれていた。もし、クルックがマットの下にある鍵のことを思い出したら、屈んでそれを手に取ろうとするだろうか？　外で何が起こっているか感じ取ろうと、男は懸命に耳を澄ました。

足元の娘に視線を戻す。そして思った。「もし、彼女が動いて、叫び声を上げでもしたら……」しかし、少なくとも、暗い静寂を娘の悲鳴がつんざくことはなかった。彼が下に向けている懐中電灯の淡い光以外、玄関に明かりはついていない。さすがのクルックでも、頭上の明かり窓のガラスを通して、この光に気がつくとは思えない。

ついにクルックは、フラットが空き家であることに納得したらしく、カッカッと足音を立てて上階へ上がっていった。ドアが勢いよく閉まる音を聞いて、下の階の男は大きく息をついた。それにしても、今、下のフラットに死体を運ぶのは明らかに危険だ。クルックは、あまりにも早く帰宅してしまった。ということは、また出かけるつもりかもしれないし、客でも来る予定があるのかもしれない。いずれにせよ、男にとっての唯一の選択肢は、この場に死体を残して、今のうちにそっと出て行くことだ。だが、まずやっておかなければならないことがある。

電話が鳴ったとき、男はリビングにいた。恐怖で金縛りにでも遭ったような顔で振り向く。受話器を取りたい衝動が、抑えきれないほどに膨らんでくる。だが、理性が、電話の向こうにいるのはクルックかもしれないとささやき、常識に説き伏せられて、そのまま放っておいた。途中で絨毯に引っ掛けながら、急いで娘をリビングまで引きずっていく。娘の体を持ち上げ、大型のソファの上に投げ出すと、厚いスカーフを口に巻いて結んだ。ぐずぐずしている暇はない。いまいましい不動産屋か誰かが、下のフラットに不具合があると、クルックに警告していないともかぎらない。クッションをつかみ、気絶している顔に押しつけて、別のスカーフで縛りつけた。娘が死ぬのにしばらくかかるかもしれないが、彼にとって、もはやこの娘は脅威の元凶ではない。三度目の正直だ、と心のどこかで考えている自分がいた。……三？　死ぬのが三人？　ぶるっと身震いし、男は玄関まで戻った。

不利になる手がかりを残していないか見まわしてみたが、何もない。つばの広い帽子の縁を、顔を隠すように引っ張り、音を立てずにドアを開けた。外は真っ暗だった。少しのあいだ、そこに立って耳を澄ましたものの、建物の中は死んだように静かだ。死んだように静か、と小声で口にすると、またもや背筋がぞっとして大きく身震いした。慎重にフラットのドアを閉め、鍵をポケットに入れて、抜き足で階段を下りた。さっき勢いよく閉められたばかりの玄関ドアがもう一度大きな音を立てると目立つので、後ろ手にそっと引き開け、男は、一寸先も見えぬ夜の闇の中へと出て行ったのだった。

第九章

どんなことにも教訓はあるのだ、見つけ出しさえすれば。

——『不思議の国のアリス』（ルイス・キャロル）

一

男は、すんでのところで間に合った。彼の姿が夕闇にのまれて数分と経たないうちに、クルックが手に小さな道具を持ってフラットから出てきたのだ。三号室のドアの前で足を止め、マットの下の鍵を捜したが、そこには、やはり鍵はなかった。

「このドアには、どうも毎回気を引かれる」と、彼は思い返した。「そして、開けるたびに、自分がまんまと騙されているんじゃないかという気にさせられるんだ」

道具が錠前の中で引っ掻くような音を立てた。曲げやすそうな感触を感じ、クルックは注意深く道具を回した。階下の玄関フロアで誰かが呼び鈴を押し、それから足音が階段を上がってきた。

「こっちへ来たまえ」と、クルックは声をかけた。「遠慮は要らん。用があるのが私ならだが」

「クルックさんですか？」という、ためらいがちな声がしたので、クルックは答えた。「そうだ。なんの用だ？　忘れ物でもしたか？」

踊り場を曲がって足音が上がってきた。そうして姿を現したのは、ヒラリー・グラントだった。

クルックがやっていることを目にすると、彼は立ち止まり、訝しげに見つめた。

「お邪魔はしません」と丁寧な口調で言う。

「ああ、頼むよ」と、クルック。「一緒に入ってくれ。君の力が必要になるかもしれん」

「お友達のティー・コージーさんが戻ってきたんですか？」

「それを確かめたいんだ」クルックはドアを開け、スイッチを入れて青い光を点灯させた。「誰かがここにいたようだな。電話帳の位置が動いている。棚の上にあったはずなのに。だめだ、触るな。指紋がついているかもしれんからな。できるだけ、警察の手助けをしてやろうじゃないか」クルックは辺りを見まわした。「ずいぶんと埃だらけだな」と言って、リビングのドアを開けた。

「僕が思うに」と、口を開いたヒラリー・グラントが、急に止まった。「なんてこった、あれはなんだ？」

クルックは、立ち止まって答えるような悠長なことはしなかった。大きな体に似合わず、ものすごい速さで部屋を横切り、クッションを顔に縛りつけられてソファの上に横たわっている人影の上に屈み込んだ。

「誰なんですか？」と、ヒラリー・グラントが小声で言った。

「死体じゃないといいんだが」と言いながら、クルックはクッションを結びつけていたスカーフをほどいた。「さあ、水を持ってきて、彼女の足をほどいてやってくれ……」

そう指示するあいだにも、クルックは猿ぐつわを取り、娘が楽になるように体の位置を直してやる。

若者は、コップに入れた水を持って戻ってきて、生気のない白い顔を立ったまま見つめていた。

彼の心臓は縮み上がっていた。なんて恐ろしいことが……。

「次は、どうなるんです？」と、若者は訊いた。

「次？」クルックは、上の空で繰り返した。

「つまり、彼女は大丈夫なんでしょうか？」

「私は医者じゃない」と、クルックは言った。「もう少し気を長く持てよ」

「気を長くですって！」と、若者は思わず声を荒らげた。そして、再び気を取り直して言った。「それにしても、どうしてわかったんですか？　ここで何かが起きているって、どうやって気づいたんです？」

クルックは体を起こした。「犯人が誰にしろ、今夜、私が早く帰宅するとは思いもしなかったんだ」と、彼は言った。「それは仕方がないさ。だが、あとのことは、なんとも軽率だった。その点は、まったく言い逃れできん」

「軽率！」ヒラリー・グラントは驚いた声を出した。「どうしてですか？」

「懐中電灯だ。そのせいで私は、何者かが、ここか私のフラットのどちらかに上がってきたとわかった。階段の踊り場で、懐中電灯を踏んだんだ。警察が、この三号室の借り主について国中に宣伝しているときに、ここを尋ねて来る人間がいるとは思えないから、私のところへ来た可能性が高い。そして、今夜三号室にいた人間は、どうしても彼女にそこへ行ってほしくなかった」

「いったい彼女は、犯人にとってそんなに不利になりそうな何を知っているっていうんでしょうね？」

「たぶん、あとで十分に回復したら、話してくれるだろう」

「かわいそうに！」ころころと変わるヒラリー・グラントの声は、今度は優しくなっていた。「誰だか知らないが、犯人は極悪非道なやつだ」

「かなり苦境に陥っていると言ったほうがいいな」と、クルックが訂正した。「私は、月並みな格言を好む人間じゃないが、背に腹はかえられぬということわざには、多少なりともピンとくるものがある。それに、われわれが相手にしているのは、おそらくは殺人犯で、追い詰めるには常に危険が伴うのだということを忘れちゃいけない。首を吊るされるのは一度きりなのだから、人を殺すとしたら、犯人にとっちゃ一人も二人も同じなんだ」

「ですが――彼女は、死にませんよね？　まさか、そんな、クルック……」

「私は、全能の神じゃない」と、クルックは思案顔で言った。「だが、死にはしないと思うよ」

「僕たち、何かすべきなんじゃないですかね？　だって、この娘さんって、例の遺体を発見した――なんてこった」

「警察は、ずいぶん遅いな」クルックは、旧式の大型懐中時計を手繰り寄せながら言った。

「警察！　僕は……」

「君が電話したんだろう？」

「いいえ。それは――す、すぐします」若者は玄関にすっ飛んで行った。クルックは、心なしか皮肉な笑みを浮かべた。

「医者と救急車をよこすように言ってくれ！」と、彼は怒鳴った。「病院に連れていかなくてはならん」

「いったい全体、彼女はここで何をしていたんでしょう？」電話帳を手に取って急いでめくりながら、グラントが疑問を口にした。

「言っただろう、彼女は私に会いに来たのに違いない」

「彼女、何かを知ったんじゃないんですかね。だって、誤って頭にあんなケガをするなんてことはないでしょう」

「たぶん、相手を怒らせたんだろう。ありそうなことだよ、グラント、十分あり得る。で、君の捜している番号だが……」

だが、グラントは電話帳を放り出して言った。「何をやってるんだ？　もちろん、知ってますよ。ホワイトホール一二一二だ」

クルックの耳には、グラントが受話器を取って、オペレーターに番号を怒鳴る声が聞こえた。「それは、ダイヤル式だ」と呼びかける。

小さく悪態をつくのが聞こえ、ダイヤルが回され始めた。クルックはリビングにいたままだったが、聞こえてくるグラントの言葉から、会話の全容は容易に想像できた。

「スコットランドヤードですか？　そうです。殺人未遂があったんです。え？　ああ、アールズコートです。ええ、警察に通報したくて……でも、これは殺人事件なんですよ。ええ、ええ、わかりました。彼らの番号は？　そりゃ誰だって、僕が愛犬のポメラニアンの失踪を通報しているオールドミスだと思うでしょうよ」

ようやく連絡がついてグラントがリビングに戻ってくると、クルックはまだ、意識を失った娘の横に付き添っていた。

「何も触らなかっただろうな？」と、振り向きもせずにクルックが言った。

「ええ。触ったのは、電話だけです。まったく、ひどいことになりましたね。あなたの住まいは、悪評が立ちそうだ。最初は小母さんで――そういえば」と、急に思いついたように、グラントは言葉を切った。「ここは、そのフラットじゃありませんよね？」

「彼女が発見された場所ってことか？　いや、下の階だ。彼女が殺された場所ってことなら、可能性は高い」

「じゃあ、ここが従兄のセオドアの隠れ家なんですか？」

「ああ、そうだ」

グラントは、おずおずと辺りを見まわした。「まさか、そこらの戸棚に、彼が押し込められてるなんてことはありませんよね？」

「見えないペンキで塗られてでもいないかぎりはな。すでに警察がくまなく調べたよ」

「どうやら、とんでもなく凶暴なやつの仕業みたいだ」と、青年は続けた。「だって、動機がなさそうですからね。もちろん、この娘さんがパールでも持っていれば話は別ですけど」

「君は、いろいろと考えるんだな」と、クルックが感心したように言った。「とにかく、現在持ってないことだけは確かだ。それどころか、母親もいないらしい」

「母親？」

「私の若い時分は、母親が娘に、独身男の住まいを訪ねるのは危険だと教えたもんだ。だが、なんでもそうだが、母親たちもすっかりひ弱になっちまったんだろうな。近頃じゃ、母だか娘だかわかりゃしない」

グラントは頷いた。その視線は、娘の無表情な白い顔に注がれていた。「そうですね」と、彼は口を開いた。「こんなにきれいな若い女性には、誰か面倒を見る人間が必要だ」

「で、君がその役目にあずかりたいわけか？　まったく、困ったもんだ。なんで、たいがいの男どもは、バカな娘に惚れちまうんだろう。そうか、そうじゃない女性は、自分で自分の面倒を見られるからだな」

「彼女のことをそんなふうに言う権利は、あなたにはない」グラントは、かっとなり食ってかかった。

「素晴らしく頭がいいかもしれないじゃないか」

「こんな顔をしててか？　笑わせるなよ。この頭の中に、どんな判断力があるって言うんだ？　創造主ってのは、君が思っているほど気前がよくないんだぜ。頭脳も美貌も兼ね備えるなんてことはない。それでは与えてもらいすぎだと、彼女もわかってるさ。そりゃ、まあ」と、相手に微笑みかけながら、
得意げに付け加えた。「男の場合は、話が違うがな」

ヒラリー・グラントは、興味なさげに「警察は何をやってるんだ！」と大声を出した。「僕が、救急車と霊柩車を言い間違えたとでも思ってるんですかね？」

が、そのとき、呼び鈴が鳴り響いて、やかましい足音が階段を駆け上がってくるのが聞こえた。二人の男が入ってきて、その後ろにさらに二人続いていた。

「いったい、なんの騒ぎだ？」と、最初の男が強い調子で訊いた。

ヒラリー・グラントは、不思議そうな顔で彼を見た。大好きな推理小説の登場人物や映画俳優が、似たような状況でまさに口にするセリフだ。実在する人間がそのとおりの行動をするとは、思ってもみなかったのだ。二人目の男は、一瞥をくれただけで、真っすぐソファに向かった。三人目と四人目は、指示を待っていた。

クルックは、自分の立場を説明し、一見するときわめて不十分に思える根拠のもとに他人のフラットに侵入したことを、冷静に認めた。だが、警官に不法侵入を指摘されると、それを軽くかわした。「神のお導きだよ」と、クルックは言いきった。「私を導くためでなければ、なぜ、神様があの懐中電灯を階段に残したんだ？　まるで、三賢者を導いた星のように……」最後は、曖昧に言葉を濁した。

「われわれに通報すればよかっただろう」と、巡査部長は冷ややかに言った。

「ちょっとした紳士を気取るのも大変でね」クルックは、真面目くさった調子で言った。「仮に、あんたの忠告どおりにしたとしようか？　そうすると私はまず、忙しく働きすぎの警察の方々を、こんなにも些細な根拠をもとに煩わすことになる後ろめたさに打ち勝たなくてはならない」さらに、熱心に言い募った。「私は、ドイツにいるあの男みたいだ。霊的直感で、やつが自分の居場所はロンドンだと感じたのと同じように、私が行くべき場所はこのフラットだと感じた。違うのは、私は正しくて、やつは間違っているということだ。そこで教えてほしいんだが――私が、あんたがたに連絡し、あんたが上司と相談して正規の手順を踏んでいるあいだに、われわれが必要なのが救急車から霊柩車になったかもしれないということはないかね？」

「優秀な人材は、警察にも大勢いる」クルックは、あとでヒラリー・グラントに打ち明けた。「そのことは、誰よりも私がよく知っているし、彼らにも、いつもそう言ってるんだ。だが、警察っていうのは詩人と同じようなもんでね――川岸のサクラソウは、彼らにとっちゃ、ただのちっぽけなサクラソウであって、それ以上ではない。ランでも咲いていないかぎり、こっちの事情に首を突っ込んでくれるなんて期待しても無理だ。私が、階段で懐中電灯を見つけたと言って電話で説明したら、警察が猛スピードで駆けつけたと思うか？　ごく簡単な質問だ。もちろん、彼らはそんなことはしない。ああ、そうさ、警察は融通の利かない狭い道をたどる。彼らの邪魔をするわけじゃないが、たとえ不法侵入になっても、広い土地を突っ切って近道をしたほうが、大事な命を救うこともあるんだ」

「もし、娘さんが回復すれば、あなたが彼女を救ったことになりますね」と、ヒラリー・グラントは、ぎくしゃくとした様子で言った。

「それで、人命救助のアルバート功勲章でももらうか？　それどころか、ベンハム刑事部長にさえ、礼を言ってもらえないだろうさ。X——この犯人——が、明日のニュースを読んでどう感じるかは、君の想像に任せるよ」

忙しくソファに横たわった体を調べていた巡査部長が、上体を起こして言った。「脳しんとうのようだな。私が見るかぎり、深刻ではなさそうだ。といっても、この場で私が完璧な診断を下すことはできないが、頭のケガと、美しさが多少損なわれるのを除けば、たぶん明日の今頃には回復しているだろう」

警官の一人に、彼女がどこの誰かを知っているかと訊かれて、二階のフラットを見学に来た娘なのだが、そこで発見した死体を見て、借りるのをやめたのだと、クルックは答えた。

次に警官は、二人の民間人の身元を尋ね、クルックはできるだけ感じよく、自分は最上階の居住者で、連れは依頼人だと紹介した。

「私に会いに来たんですよ」と説明した。「私は、あの評論家のトマス・カーライルと同じでね。一日十六時間の労働など、なんてことはない。実を言うと、その娘さんも、私のところへ相談に来たのかもしれないんだ。確かなことはわからないが。きっとそのうち、本人が話してくれるでしょう」

彼女のハンドバッグが椅子の上にあり、身分証明書から、警察は氏名と現住所を特定した。また、出てきた三通の匿名の手紙も保管した。それから救急隊員を呼んで、意識不明の娘は、担架に乗せられて慎重に階段を降ろされた。

「彼女をどうするつもりでしょう？」と、ヒラリー・グラントは心配そうに訊いた。

「しっかりしてくれよ」と、クルックが無遠慮に言った。「よく考えてみろよ。ほかに、どこに連れていけると思う？　われわれは、なんのために州立病院を税金で支えているんだ？」

「病院？」

「セント・マグナスだ。今夜、付き添いをしろと言ってるわけじゃないぞ。しばらくのあいだは面会謝絶だろうし、面会が許されたときには、真っ先にこの命の恩人に会ってもらわなきゃならん」クルックは、これみよがしに胸を叩いた。

警察から解放されると、クルックは最上階の自分の部屋でビールを一杯やらないかと誘い、ヒラリー・グラントは、その誘いに応じた。

「君が私に会いに来たという推測は、当たってたかい？」と、クルックは訊いた。磁器のマグカップを掲げて仲良く頷き合いながら、警官がこの光景を見たらびっくりするだろうとグラントは思った。

「実は、そうなんです。あなたに何かできるわけじゃないのはわかってますし、そもそも関わりのないことですから、する必要もないんですけど、どうやら他人の裏庭をつつくのがお好きなようなので、ご相談してみようかと——その、ミス・フローラのことです。僕は別に、彼女のことが好きなわけではないんですが——ただ、彼女は女性が美貌か頭脳のどちらかしか持ち得ないというあなたの説を、引っくり返す人物だと思うんです。すべての物事の裏にいて、何もかも承知しているような気がする」

「勘違いをしちゃいけない」と、クルックは冷ややかに警告した。「あそこには、相当頭の切れる人間が住んでいる」

「じゃあ、彼女は今のところ、それをしまい込んでいるってことだ」と、グラントはなおも言った。

「ミス・フローラは、従兄のセオドアが叔母を殺してパールを奪ったのだと世間に吹聴しようとしているんです」

「彼女は、そのことを警察に話したのか？」

「さあ――そこまではわかりません。話すべきなんでしょうか？」

「彼女が証拠を握っているのなら、当然だな」

「証拠はないと思います」

「だとしたら、私の依頼人は名誉棄損で訴えることができる。私なら、彼にそう勧めるね」

「僕は、そんなひどい誹謗中傷をするのは危険だと説得しようとしたんですが、ご存知のように、老婦人が生きていたときだって僕のことをよく思っていなかったくらいですから。今なんか、まるで僕がセオドアの共犯者であるかのような扱いなんですよ。僕は遺産を相続するわけじゃないんだから、小母さんを殺した犯人とは関係ないって言ってるんですけどね」

「そりゃ、そうだな」と、クルックは愉快そうに言った。「それで、私に何をしてほしいんだ？」

ヒラリー・グラントは、どこか悲しそうな笑みを浮かべた。「こんなことを相談するなんて、愚かだと思われますよね」と、自分でも認めた。「いえ、実際には、あなたにしてもらえることはないって、わかってるんです。ただ、彼女が僕の忠告に耳を傾けてくれたらと思ったものだから、つい」眉間に皺を寄せる。「あの人には友人も親戚もいないみたいで、アドバイスをしてくれる人が誰もいないんです。叔母さんが唯一の生きがいだったんで、すっかり途方に暮れてしまって——あなたのような人には、ばかげて聞こえるでしょうけど、なんだか僕は、彼女に対して責任のようなものを感じて仕方ないんですよ」

「そういう考えは、今すぐ捨てるんだな」クルックは、きっぱりと言った。「四十を過ぎた女性が、その年で責任を自分で負えないとしたら、はっきり言って精神病院行きだ」

「まるで、クリスマスの精霊みたいなことを言いますね」と、ヒラリーは感心した。

「ミス・フローラの思うようにさせはしない」と、クルックは自信ありげに言った。「私のアドバイスを聞き入れれば、君も煩わされることはないさ」

「本当にそう思いますか……?」

クルックがマグカップを勢いよくテーブルに置き、その音が爆撃の残響のように辺りにこだました。

「正直に言ってくれ」と、彼は言った。「君は、彼女と結婚したいのか?」

「彼女って……」グラントの表情が、滑稽なほど変化した。「まさかクルック、ミス・フローラのことじゃないでしょうね? 何をばかな……?」

「女性を悪く言うわけじゃないが」と、ごく穏やかな声でクルックは続けた。「あの年になった女相手では、どんな男も太刀打ちできないような気がするがな」

「政府が払ってくれる給料では、誰とも結婚なんてできませんよ」と、やや落ち込んだ声でヒラリーは言った。

「そんなふうに思っているんなら、ミス・フローラを選ぶことはなさそうだな?」

「あり得ませんね」ヒラリーは同意した。「ビール、ごちそうさまでした。僕が口出ししないほうがいいと思いますか?」

「私の忠告に従えば、君は完全に門の反対側にいることができる。いいか、世間は広いんだぞ」

ヒラリー・グラントは、横目で睨むようにクルックを見た。「確かに」と言ってから尋ねた。「あの娘さんは、大丈夫ですよね?」

「もう二度と、見知らぬ人間への、謎の訪問をしないようにするならな。そろそろ誰かに嫁いだほうがいい。ああいう、きまった相手のいない若い娘が、世の中のトラブルの半分を引き起こしているんだ。しかも厄介なのは」と、浮かない顔で付け加えた。「彼女たちが、ちっとも金にならんことだ」

グラントは、声を上げて笑った。「舞台に立ったらどうです、クルック。きっと、今の仕事より平穏ですよ。少なくとも、二十四時間動きまわらなくても済む。さてと」彼は元気よく立ち上がった。「玄関ドアを教えてくれなくても平気です。入ってくるときに、ちゃんと確認しましたからね」

グラントは、手を差し出した。気分が高揚しているのか、目が輝いている。クルックが握ったその手は、温かく、少しべたついていた。彼が出て行ったあと、クルックはしばらくその場にじっととどまり、青いコートを着て髪に青いスカーフを巻いた娘のことを考えていた。地下鉄で帰りながら、ヒラリー・グラントも彼女に思いを馳せていた。異なる二人の思いの中で、一つだけ共通するものがあった――それは、翌日、何をさしおいても彼女に会いに行こうという、揺るぎない意志だった。

二

クルックは、病院の事情に詳しかった。だから、朝九時半の訪問者は歓迎されないことを知っていた。また、警察の事情も熟知している彼は、当局の事情聴取が済むまでは、シグリッドに会わせてもらえないだろうと思っていた。昨夜クルックに対して不満の意をあらわにしていた、熱心でくそ真面目な巡査部長が、病室の外の廊下で夜どおし部下の一人を堅い木の椅子に座らせているのではないかとも予想していた。

そう考えると、可笑しさが込み上げてきた。

「夜もすがら」と、剃刀《かみそり》を無造作に置きながら、楽しそうに歌を口ずさむ。

人生には実にたくさんの楽しみがあるのに、いかに大勢の人がそれらを逃していることだろう、と思う。病院に問い合わせの電話をしてみると、ミス・ピーターセンは意識が戻ったものの、まだ面会を許されていないと言われた。医師の意向次第だという。

「それと、警察のだろう」と、言いながら、クルックは受話器を荒々しく戻した。「必ず会いに行くからな」

階下へ向かう途中で、〈穴居人〉から何か好都合なことが聞けるかもしれないという名案を思いつき、地下に続く階段をふらりと下りていって、ドアを叩いた。窓のカーテンが人を拒絶するようにぴっちりと閉められ、ノックへの返事はない。懲りずに、もう一度ドンドンと叩くと、今度はとげとげしい声が返ってきた。「留守だよ。警察の詰所みたいにするのにこのフラットを貸し出すなんて、ごめんだからね」

「私だ、隣人のアーサー・クルックだよ」屈んで勝手口の郵便受けの穴に唇をくっつけるようにして、クルックは声をかけた。「あんたに警告しに来た」

「どういうことだい?」と、見えないミス・フィッツパトリックの声が嚙みついた。

「昨夜この建物内で、また凶悪事件が起きた」と、クルックはもったいをつけた口調で言った。ドアがいきなり開いた。どうやら、彼女はすぐ裏側に立っていたらしい。

「やっぱり、あんたなんだね」と彼女は言った。「そうに違いないと思ってたよ。私に何を警告するって言うんだい？　お金だってないし、誰のことも目撃しちゃいない。たとえお金をくれるって言われたって、渡せる証拠なんてないんだからね」

クルックは中に足を踏み入れて、後ろ手に小気味よくドアを閉めた。

「中傷の手紙を書くなんて、ばかげているとは思わないのか？」と、彼は詰め寄った。

途端に、ミス・フィッツパトリックが食ってかかった。「なんの話か、さっぱりわからないね」

「いいや、わかってるはずだ。シグリッド・ピーターセンに宛てた手紙のことだ。あんたが、自分の首に掛かったロープを切らないって言うんなら、自業自得になっても仕方ないな」

「ロープだって？　あんた、頭がおかしいよ。前からそうだ。どうも怪しいって、ずっと思ってたんだ」鋭い視線がクルックに注がれ、激高して声が震えている。「警察は、あんたについて何を知ってるだろうね」

クルックは含み笑いをした。「彼らが自分で思っているほど、何も知っちゃいないさ。それに、あんただって窮地に陥ってるんだぜ。あんたはあの娘に、手を引かなければ痛い目に遭うという手紙を書いた。彼女はその忠告を聞き入れず、その結果、実際に痛い目に遭った」

ミス・フィッツパトリックは両手を、まるでその中にいる自分を押し潰すかのように力を込めて、ぎゅっと握り締めた。横目でクルックを睨む。「私を脅そうってのかい？」

クルックは肩をすくめた。「警察が捜査に乗り出している。昨夜、彼らが来た音が聞こえなかったか?」

「みっともないほどたくさんの音を聞いたよ」

「救急車の音は？　あれは――あの娘を搬送するためのものだったんだ」

ミス・フィッツパトリックは、弱々しくクルックを叩いた。「あんたなんか、いなければいいのに」と、彼女は言った。「不吉な存在以外の何者でもない。これまで、警察と関わりになったことなんて一度だってないのに、あんたが蜜つぼみたいに警察を惹きつけるんだ。迷惑なんだよ。気に入らないね」

「警察があの手紙を読んだなら」と、クルックは情け容赦なく続けた。「なぜ、あの娘があんな災難に遭うことがあんたにわかったのか知りたがるだろう。言っておくが、警察はまだ容疑者を捕まえてはいないんだ……」

「私は戸締まりをして、一人でここにいたよ」ミス・フィッツパトリックは、すかさず自己弁護をした。

クルックは、地下の階段の方向へ頭を動かしてみせた。

「たとえ戸締まりをしていようと、本館へ入るのは簡単だよな」と指摘する。

「そんなこと言ったたって、行ってないんだから」と、〈穴居人〉は言い張った。「怖くて行けないよ。人が死ぬのなんて、大嫌いなんだ。だからこそ、ここにひっそりと閉じこもっているんだからね。昨夜、上で何があったにしても、私は何も知らない」

「警察にそう言うんだな」と、クルックは穏やかに言った。「私は、あんたの味方だ。だから、ここへ来た。警察が来る前に、賢明な答えを考えつくチャンスをあげようと思ってね」

「答えって、なんの？」

「あの手紙を書いた理由さ」

ミス・フィッツパトリックは、身構えてクルックを見た。これまで以上に、小動物めいて見えた。まるでフェレットか何かのようだ。

「私は、あの娘に戻ってきてほしくなかったのさ」とうとう、彼女はぶっきらぼうに言い放った。「最初に来たとき、妙な感じがしたと思ったら、二度目には死体を見つけたんだからね。それなのに、また来たなんて……」

「そして、もう少しで再び殺人が起きるところだった」クルックも頷いた。「もし、私が居合わせなかったら、そうなっていただろう」と、控えめな口調で言い添えた。「教えてくれないか、ミス・フィッツパトリック。どうして、彼女がまたここへ来たら、何か恐ろしいことが起きるとわかったんだ？」

「私は、直感が鋭くてね」と、ミス・フィッツパトリックは意味ありげな返答をした。「昔からずっとそうだった。子供の頃、父が突然、母にお金を無心しにやって来そうになると、必ずそれがわかったんだ。そして、いつも当たった。不愉快なことは嫌いなんだよ。殺人もね。あの手紙を書いたのは、私たちみんなのためだったのさ。何も悪いことなんかしちゃいない」そして、きっとして言った。「ただ、あの娘を救いたかっただけだよ。警察が口出しに来たら、そう言ってやるさ」

「私が言おう」と、クルックが優しく言った。「あんたは、そのことで罰を受けずに済むかもしれない。私ほど、警察を評価している人間はいないんだが、その私が保証する。彼らが鵜呑みにするものときたら、ダチョウもたまげるほどでね。さて、そろそろ、おいとまするよ。だが、私が言ったことを忘れるな。それと、最後にもう一つ。何があっても、さっきの言い分を変えないことだ。しょせん警察には、手紙を書いた別の理由があったと『証明』することはできない。聖書の人物のようになるんだ――警察にどんなに説得されようと、最初の供述に余計なものを付け加えたり、何か差し引いたりするんじゃないぞ」

第十章

私は忌わしい考えを抱き始めている。
――『あらし』(シェイクスピア)

一

これまで頭になかった疑いにかなりの確信を得て、クルックは地下鉄のアールズコート駅構内の曲がり角を曲がり、徒歩で自分のオフィスに向かっていた。今日は重大な日になりそうだ。そう感じていた。ミス・フィッツパトリック同様、彼の直感も、たいがい的中するのだ。

オフィスに入ると、電話のベルがけたたましく鳴っていた。受話器を取ったクルックの耳に、よく知る興奮した声が飛び込んできた。「クルック、あんたは早起きだと思ってたのに、今朝はどこへ行ってたんだ？　実は、知らせたいニュースがあるんだ」

「こっちへ来て話せよ」と、クルックは誘った。「別の盗品でも出てきたか？」

電話越しの相手はトマス・アーミテージで、彼に関してまともなのは、三十年前に正式に取得した、その名前だった。クルック(もちろん、ビル・パーソンズも)は、国内でもトップクラスの頭脳を持つ故買屋としてのアーミテージと、もう何年もの付き合いがあった。警察は相当長いあいだ彼を追っているのだが、書類上は、彼はれっきとした堅気の男なのだった。

「大変なんだ」と、アーミテージは当惑した口調で言った。「一万ポンド払ったって、こんな事態にしたくはなかった」

「いったい、何を抱え込んだんだ?」純粋に興味を引かれて、クルックは尋ねた。「それに、なぜ、私にアドバイスを求める? 弁護士に相談するには、六シリング八ペンスに購買税もかかるっていうのに……」と言いかけて、ふと口をつぐんだ。「まさか」と切りだしたその声は、のちに自分でビルに打ち明けた、畏敬の念さえ感じさせる驚きで、思わず低くなっていた。「まさか、パールじゃないだろうな」

「その、まさかだ」と、アーミテージが言った。「やっぱり、こうなる運命だったんだ。国中の警察が捜している代物が、俺のところに舞い込むとはな」

「事は簡単だ」と、クルックはきびきびと指示した。「警察へ行って、報告すれば……」

「俺の報告を聞くまで、待ったほうがいいぜ」と、アーミテージはため息交じりに言った。「警察に話したら、やつら、笑い死にするだろうよ」

「では、私に優先権をくれ」と、クルックが言った。

「いいか」アーミテージは、途端に実業家の一面を垣間見せた。「こんなふうに初めから関わらせるのは、特別待遇なんだからな」

「恩に着るよ」と、クルックは慇懃に応えた。電話を切ると、ビルに向かってにやりとした。「神様にもユーモアのセンスがあると見える。派手好きな洒落者《ノビー》アーミテージが、パールをしょい込んだ」

指を鼻に当て、コメディアンがやるユダヤ人訛りを真似て言った。「みなさん、みなさん、私は何も知りません。このパールは、本当はパールなんかじゃありません。昨夜、幼い娘が飼っているニワトリが産んだものなんです」

「やつの話っていうのは、なんだろう」と、ビルは考え込むような顔で言った。「ノビーが手玉に取られているのを目にするほうが、ビーフステーキを見るより価値があると言ってもいい。ここ数年、やけにずる賢くなって、人が変わったようだと思わないか？　サンタクロースのトナカイの力でも借りたのかな」

ノビーは、締まった体をした小柄な男で、服装にとても気を遣っていた。パールのネクタイピンをつけて先の尖ったエナメル革の靴を履いた姿は、とうが立ったコーラスボーイのようで、性格も狡猾《スリム》なら、体つきもひどくスリムな男だった。座ると同時に、彼がコートのポケットに手を突っ込んで取り出した物を見たビルは、身を乗り出して小さな声を漏らした。

「見事な品だな、ノビー」

「夜が来る前に、お前さんは英国一有名になるだろうよ」と、クルックも感心した。

「冗談を言ってる場合じゃないんだ」と、アーミテージは、あくまで真剣だ。「笑いたきゃ、面白い部分が来てからにしてくれ。まずは、これを見てどう思うかを聞かせてほしい」

クルックはネックレスをちらっと見てから、専門家であるビルに渡した。

「五千《ファイブ・グランド》はするな」その気になればアメリカ英語も話せることを自慢にしているビルが、ずばり言った。「問題は、これが例のパールかどうかってことだが？」

「可能性はある」と、クルックは言った。「実際に見たことがないから、はっきりしたことは言えんが――どこで手に入れたんだ?」

アーミテージは、虚ろな声で答えた。「息子のトムが送ってよこしたんだ」

「トムだと!」クルックの世間慣れした仮面にさえも、一瞬、亀裂が入った。「空軍にいるんじゃなかったのか?」

「そうだ」と、アーミテージ。

「空軍には、気概のある人間が集まっているそうだな」クルックの声には、温かい称賛の響きがこもっていた。「それにしても、トムはどうやってこれを手に入れたんだ? まさか、ベルリンでの戦利品ってわけじゃあるまい」

「少しは黙って、俺に話す隙を与えてくれ」と、アーミテージが口を尖らせた。「そのうえで、警察がそれを聞いたらなんて言うと思うか、意見を聞かせてほしい」まさに失意の底にあるといった風情で、彼は信じがたい話を始めたのだった。

トム・アーミテージは、やはり父親の血筋を引いているようで、ガールフレンドを選ぶ際、グラスゴー出身の娘を見つけ、きちんとした金銭感覚を教わった。

「ジーンは、しっかりした娘でな」アーミテージは、二人に説明した。「息子の金を、映画やなんかに無駄に使わせたりするようなことはしないんだ。トムは根っからの話し好きだ――ひっきりなしに喋ってる。ところが、ジーンは珍しいくらいの聞き上手ときている。二人が、いかに相性がいいかわかるだろう」

そこで、若きアーミテージは、彼女を散歩に連れ出してずっと喋り続けようと目論んだらしい。テンペスト・グリーンに隣接した広く続く荒野で天気が許すかぎり話し続け、それから藪の中の小さな空き地で休めば、誰にも邪魔されないと思ったのだ。「ほかのぐうたらな若い連中は、ガールフレンドをハイドパークに連れていく」アーミテージは鼻の上に皺を寄せて言った。「草地はタダだっていうのに、やつらは椅子に二ペンスも払うんだ。若い男女がこんなに浪費家じゃ、誰が戦費を払うっていうんだろうな?」

「それで、若きトムは、戦費を払うために金を節約してるってのか? そりゃあ感心なことだが、ジーンのような娘だって、自分に指輪を買うために節約してほしいと思うんじゃないのかな」

「二人にぴったりの指輪は、俺が持っている」と、アーミテージは言った。「昔、借金のかたにもらったもので……」

「で、それ以来、人目には触れさせなかったんだな? きっとそうなんだろう、ノビー、信じるよ。だが、まだトムがパールを見つけた経緯が見えてこない」

「昨日、トムは例によってジーンを連れ出したんだが、いつもの藪に着いてみると――さっきも言ったが、ほかの人間は来たことのない場所なのに――誰かが踏み込んでいた」

「そこでパールを手に入れたのか?」クルックはいらいらしながら質問した。

「まあ、そう慌てるなよ」と、アーミテージが言った。「言っておきたいのは、二人が、そいつの顔は見ていないってことだ。つば広の黒い帽子と、黒いコートを身に着けていたのを目にしただけなんだ」

それまで話にほとんど関心を示していなかったクルックが、ここへきて急に身を硬くし、頭を上げた。

「トムの話じゃ、相当年を取った男だという印象だったらしい。老人の顔を見ていないのに、なんでわかるんだって訊くと、肩のラインがかなり前屈みだったたって言うんだな」

「用心しろ」と、クルックは険しい顔で言った。「へたすると、警察に息子を拘束されて顔に泥を塗られることになるぞ」

アーミテージは、その言葉を聞き流すことにした。「それで、トムはジーンに『あんな年で俺たちの特別な場所に入り込むなんて、恥を知れってんだ』と言ったそうだ。それでも、彼らはもう少し奥へ行って、いつものところほどよくはないが、別の場所を見つけた。結局、その日はあまりぱっとしない午後になった。ティータイムのあと、ひどい雨になって、二人は予定より早く引き上げた。緑地を横切ったとき、トムが言った。『あのじいさんはどうなっただろうな』ちょうど、藪のそばを通らなくちゃならなかったんで、その場所を通り過ぎる際にそっちの方向を見てみたら、驚いたことに老人はまったく動いた形跡がなかった。トムは決して迷信深い人間じゃないが、何かがおかしいと感じたんだな。ジーンにその場で待つように言い、様子を見に行った。近づきながら呼びかけてみたらしいんだが、反応がない。このあたりで、さすがに、あいつも怖気づいた。ところが、藪を回り込んだとき、思いもよらないものを目にしたんだ」

アーミテージは、ここでいったん口をつぐんだ。ドラマチックな効果を狙ったようにも見えたが、本当は、息が切れたからだった。

「待て、言うな！」クルックが制した。「私に当てさせてくれ。彼は、ティー・コージーの帽子とミス・カージーのパールを身に着けた幽霊を見つけたんだ」

「頼むから、そういう不真面目な態度はやめてくれよ、クルック」と、アーミテージが声を張り上げた。「これは、深刻な事態なんだ――息子にも、俺にも、そして息子の未来の妻にとってもな」

「ティー・コージーにだって重要なんだぜ」クルックが釘を刺した。

「息子がテンペスト・グリーンの藪で見つけたのは、人間じゃなかった。それは……」言葉を切って、クルックのレンガ色の顔を見つめた。

「一分あったら」と、クルックは言った。「お前さんの肩から、その愚かな頭を引きちぎって、思いきり壁にぶつけてやる。いい加減、お前の大事な息子が見つけた物ってのを一言で言ってくれないか？」

「それがだな」アーミテージは、不意に込み上げた神経質な笑いで喉を詰まらせた。「あいつが見つけたのは、古い傘のてっぺんにちょこんと乗っかった黒い帽子と、藪の上に広げられた黒いコートだったんだとさ。腐乱死体を見つけたのよりショックだったたって言ってた」

「実際に腐乱死体を二、三体見つけたあとに、もう一度意見を聞きたいね」クルックは、つれなく言った。「どんな傘だったたって言ってた？」

アーミテージは面食らったようだった。「曲がった黄色い取っ手のついた、ただの大きくて古い傘だよ」

「続けろ」と、クルックは促した。

ビルは、マッチを擦って煙草に火をつけた。熱のこもった話し方からすると、アーミテージが孫に『三匹のクマ』の童話でも読み聞かせているかのように思えたかもしれないが、それは違った。クルックには、その目つきが語るものがわかっていたし、当然、警察にもわかるはずだった。

「それで、トムはどうしたんだ？　慎重に思い出して話せよ、ノビー。コルク抜きで栓を開けるように、少しずつ喋るんだ」

「まず、ジーンを呼んで言った。ひどく――ひどく厄介なことになった、と」

「で、ジーンはなんて?」

「ジーンは、分別のある娘だ。初めて会ったときからわかってた。彼女は言ったそうだ。『ねえ、トム、雨が降ってるのに、私は去年買った帽子しかかぶっていないし、持ち主の紳士はもうこの傘が要らないみたいだから、私が借りてもいいかしら?』ってな。トムは、やっぱり何か妙で、詐欺のような気さえすると言ったらしい。もちろん、そんなのはばかげてるがな。だが、ジーンは意志を曲げない娘だし、辺りに誰の姿も見えなかったから、トムは帽子を外し、傘を手に取って開いた――そしたら――そしたら――」

「まったく新しいタイプのおとぎ話だな」と、クルックは感じ入ったように言った。「昔なら、若い娘の口からパールが飛び出すところだ」

「言いたいことはわかるよ。嘘みたいな話だろう? 俺だって信じられないさ。だけど、本当なんだ。トムが傘を開くと、パールがヘビみたいに滑り落ちてきたんだよ。拾ったのはジーンだった。『傘の中から見つかるにしては、ずいぶん妙なものよね』と、彼女は言った。『でも、きれいなビーズだわ、トム。誰が置いていったのかしら』トムは、彼女からパールを取り返して言った。『言わせてもらうと、これはビーズなんかじゃない。パールだよ。それも相当に値の張るな』からかわれているんじゃないとジーンが納得するまで、しばらくかかったそうだ。そんなに値の張るパールが、傘の中に置きっ放しにされてるわけないじゃないの、と言うんだな。だが、トムのほうは、しきりに思案していた。『このあいだ、父さんが警察から連絡を受けたんだ』と、トムはジーンに言った。『行方不明のパールについて訊かれたらしい。殺人事件に関係があるとか言ってた』

『つまり、これがそのパールだって言うの？』と訊くジーンに、息子は言った。『わからない。けど、父さんならわかるだろう。パールの類には詳しいからな、だろ？』ヒトラーに台無しにされなかったら、息子は俺の仕事を手伝っていたはずだったんだ。昨夜、電話で息子が何もかも正直に話してくれた――かかった電話代のことを思うと、なんだか十二月のクリスマスシーズンになったみたいな気がしたよ――警察やなんかの騒ぎを考えたら、パールを元の場所に戻して、ほかのやつに見つけさせようかとも思ったらしい――俺もそうしてほしかった」アーミテージは苦々しい顔で言った。「だが、ジーンっていうのは、商売気のある娘でな。『ひょっとしたら、謝礼金をもらえるんじゃないかしら』って言ったんだそうだ。『あなたが言わないんなら、私が通報するわ』ってな。

トムは昨夜、任務で飛ぶことになっていた――俺に言わなきゃよかったのかもしれないが、話しちまったわけだ――で、警察に行く代わりに、一ポンドのソーセージみたいにパールを箱に入れて、切手も貼らずにポストに突っ込んだんだ」

「賢いな！」と、クルックが言った。「息子は、そのうちお前の自慢になるぞ、ノビー。手紙や小包を宛先に間違いなく届けたければ、外じゃなくて中に切手を入れるほうがいい。責任感の強い郵便局は、五ペンスを踏み倒されたくないから、その郵便物から目を離さないからな」

「なるほど、それで早く届いたのか」と、アーミテージはしぶしぶ言った。「トムが手紙を書いて普通に五時半に投函したとしたら、翌朝いちばんにロンドンには着かないよな」

クルックは、再びパールを手に取った。〈毒入りチョコレート事件〉の証拠品を、おそらく警察はこんなふうに見たに違いないと思うような、念を入れたまなざしで調べる。彼にとっては、どちらの価値もまったく同じだった。それ以上でもそれ以下でもない。

一分後、クルックは視線を上げた。

「それで」と質問する。「私にどうしてほしいんだ？　これが問題の品かどうか私にはわからないし、それがわかる人間も紹介できない。唯一の望みはワトソンとフローラ・カージーだが、二人とも素人だ。素人には、本物もイミテーションも同じに見えるだろう。いや、傘があるな。傘はどこだ？」

「ジーンが持っていったんじゃなけりゃ、その場に置いてきたんじゃないかな。そこまでは聞いてない」

「残念だな」と、クルックは言った。

「傘がなんだって言うんだ？」と、アーミテージが尋ねた。「てっきり、パールのほうが……」

「二つは、つながっているんだ」クルックは説明した。「パンとバター、レバーとベーコン、浮き荷と投げ荷、傘とパール。どちらか一つが欠けても……」

「わかった、わかった。とにかく、意味があるんだろ」

「ああ、そうだ」

「その老紳士が、そんな傘を持っていたって証明できるかもしれないよな」アーミテージは続けた。

「ただ、トムの話では、ごくありふれた傘だったらしいぜ」

「老紳士じゃないさ」と、クルックは根気強く説明した。「まだ気がつかないか？　その傘はミス・カージーのもので、彼女はいつもそれを持ち歩いていた。なぜなら、その中に何が入っているかを承知していたからだ。そして、そのことは、ほかの誰も知らなかった」相手にというより、自分に言い聞かせるような言葉だった。「それに気づかなかったとは、不覚だった。以前、大事な証書を全部傘の中に入れて持ち歩いていた依頼人がいて、安全な場所はそこだけだと言っていた。泥棒は、かばんならひったくるかもしれないが、こんな古い傘なんか、薪《まき》代わりにだって持っていきはしないってな」そして、急に笑いだした。

「ずいぶん可笑しそうで、よかったな」ノビーは冷ややかに言った。

「犯人がパールを捜して引っかきまわしたあげくに、そんなふうに放り投げていった様子を思い浮かべてみろよ。なんとも滑稽じゃないか。そいつが捕まって真実を知らされたときの顔を、その場にいて見てみたいね。ところで、そこは人けのない場所だって言ったな？」

「トムとガールフレンド以外は、誰も知らない場所だ」

「どうかな」と、クルックは異議を挟んだ。「それは違うだろう。ほかにもう　人知っている人間がいたんだ。コートと帽子をそこに残していった人物――もちろん、傘もな」

「コートの長さからして、二メートル強は身長があったはずだと、ビルは言ってる。さあ、クルック、話はこれで全部だ。このあと、どうしたらいい？」

「もちろん、警察に行くんだ。そこまでばかげた話なら、誰だって信じるさ」

「あんた、警察に知り合いがいるんだよな？」アーミテージの顔には、悲愴感が満ちあふれていた。「ユダヤ教の律法《タルムード》にかけて誓いでもしなきゃ、俺がそんな話をしたって警察は信じちゃくれないだろうよ」

「心配するな」と、クルックが励ました。「歴史をつくるんだ、ノビー。警察にとっては、にぎやかな一日になるぞ――最初はミス・フィッツパトリックで、次はお前だ。それはそうと」気軽な調子で付け加えた。「息子と連絡が取れるんなら、話がしたい。彼自身に警察に通報させて、パールはお前が持っていると言わせるんだ」

アーミテージは怪訝な顔をした。

「やけに回りくどい気がするが」

「警察に、息子がこっそりパールをお前に押しつけようとしたなんて言われたくはないだろう？　警察がどういうところか忘れちまってるようだがな、ノビー、あなどっちゃいけない。別に、彼らを責めてるわけじゃないぞ」と、度量の大きいところを見せるかのように言い添えた。「警察ってところは、世間一般の人間より少しは賢くなけりゃならない。誰もが賢くなったこのご時世じゃ、目の前の物をただ見ているだけじゃだめなんだ。だから、見えない物も少々見ようとする。悪いことは言わん、アーミテージ。私の忠告に従ったほうがいい。私ならそうする」

相手は、不審げなまなざしをクルックに向けた。「この件の裏には、何かあるんだな」と言った。

「言わなくてもいいさ。時間稼ぎをしてるんだろ、クルック。適当なごまかしを話しても無駄だ」

クルックは、ため息をついた。「すっかりお見通しだな」

アーミテージは立ち上がり、しぶしぶパールをしまうと明言した。「これから、真っすぐ警察に行って息子の話をするよ」

「好きにするがいいさ」と、クルック。

「このドアを閉めた途端、俺を裏切る方法を考えるつもりだろう。あんたの目を見りゃわかる。だが、気をつけたほうがいいぜ、クルック。近頃の警察は、あんたの手に余るくらいになってるからな」

「そしてたぶん、私がいなくなったら、世間の人を守るために私が立ち向かっている連中は、警察の手に余るようになるだろう。童謡の『ジャックの建てた家』と同じさ。どんどんつながっていってきりがない。それに」別れの挨拶に軽く頷き、ドアが閉まるのを待って続けた。「パールのネックレスがたんまり入った傘が、田舎にそんなにいくつも転がっているとは思えない。これで、事件に片がつくかもしれんぞ、ビル。あと欲しいのは、ちょっとした証拠だ。セント・マグナス病院にいるあの娘が、その証拠を提供してくれるだろう」

二

十一時、クルックの姿は病院にあった。すでに一日八時間働く多くの人と同じくらいの仕事量をこなしていたが、彼にとって、朝はまだ、ようやく始まったばかりなのだった。

クルックの来訪は、少しも歓迎されなかった。もっと繊細な男なら、気後れしてしまったことだろう。看護助手が彼を病棟看護婦のシスターに引き渡し、忙しそうに立ちまわっている胸の大きなそのシスターは、ミス・ピーターセンが部外者と会うのは無理だと告げた。

自分は部外者ではないと、クルックは言った。

シスターが、身内かと尋ねた。

「身内より親密な関係でしてね」

シスターは、うさんくさそうに彼を見た。

「私は、彼女の救世主なんですよ」と、クルックは手っ取り早く言った。

シスターは、彼を婦長に託した。

気難し屋というのがいるとすれば、まさにこの人物がそうだと、クルックはひと目見て感じ取った。

現れた婦長は、背が高く冷淡で、まるで、今しがた冷蔵庫から連れ出されたかのような雰囲気をまとっていた。

「あなたの申し出は不可能です」と、彼女は言った。

「ほかのことなら不可能でしょう」クルックは言い返した。「だが、これは違う。なんといっても、殺人未遂なんですからね」

「それはよくわかっていますわ、クルックさん。警察の方から聞きましたから……」

「くそっ！」クルックは、乱暴な言葉を吐いた。「私がいなかったら、警察から何も聞けはしなかったんだ。私がいなかったら、ピーターセン嬢は、ここに来ることさえなかった。遺体安置所行きになっていたはずだ。私が踏み込んだおかげで、彼女は命拾いしたんだからな。ミス・カージーも、その幸運を持っていれば――だが、彼女にはその運がなかった。ミス・カージーは、朝早く来すぎた。私が暴力から救う人々は――玄人の依頼人は別として――六時前に訪ねてきてはだめなんだ」

婦長は、じっとクルックを見据えた。

「ピーターセン嬢は、私の依頼人のフラットで、窒息しかけているところを発見された」と、クルックは続けた。「正義の名において、私は犯人の人相を訊き出さなければならない」

「もし、犯人があなたの依頼人だということが証明されたら？」

「そうしたら、電光石火のごとく仕事に取りかかる。彼は、私の持てる力すべてが必要になるからな。現段階では彼が関わっているとは認めないが、イギリスのすべての英雄と同じく、私は不可能なことはないと思っている――万が一、彼が関与していたなら、これまで以上にこの私が必要になるだろう」

「ご自分の依頼人が、この恐ろしい事件に関わっているかどうか、あなたはご存知でなくてはならないはずでしょう」と、婦長は説教した。

彼女にとって恐ろしいことに、クルックは顔を近づけて、茶色の瞳ではつらつとウインクしてみせた。

「ここだけの話、ミス・カージーを殺したのが誰かはわかっているんだ。問題は、それを証明することでね。真実は、戦車に小型機関銃を持って立ち向かう人間と同じくらい有効だ。いつもきちんと評価されるとはかぎらないがね。とにかく、時間は取らせないし、なんなら、看護婦を付き添いにつけてもらってもいい……」

脅すような調子のこの訪問者は百戦錬磨の彼女の胃袋をもってしても受け止めきれない、とでも言わんばかりに、婦長はまるでげっぷのような音を出すと、手配できるかどうか確認するから少し待つようにと言った。

数分後、クルックはシグリッドのベッドの脇に立っていた。朝の光の中で見ると、娘の美しさは際立っていた。しかし、打撲の傷は痛々しく、受けた暴力の激しさを物語っている。軽い脳しんとうで済んだのは本当に幸運だったたと、クルックは思った。本能のようなもので、危機の瞬間に頭を動かしたおかげで、一撃の力が弱まったのに違いない。

あと一歩の努力が大きな成果をもたらす、と心の中で呟いた。クルックは、月並みな決まり文句が好きだった。偉大な人間ほど、あえてそういう言葉を使うものだと言うのである。

クルックが名乗ると、途端に娘は微笑んだ。

「知ってます。検死のときに見かけましたもの。それで、あなたに会いに行こうとして……」

「私を訪ねてくる人が、みんな君のように機転が利くといいんだがね」と、クルックは言った。

「機転？」

「そう。信頼できる法則だ。見知らぬ男性を訪ねるときには、いつでも自分の居場所のヒントになるものを階段に残すこと。それがどんなに役立つかわからないだろうね。君のあの懐中電灯が、いい例だ。あれを見つけたとき、訪問者が来たことがすぐにわかった。ミス・フィッツパトリックは日が暮れてからは誰にも会わないし、二階は空き家だから、三階かもしれない。そして、私のフラットに君はいなかった。それらを考え合わせると、おのずと答えが見えてきたというわけだ。さて、そろそろ本題に入ろうか。犯人の顔は覚えてるかい？　何か特徴はなかったかな？」

彼は、シグリッドが役に立つ目撃者であることを発見した。警察からいろいろと訊かれて、思い出したばかりだからというのも大きいはずだ。おそらく、答えのうちのいくつかは警察が誘導したものなのだろうと、クルックは不謹慎なことを考えた。彼女が三通の匿名の手紙に関する不安を説明すると、クルックは、その手紙は、自らを救うことのできない、半分頭のいかれた人間が書いたものだと言って、たちどころにその不安を解消してみせた。手紙のことは、もう心配する必要はないと保証した。だが、襲った犯人の人相になると、彼女の供述は曖昧になった。かなり長身で、黒い服を着ており、広縁の中折れ帽を額を覆い隠すようにかぶっていたという。感じのよい態度だったが、どこかぼんやりとした様子だったらしい。

「ほかに、もっと目立つ特徴は覚えていないかい？　変わったネクタイをしていたとか、毛皮で裏打ちされたブーツを履いていたとか。あるいは、片眼鏡《モノクル》をかけていたとか？」

シグリッドは首を振った。「どれもありません。でも、あなたがティー・コージーと呼んでいる人です」

「どうして、そう思うんだい?」

「本人が言ってましたもの」

「自分はウェリントン公だったと言うのは簡単だが、そんなのは、中央警察裁判所があるボウ・ストリートでは通用しない。現実問題として、君は、もう一度会ったらわかるくらい、はっきりとそいつの顔を見たのか?」

シグリッドは首を振った。「見ていないと思います」

「たぶん、犯人はなんらかのアリバイを主張するだろう——素人の犯罪者は、みんなそうだ。警察はそれを重要視するからな」

「アリバイって、役に立つものなんだと思ってましたけど」娘は小声で言った。

「警察にとって役に立つんだ。とりあえず、取り組むものができるだろう? もし、特定の時間に何をしていたかを説明できなかったとしたら、きっとこの場所にいたに違いないと決めつけるのは、相手次第だ。そして、それを証明するのは思っているほど易しいことではない。だが、もし、特定の場所にいたと言ったなら、相手は君がそこにいなかったことを証明すればいいだけだ。そっちのほうが、ずっと簡単な仕事なんだよ。君の友達はそれを知っていた」

「私の友達?」

「昨夜会った人物さ。ここ一週間どこにいたのかと君が訊いたら、彼はわからないと答えた。そうなると、どこに行き着くと思う? まさに、思うつぼだ。本人が知らないのに、ほかの誰が知っているっていうんだ? 組み立てる根拠そのものを与えないんだからな。だが、実際には、やつが君をけむに巻いていたことは見当がついたかもしれん」

「そうなんですか?」と、娘は素直に尋ねた。「私、何を見逃してしまったのかしら?」

「電話の件や襲われたときのことは、詳しく——非常に細かな点までしっかりと——覚えているのに、そのあとのことが記憶にないというのは、妙だと思わなかったかい? 本当に本人の言うような頭の殴られ方をして、そのせいで、その後起きたことを覚えていないのだとしたら、どんな医者に訊いたって、そういう場合は直前の記憶もないはずだと言うだろう。そこがペテン師のいちばん悪いところさ。細部にまで神経を使って完璧を期するあまり、結局は馬脚を現してしまう」

「つまり、昨夜、彼はボロを出したということですか?」

「そのとおり」クルックは、明るい声で言った。「そこで、もう一度訊くが、その男の外見について忘れている点は本当にないかな? 警察というところは、とても慎重だ。君と私なら、二と二を足して六十五にできるかもしれないが、警察は四にしかしない。これまでもずっとそうだったし、これからもそうだろう。警察に、進歩ってものを教えてやりたいね……」と、嘆かわしげに首を振った。

「彼らは、母親の膝元で九九を習ったんだな。で、ママの膝がずっと心地いいんだ」

しかし、シグリッドはしばらく考えたのち、やはり先ほどまでの証言に新たに加えられそうな材料は思い浮かばないと、残念そうに認めた。

「お役に立てなくてすみません」と謝る。

クルックは立ち上がった。「いや、十分に役に立ってくれているよ。私が知りたかったある点について教えてくれた。じゃあ、くれぐれもお大事に。どんなことがあっても、マスコミには会わないことだ。それと、私から連絡があるまでここを出てはいけない。ほかの誰がなんと言おうと気にするな。

私が一度、君の命を救ったことを忘れないで。君が私の言葉を守っているかぎり、私はずっと君の命を救い続けるから」

娘の青い瞳に、これまでとは違う感情が浮かんだ。

「もしかして、私はまだ危険かもしれないとお思いなんですか？」

クルックは、あきれた顔で相手を見つめた。「君自身は、どう思う？」淡々とした態度で訊き返す。

「この犯人は、実にいくつものリスクを冒している。一つ多かろうが少なかろうが、どうということはないはずだ。君にとって最も安全な場所は、おそらく女子修道院なんだろうが、それでも犯人は修道院長を殴り倒し、その法衣をまとって現れるかもしれない」

廊下に出ると、再び〈マダム・気難し屋〉と顔を合わせた。

「あの娘をよろしく頼む」と、内密な話を切りだす口調で言った。「彼女は、危険な状態にあるんだ」

婦長は、耳を疑う表情になった。

「それどころか、先生は見通しのいい診断を下していらっしゃるんですよ。殴られたか倒れたかしたことによる単なる脳しんとうです。いずれにしても、私たちはすぐにでもベッドが必要なんです。空襲で一棟がやられてしまいましたから、事故の患者に提供するほどの施設はありません」

「すぐに彼女を迎えによこすよ」と、クルックは約束した。「それほど長くご迷惑はおかけしない」

そして、素早く病院を出て行ったのだった。

三

クルックの次の目的地は〈スワンズダウン〉だった。ワトソン本人が玄関で出迎えた。「まあ、クルックさん！」彼女は、ややうろたえた様子を見せた。「まさか、おいでになるとは」

「長居はしません」クルックは請け合った。「ちょっとした情報が欲しいだけでしてね」

ワトソンは、フローラとクルックが最初にとげとげしい言葉を交わしたリビングへ、彼を案内した。

「一歩遅かったですわ」と、落ち着きなく両手を握り締めて、ワトソンが振り向いた。「ミス・フローラは出て行きました」

「そうなんですか？」クルックは、赤い眉を上げた。「少しの時間も無駄にしない人だな」

「私が家を受け継ぐのが許せないんだと思うんです」ワトソンは説明した。「当然、姪の自分に遺されるものと信じていたんですから」

「彼女は、そんなに家が欲しかったのかな？」と、クルックは首をかしげた。

「欲しいとか欲しくないとかの問題じゃないんでしょう。いつだって売ることもできるわけですしね。ただ一つはっきりしているのは、彼女がここに住むつもりはなかったってことです。叔母さんがいなくなったらってことですけど。田舎は嫌いだって言ってました」

「こんなに長くここにとどまっていたのは、彼女にとっては相当な自己犠牲だったわけだ」

「これまではずっと、ミス・カージーのもとを去るのが嫌だったんだと思います。もちろん、今なら何かしらの仕事ができるでしょう。まだ若いんですもの。民間人として、この戦争に十分貢献できます」

「そうでしょうね」と、クルックは同意した。「ところで、あなたはここにとどまるんですよね？」

「ええ、そのつもりです」と、ワトソンは言った。「だって、ようやく自分の家が持てたんですもの。前からずっと欲しかったんですよ。こんな形で手に入るとは思っていませんでしたけど――ちゃんと維持してみせますわ。宿泊客を受け入れるつもりなんです」

「状況の悪くならないうちに始めたほうがいいな」と、クルックは指摘した。

だが、ワトソンの馬面がこわばった。

「ミス・カージーの事件が解決するまで、そんな気にはなれません。警察が、できるだけ早く解決してくれればいいんですけど。このままじゃ、どうにも気持ちが落ち着かなくて。二、三台ベッドを増やさなくちゃなりませんが、こういうのんびりした安全な田舎では――ミス・フローラは『僻地』と呼びますけど、そこまでへんぴな場所じゃないんですよ――泊まり客を得るのも難しくはないと思うんです。それに、長いこと配膳の世話をしてきましたから。奥様は口やかましいところのある方で、少しの無駄も嫌ったんです」

「それなら、うまくやっていけそうだな」と、クルックは彼女を安心させた。「あのなんとかっていう若者は？　彼は、あなたがビジネスを始めるのを応援しているんですか？」

「グラントさん？　ああ、実は、少々気まずいことがありましてね」

「話してください」クルックは、にこやかに促し、じっくりと耳を傾ける姿勢を見せた。「ミス・フローラが出て行く前ですか、あとですか？」

「もちろん、前ですよ。ミス・フローラが、事実上、グラントさんに出て行けと命じたんです」

「あなたの家になるっていうのに、ずいぶん厚かましくないですか?」

「どうも、彼女はそれを理解できていなかったみたいで。とにかく、彼女がグラントさんに今後どうするつもりかと尋ねて、彼は、もし私が承知した場合、ここにいることに何か差し障りがあるかと言ったんです。そうしたら、ミス・フローラは意地の悪い笑い声を立てて『いいえ、何も』と言いました。そして、政府の仕事に就いているから、さぞうまく成功する方法を知っているんだろうって続けたんです。そんなの、私はよくないと思います。だって、そうでしょう? 政府に雇われているっていうだけで、なんにも仕事をしていないみたいに言うなんて」

「確かに、それだけじゃ〈必須条件《シネ・クア・ノン》〉とは言えないな」と、クルックは明るく応えた。「で、そのあと、どうなったんです?」

「グラントさんが『あなたはロンドンに行くんだから、僕がここにいても不都合はないですよね?』って言うと、私がそばに立っているのに、ミス・フローラは彼に面と向かって言い放ったんです。『初めから、周到に計画していたんでしょう? まずは叔母にたかって生計を立てて、今度は、家政婦に同じことをしようって魂胆なんだわ』」

「グラント氏が、一発、顎にお見舞いしてやったならいいんだが」と、クルックは言った。「ああいうBBCのアナウンサーみたいな声の若い男には、無理だろうがね。あの手の若者は、常にちょっとした紳士気取りで、どういう結果を招くかを気にして行動に出ないんだ」

「グラントさんがこの家にいてくれたおかげで、とても愉快でしたわ」ワトソンはよそよそしく言った。「本当です。ミス・カージーが喜んであの方を置いたのも、不思議じゃありません。いつも優しくて、とっても明るくて……」

「流行《はや》りの広告みたいだな」クルックは、なるほどと頷いた。「彼は――その――完全にここからずらかったのかな?」

「泊まりたいときには、いつでも歓迎するって申し上げたら、もしものときのために着替えを置いておきたいって言ってました。でも、近いうちに外国へ行くかもしれないと思っていらしたみたい。もちろん、詳しくはおっしゃいませんでしたけど」

「そりゃそうだ」クルックの表情が、ひときわ険しくなった。「枢軸側に、彼の動きを悟られるわけにはいきませんからね。だが、私が本当に会いたかったのは、あなただ。ミス・フローラは姪で、グラント氏はボーイフレンドだったかもしれないが、実際に仕事をしていたのは、あなたでしょう。つまり、ミス・カージーの身の回りの世話をして、荷物を詰めてあげたりするのも、あなただった」

「ええ、そうですけど」この特別な領域を誰かほかの人間に干渉されるという考えに、ややショックを受けたように、ワトソンは言った。

「すると、彼女の最後の旅支度をしたのも、あなただったんですね?」

「そのとおりです」

「大体のところでいいんですが、彼女が持っていったものを覚えていますか?」

「洗面道具ですわ。それと、替えの下着。最初に訊かれたときにお答えしたのと同じです。時間に余裕を持ってご用意しました。奥様は早めに準備するのがお好きなので、荷物を開けたままにして、最後にご自分で歯ブラシと櫛を入れられるように置いておきました」

「実際に彼女は、それらを自分で入れたのかな?」

「はい、クルックさん。何かお手伝いできることがないか様子を見に上がったら、もう旅行かばんの蓋が閉じられて鍵が掛けてありましたもの。ジッパー付きのかばんですから、蓋を閉じるというのは正確じゃありませんけど」

「荷物を詰めたあと、どのくらいの時間、下の階にいたと思います？」

「あら！」ワトソンは、幾分うろたえて見えた。「はっきりとは……。少しのあいだでしたけど」

「いいんですよ」と、クルックが慰めた。「あなたは、彼女が持っていった物を正確に記憶している。それに、彼女が所有している物もきちんと把握していますよね――例えば、シュミーズを何枚持っているかとか？」

「奥様の衣類は、すべて私が洗っていました。決して店に頼むことはなさいませんでした。クリーニングは、上等な服を傷めてしまいますから。唯一、外部からの手伝いとして、村の女性に安物の服の洗濯に来てもらっていましたけど、ここ三週間はスペイン風邪でお休みしていたので、私以外に奥様のものを扱った人間はいません」

「真実を求める者にとって、これほどすべてがうまくいくとは」と、クルックは聖書の言葉を引用し、喜びに満ちた笑顔を見せた。「では、ちょっとやってもらいたいことがあります。ミス・カージーの持ち物を数えて、ちゃんと全部あるかどうか確かめてください」

ワトソンは、むっとした顔をした。「数えなくたって、把握しています」

「警察がちょろまかしていないと、言いきれますか？」

ワトソンの表情が、そんなことを言うのは不謹慎だと訴えていた。

「じゃあ、ミス・フローラとか？」

「実を言うと、奥様の下着類をどうしたらいいかわからないんです」と、ワトソンは正直なところを打ち明けた。「もちろん、私は着ようとは思いません。いずれは寄付することになるのかしら」

「避難者たちが解決策になるかもしれませんよ」と、クルックは言った。しかし、どうやら今度も不適切な発言だったらしい。

「そういう人のことを言ったんじゃありません」ワトソンは冷たく言った。「奥様のものは、そこらの人たちには地味できちんとしすぎています。彼女らが関心を持つのは、レースの縁取りや、ホタテ貝のようにカーブした裾のあるものばかりですもの。羞恥心なんて持っちゃいないんですからね。平気で前庭に干して、人目に触れさせるんですよ。いいえ、私が考えていたのは、近頃少なくなってきている淑女の団体のようなところのことです」

「名案だ」と、クルックは賛同した。「ただし、そういうことをする前に、一つ手を貸してください。下着の枚数を数えて、合計が合っているかどうかを確認してくれるだけでいいんだ。いや、誰かがくすねたと言ってるわけじゃない――私が思いついた推理に関係していることでしてね」

当惑と腹立ちの両方を抱えた顔のワトソンは二階に上がっていき、クルックは快活に口笛を吹きながら、部屋の中をうろついた。

ワトソンが戻ってくると、彼はすかさず尋ねた。「それで？　どうでした？」

「奥様は、なんでも八枚ずつお持ちでした」と、ワトソンは言った。「そうすれば、六枚を着まわして、二枚は、どれかが傷んできたときの予備に取っておけるとおっしゃいましてね。一枚捨てるときは、必ず一枚買い足されました。それはもう、時計仕掛けのようにきっちりした習慣でした」

「で、二階には今、何セットあるんです？」

「七つです」

クルックは考え込んだ。「警察は、あとで彼女が着ていたものを送り返してくるはずだ……」

ワトソンが身震いした。「とんでもない。そんなの、要りませんよ」

「ジッパー付きのバッグは、見つかっていないんですよね？」

「見つかってないのは、ご存知でしょう」

「そして、二階の箪笥には七セット入っているんですね？」

「はい」ワトソンの憤りが薄れ始め、しだいに困惑が彼女を包み込んでいった。

「まだ計算できませんか？　よく考えてみてください。いいですか。一セットは、奥様が身に着けていた。一セットは、彼女が持っていった。八引く二は六だ――ところが、二階には七セットある」

「まあ！」彼の目の下にあるワトソンの顔が、長く伸びたように見えた。口にこそ出さなかったが、クルックは、違う気性だったなら、彼女は大邸宅で成功していただろうにと思った。年齢を感じさせる小さなその顔は、ゴムでできているかのようだった。「それは思いつきませんでした。おっしゃるとおりです。おかしいわ。私、自分が荷物に入れた物は、ちゃんと覚えてます」

「それが、今は引き出しの中に戻っている。あなたの目には、どう映ります？」

家政婦は、とても信じられないというふうにクルックを見たが、彼の茶色い瞳が投げかける厚かましい視線は、決して揺らぐことがなかった。

「つまり、奥様はロンドンに持っていらっしゃらなかったってことですか？　だから、私が荷造りを終えたかどうかお訊きになったのね」

「片足の前にもう一方の足を交互に置いて進み続ければ、山にだって登れる」と、クルックは満足げに言った。

「だったら」ワトソンは、そろそろと両足を動かした。「奥様が持っていったかばんに入っていたのは、なんだったんでしょう？　私が階下に持って下りたとき、重いというほどではなかったけれど、空っぽではなかったわ」

「私も、空っぽだったとは思っていませんよ」

「じゃあ――かばんの中身をご存じなんですか？」

「推測はできます」と、クルックは言った。「確信できたとき――つまり、私が知っていることを証明できたとき、事件の終わりが見えてくるでしょう」

「長くかかりそうですの？」ワトソンは、不安そうに両手を握り締めながら訊いた。

「事態の進展によりけりでしょうな。だが、あなたにできることが一つある。ミス・カージーの傘は、見ればわかりますよね？」

「百本の中からだって見つけられます」と、ワトソンは即答した。

「名前は書いてありましたか？」

「傘には書いてありませんでしたね、ええ。妙ですよね。下着には全部名前を入れてあったのに。でも、奥様には、ちょっとおかしなところがありましたから」

「詳しく教えてください」と、クルックは丁寧に言った。

「時々、ご自分が誰かにつけられているとか、見張られていると思ってしまうことがあって、身元のわかる物を持ち歩くのを嫌ったんです。もちろん、その――下着は別ですけど」

「それは別です」クルックは、相手を励ますように調子を合わせた。

「どうしても必要なとき以外は、身分証明書さえ持ち歩こうとしなかったくらいで、ガスマスクに名前を入れる件にいたっては、頑として聞き入れませんでした」

「ずいぶんとたくましい想像力の持ち主だったんだな」というのは、いかにもクルックらしい感想だった。「いいですか、服を着替えて、私と一緒にテンペスト・グリーンへ来てください」

「テンペスト・グリーンへ？」家政婦は目を見張った。

「ミス・カージーのものと思われる傘が見つかりましてね」

「まあ！」ワトソンの目が、再び見開かれた。

「驚きましたか？」と、クルックが訊いた。

「ええ、とっても。奥様がテンペスト・グリーンに行ったことがあるなんて、知りませんでした」

「彼女が行ったとは言ってませんよ。彼女の傘がそこへ行ったと言っただけです」

「奥様があの傘を目の届かないところに置くことは、決してありませんでした」

「私の依頼人の一人にもいましたよ。書類をすべて傘の中に保管していて、路面電車の線路からその傘を拾い上げようと屈んだところを轢かれて死んでしまった。おそらく、彼女の目が最後に捉えたものは、傘だったでしょうね。電車がまったく目に入らなかったのは間違いない」

ワトソンは表情に警戒感をにじませ、帽子をかぶりに二階へ上がった。彼女が戻ってくるのを待つあいだ、クルックはただぶらぶらと部屋の中をうろついていた。ワトソンと駅へ向かう道すがら、酒類販売の時間と場所を規制する事前許可制法のせいで、適切な飲み物をごちそうできないことをクルックが謝ると、どのみち自分は修道女会に所属しているからと、こわばった口調で言うので、クルックは内から湧き上がる欲求を抑え、駅近くの〈メリー・メイド・ティーショップ〉で、ワトソンと紅茶を飲んだ。

バーナム・シケットで乗り換えてテンペスト・グリーンまで行く道中、ワトソンはほとんど口をきかなかった。一度だけ「こんな終わり方をするとは思いませんでした。あんなに賢くなんでもやりくりする方だったのに」と言い、二度目には「おかわいそうに。『誰一人、自分のために死ぬ者はない』という聖書の言葉は真実なのね。ひどい話だわ。自分に起きることが予測できないのは幸運です。そうでなければ、奥様は毎晩ベッドでぐっすり眠ることなんてできなかったでしょうからね」と呟いた。

駅へ行く途中で、クルックは郵便局に寄って電報を打った。目的地に到着したのは三時半で、クルックはいつものように陽気な態度で自己紹介した。だが、地方警察は、ロンドンの同類たちのように容易に圧倒されたりはしなかった。それに、彼らにとって、クルックは街で及ぼすほどの影響力を持ってはいなかったのである。

「故人の身内ですか？」と、クルックは尋ねられた。

「行方不明になっている、彼女の甥の代理人です」と、早口で答えた。

「その件については、何も知りませんな」と、巡査部長は言った。

「それは困ったな」クルックは抗議をした。「彼の居場所を突き止められれば、事態は劇的に進展するはずなんだ」

「もし、彼が自分から弁護士に連絡を取らないんだとしたら？」やや苛立った口調で、巡査部長が切りだした。

「連絡ができないのかもしれない」クルックは嫌みっぽく言った。「その場合、彼を見つけるのはあんたたちの仕事だ。もしずっと連絡がなければ、そのときは、われわれが協力して彼を捜しださなきゃならない――場合によっては、何かを掘り出すことになるかもしれん」と、〈聞こえないくらいの小声《ソット・ヴォーチェ》〉

で付け足した。

「それはともかく、何をお望みですかな？」と、警官は用件を確認した。

「パールが詰まった傘を見つけたと、耳にしましてね。いや、なぜ知ったのかは訊かないでもらいたい。そういう情報をつかむのが、私の仕事でね。そこで、イギリス中でたった一人それを特定できる女性をお連れしました。亡くなったミス・カージーの家政婦です」

巡査部長は、少々気を悪くしたように見えた。実際、無遠慮に自分たちの公的職務を出し抜かれて、腹を立てていたのだ。彼は、山ほどの質問をクルックにぶつけた。特に、名前の書かれていない傘を、どうやって死んだ女性と結びつけることができたのかを知りたがった。それに応えて、クルックはティー・コージーのことを説明した。傘と一緒に発見されたコートと帽子を見せてもらえれば、さらに手助けできるかもしれないとも言った。口のうまさと、ずうずうしさと、無関心さとを巧みに使い分け、いつものように、すっかり自分のペースに持っていった。

ワトソンは傘を見た途端、関心のない人間には見えないようないくつもの細かな傷や染みから、ミス・カージーのものだと断言した。

「だから、奥様は傘をいつも手放さなかったんですね」まるで、傘がひとりでに開いて膝の上にヘビを落とすとでも思っているかのように、びくびくしながら言った。「天気の話や、足が悪いのがわかってしまうから杖は嫌いだって言ってたのは……」

「嘘っぱちだった」と、クルックは頷いた。「私が疑いを抱いたのは、ホテル支配人のミスター・プリンスから、彼女は食事に下りてくるときにも必ず傘を持っていたという話を聞いたときです。バスルームに持っていったとしても驚かない。もし五千ポンドの価値のある傘を持っていたとしたら、私だってそうするだろう――ミスター・Pにそっけなかったのも頷ける」クルックの知り合いのうち、ほとんどいないに等しい上品な人間が嘆く、粗野な言い方で付け加えた。

「そんなことをするなんて、正気とは思えないわ」目を見開いたままのワトソンが言った。「なくしたら、どうするんです?」

「その可能性は低いでしょう」と、クルックは言った。「彼女は、いっときも日を離さなかったはずだ。それに、あんな古ぼけた傘を誰が盗むと思います?」

確かに、それはみすぼらしい壊れかけた代物だった。よろず修繕屋でも引き取ろうとはしないだろう。

クルックは、大きなため息をついた。「Xがこの場にいないのが残念だ。どんな顔をするか見ものなのに――といっても、人の感情を読み取る名人だったらの話だが。老女のハンドバッグをあさって、それから旅行かばんを引っかきまわして――それでもパールが見つからなかったんだからな。その間《かん》ずっと……」彼は警官を振り向いた。「それらがどこにあるのかは、判明していないんでしょうね――ハンドバッグと旅行かばんのことだが?」

巡査部長は「ああ、まだだ」と答えながら、早くクルックがいなくなってくれることを心の中で願った。

「旅行かばんに何が入っていたのかも、わかっていないのに」と、ワトソンが震える声で口を挟んだ。クルックは驚いて彼女を見た。「ここに至っても、まだわからない?」と訊く。「彼女がパディントン駅に着いたとき、中に何が入っていたのか、本当にわからないんですか?」

四

署を立ち去る前に、クルックは帽子とコートを見せてもらえないかと尋ねた（すでに申し出ていたのだが、体よく無視されたのだった）。今度は巡査部長も折れて、コートと帽子が差し出され、クルックはすぐにそれが誰のものか特定した。

「どこで見たって一目瞭然だ」クルック特有の堂々とした態度で言った。

「前に見たことがあると？」

「四月七日の晩に、私の家でね。袖に緑がかったパッチがあるでしょう？　それに見覚えがある。おそらく彼は、テンペスト・グリーンのような人里離れた場所に置いておけば、見つかる前に腐ると思ったんだろう」

「彼？」巡査部長が眉を上げた。

「Xさ」負けじと高く眉を吊り上げて、クルックが答えた。「警察が捕まえられずにいる殺人犯。パイロットのアーミテージ軍曹に、彼女と二人きりになりたいというささやかな欲求がなかったら、本当に腐っていたかもしれない。それにしても、ラジオで流れている歌の文句は本当だな。『愛は最強の武器……』」

涙ぐみながら列車に乗るワトソンを見送ったその足で、クルックは電話ボックスに入って飛行場に電話をかけた。電話がつながると、警察本部の者だと名乗り、アーミテージの息子を呼び出してもらった。電話口に出てきた若者の声に向かって、クルックは問いかけた。

「お手数をかけて申し訳ないが、君の話について、もう一点確認しておきたいことがある。君がテンペスト・グリーンのパールを見つけた場所へ、その日の前、最後に行ったのはいつだ?」

「二週間前です」と、アーミテージは言った。「正確には、二週間と一日前ですね」

「そのとき、何もおかしな物はなかったんだな?」

「ズボンのボタン一つ落ちてませんでした」と、若きアーミテージは答えた。

「思ったとおりだ」と言って、クルックは電話を切った。

第十一章

死神は呟いた、埋葬布は仕上がった、と。
そして糸を切り、針をしまい込んだ。
――ジョン・メイスフィールド

一

クルックが出て行ったあと、シグリッドは姿勢に注意を払いながら横になった。若さゆえの驚異的な回復力で、昨夜の残忍な攻撃による傷は、だいぶよくなっていた。それよりも今、彼女を苦しめていたのは、ショックのほうだった。事情聴取に来た警察に促されるままに記憶の道をよろよろとたどったとき、初めは自分が、オフィスで隣に座る同僚が〈すけべ男〉と呼ぶ輩の一人に狙われたのだと思っていた。

「すけべ男には気をつけなさい」と、ブレンダ・フィリップスは言っていた。「あいつらは最悪よ。それにね」と、意味ありげに付け加えた。「付き合ったたって、楽しくもなんともないんだから」

シグリッドは、ブレンダの言葉を取り合わなかった。元来、引っ込み思案な性格だったし、イギリス生まれでない彼女には、避難してきたこの国に友人はほとんどいなかった。一日の仕事が終わると、自分で借りてきれいに飾りつけたワンルームのフラットに真っすぐ帰るのが常だった。もちろん、軍服を身にまとった若者が何人か近づいてきたが、優しい言葉を口にしたり、ダンスや何かにエスコートしてくれたり、映画のチケットをくれたりすることがプロポーズを意味するわけではないことを、持って生まれた良識からシグリッドは自分に言い聞かせていた。なかには一人、二人、彼女に愛をささやいて、戦争から戻ってくるまで待っていてほしいと言った男性もいたのだが、ノルウェー出身の若者以外、本気になるような相手は現れていなかった。そして、その彼も、今ではどうなってしまったのか誰も知らない。

それがどうやら、何者かが自分に惹かれてつけ狙ったのではなく、自分がその人物にとって危険な存在となるから殺そうとしたらしいというのだ。

「でも、どうしたら私が危険な存在になるっていうんですか?」と、先ほど彼女は、クルックに質問したのだった。「私は何も知りませんし、それまで老紳士に会ったことだってなかったのに……」

「何も知らないと言うのは、事件の重大性に気づいていないからだ」と、クルックは言った。「君は、やつが昨日の午後フラットにいたことを知っているじゃないか」

娘は目を見開いた。「けれど、私がそのことを知っているのが、どうして気になるんでしょう? 彼がなんのためにそこにいたのかも知らないんですよ」

「まさに、そこがミソなんだ。誰にもまだわからない。自分のアリバイをつくろうとしたのかもしれない。それを君に暴かれるのを恐れたってことも考えられる」

「でも、そのうち私は発見されたでしょうに」と言い返す声が、ショックでかすれている。

クルックは、分厚い肩をすくめた。「おそらくね。けど、いつだい？　万が一、犯罪に手を染めることがあったら覚えておくといい。何かを隠すのに最も安全な場所は、すでに警察が捜索し終えた場所だ。彼らの気を引く新たなことでも起きないかぎり、ティー・コージーのフラットを警察がもう一度調べる可能性はきわめて低い」

「犯人は――彼なんですか――私が会った？」娘は大きく息を吐いた。

「私が何を言ったところで、証拠にはならないさ。なぜ、私にわかる？　だが、実を言うと、ある程度の見当はついているんだ。素人の犯罪の問題っていうのはね」クルックは内緒話を切りだすように続けた。「犯人が、あまりにも安全を確保したがることだ。そのせいで、百回のうち九十八回は足をすくわれる。この犯人が、君を黙って行かせたとしよう。君はそんなことはないと思うかもしれないが、私に会いに来た君が、建物に着いたとき三階に男がいたと話してしまう可能性もある。だから確かな安全策として、君を殴って気絶させることにした。自分のこともそうしてくれたら、世の中のためになるんだがな」

シグリッドは横になったまま、この会話を思い返して、しばらくあれこれ考えていた。何者か、たぶん頭のおかしい人間が、彼女が自分の安全を脅かす存在だと思い込んで、邪魔をさせないために殺そうと企んだとは、にわかには信じがたかった。自分の指示を待つようにと言ったときのクルックの顔には、いつになく深刻な表情が浮かんでいて、それが強く印象に残っていた。シグリッドが、まだクルックのことを考えていると、看護婦が花束を抱えて入ってきた。

「なんてきれいなんでしょう！」と、シグリッドは息をついた。

「あなたにですよ」と看護婦が言った。

「私に？」

「これを持ってきた紳士がお待ちです。こんなに訪問客があるなんて、婦長がなんて言うでしょうね。でも、その方が、五分でいいからお話しできないかっておっしゃって」

「婦長さんは、何もおっしゃらないかしら？　でも、そうだわ、クルックさんが言ってた——その人、新聞記者じゃなさそうですか？」

「カードに何か書いていらっしゃいましたよ」と、すでに文面を読んでいた看護婦が言った。

シグリッドは、カードに目をやった。「僕は、昨夜クルックさんを手伝って、あなたを助けた者です」というメッセージが書かれていた。「あなたが本当に無事に生きている姿を確認させてください」

すっかり当惑して、シグリッドは言った。「そうね、婦長さんがいいとおっしゃるなら……」そして、怪訝に思いながら、また横になった。

一分後、ヒラリー・グラントが病室に入ってきた。彼の姿に、シグリッドは思わず息をのんだ。グラントは、若い女の子が結婚の前にもあとにも夢に描くような男性だった。結婚前は、こういう人を見つけたいと願って、そして結婚後は、しょせん偽物は本物にはかなわないのだと思い知って。

グラントは、真っすぐにシグリッドのベッドにやって来た。

「病室に入れてくれて、どうもありがとう」と、彼は言った。「ねえ、本当に大丈夫なのかい？」

「すぐによくなると思います。昨夜、たまたまあなたが居合わせてくれたのは、幸運だったわ」

「僕は、たいしたことをしていない。君が感謝すべきなのは、クルックだよ。ねえ、ミス・カージーを発見した娘さんっていうのは、君のことなんだよね？　ごめん、ごめん、変なことを訊いて。ただ、僕らがまんざら知らない同士ではないって思ってほしかったから。そういうつながりが、人を結びつけるんだ。そう思わないかい？」

「ええ」と、シグリッドは小さく応えた。「私もそう思うわ」

「あのさ」と、ヒラリー・グラントはおずおずと、だが、シグリッドの心臓が引っくり返りそうなほど魅力的に切りだした。「君は大丈夫なのかい？　その、ここを出たら、頼れる人はいるの？」

「イギリスにはいないわ」さっきと同じ穏やかな声で言った。「私が親しい人たちは、ノルウェーにいるの。年老いた祖母と兄夫婦と――それに友達も」

「でも、こっちに誰かいるんだろう？」

「同僚の女の子たちがいるわ。みんな、とても親切で……」

グラントは、もどかしそうに首を振った。「そういうことじゃないんだ。つまり、誰か面倒を見てくれる人はいるのかってことさ」

シグリッドは、そっと首を横に振った。顔色がひどく悪いために、青い瞳がいつもより大きく見えた。彼女は、どうしようもなく無垢で、若かった。冷酷な悪党が自分に殺意を抱いているなどと信じるのは、難しいことだったのだ。

「いいえ」と、彼女は言った。「そういう人はいないわ」

ヒラリーは片手を差し出して、一瞬、彼女の手の上に置いた。「それは違う」と、彼は言った。「君を保護するために、天地をも動かそうとする男が一人いる」

彼は、本心を語っていた。

立ち去る前に、ヒラリーはもう一つ質問をした。「クルックが悩ませたりしてないよね？　彼のマナーを気にしちゃいけない。悪気はないんだ。いい人なんだよ、本当は。それに、君の命を救ったのも彼だ。僕じゃない。階段に懐中電灯が落ちていたってだけで、他人のフラットに侵入するなんて、僕にはできないからね。少々無骨なところはあるけど、信用できる男だよ」

「クルックさんは、私が何を思っても、それを口にしないようにしたほうがいいって言ってたけど、犯人が誰であれ、また襲ってくると考えているみたい。だから、彼が迎えをよこすまでここにいるの。そんなに長くはかからないだろうって言ってたわ」

「ねえ」ヒラリー・グラントは、急に興奮した声を上げた。「戸口に警察の護衛かなんかいないのかい？」

「警察の護衛なんて！」シグリッドは笑った。「そんなの、ばかげてるわ」

〈r〉の発音がほんの少し巻き舌になるのが、なんとも魅力的だ。

「ばかげてなんかいないさ。一度君を襲ったやつを、もし君がもう一度見たらわかるというなら、クルックの言うとおりだ。犯人は、危険を回避しようと目論むだろう」

「彼に対抗しようとするときには、犯人はあえて危険を冒す行為に及ぶだろうって、クルックさんは言うの――つまり、クルックさんに対抗するときには、ってこと」

「クルックは、自分がとても頭がいいと考えてる。噂からすると、確かにそうなんだろう。同時に、彼にとっては事件がすべてで、一人一人の人間は、さほど大事にしないとも言われている。気をつけたほうがいい。ここの人たちには、どれほど危険な状況か、ちゃんと知らせてあるのかい？」

「ここは安全よ」と、シグリッドは言い返した。

しかし、ヒラリーの心配顔は変わらない。「だといいんだけど。実を言うと、僕はここの婦長と顔を合わせるんなら、戦車のほうがましなくらいだ。でも、覚えておいてくれ。この犯人はきっと警察に手配される……」

「クルックさんも、同じことを言ってたわ」

「クルックは、なんて言ったんだい？」まだ不安顔のヒラリーが訊いた。「もし、彼が君のために動いているんだとしたら、最初からこの犯人のことは知らないと証言するように言うはずだ。ところが実際は……」

「クルックさんは、彼が考えていることが証明できるまで、何も言うなと言ったわ」

「犯人の正体を、彼が知っていると思うのかい？　それとも、君が知っているの？」

シグリッドは口ごもった。「約束したから……」

「そうだね。じゃあ、僕にも約束してくれ。彼か僕が迎えに来るまで、動かずにじっとしていてくれるかい？」

「クルックさんから、彼が迎えをよこすまでここにいるようにって言われてるの。それに、どっちにしても、私には行くところがないし。週単位で借りていた部屋の契約が今夜切れて、大家さんは、ロンドンに出てくる姪御さんのためにその部屋を欲しがってるの。私は、今朝、別の場所を借りるつもりだったのよ。同僚の女の子が、住所を教えてくれて」

「クルックに約束したのはわかった。だけど、僕の心の平穏のために、頼むから僕にも約束してくれ」

「約束するわ」シグリッドは神妙な口ぶりで言った。

ヒラリーは彼女の手を握った。「これまで、君がどんなに愛らしいか、誰かに言われたことがあるかい？　君、いくつなの、シグリッド？　十六？　十七？　なんだかあどけない子供に見える。君の父親みたいな気になるよ」

シグリッドは吹き出した。「私の父に会ったことがあるなんて言うんじゃないでしょうね。父は、私が幼いときに亡くなったの。顎ひげがあって、とても太い眉をしてた。父は――いいえ、あなたとは似ても似つかないわ」

「あの晩、クルックを訪ねたことを、神に感謝しなくちゃ」と、ヒラリーはため息を漏らした。「あれは、本当に昨日のことなのか？　何日も前のような気がする。これこそ、神の思し召しだ」

看護婦が二人のもとへやって来て、面会時間は終わりだと告げた。厳《いか》めしい顔をつくろうとしていたが、ヒラリーは、そんな職務上の真剣ささえも一瞬にして和らげてしまった。

「明日来るよ」彼は言った。「だから――約束を忘れないでくれるかい、シグリッド？」

「ええ――ヒラリー。絶対に忘れないわ」

ヒラリーは、身を屈めてシグリッドの両手を握った。彼女がその意図に気づく間もなく、彼は唇を重ねた。そして、シグリッドが驚いて息をのむ前に、彼はくるりと後ろを向いて、ほかの患者の熱い視線を浴びながら、颯爽《さっそう》と病室を出て行った。だが、心の底から約束を交わしたにもかかわらず、結局、シグリッドはそれを破ることになるのだった。

二

電報が届いたのは、五時頃のことだった。マーシー病棟では、ティータイムが終わっていた。三時半に、白と金の大きなカップに入ったお茶が、マーガリン付きのパンとビスケット、またはケーキとともに配られ、消灯前に残された楽しみは、六時に出されるミルクもしくはココアだけだった。シグリッドがゆったりと落ち着いて、翌日の面会までの時間を数えていると、婦長が直々に電報を持って入ってきた。

シグリッド宛なのに「誤って開封された」のだと言う。電報には「チャリングクロスの中央改札のあるホールで六時半に会おう。緊急だ。クルック」とあった。

「規則違反なんですけどね」婦長は言った。「でも、状況を考えると、約束を守るのがいいかもしれないわね。救急車から、今すぐ救急搬送が到着するという知らせが来たことだし……」

「つまり、もうここには帰ってくるなということですか?」シグリッドの顔は、不安で真っ青になった。

「このクルックさんって人は、あなたの宿泊場所の手配もせずに迎えをよこしたりしないと思うわ」と、婦長は冷静に答えた。「あの人、あなたの法定代理人なんでしょう?」

「え、ええ」シグリッドは、自信がなさそうだった。

婦長は、心に浮かびかけた疑念を無理やり抑え込んだ。占領された国から避難してきた若い女性を援助する組織は、いくつもある。それに、この娘は一年以上もイギリスに住んでいるのだから、まったく見ず知らずの土地にいるというわけではない。

疑うことを知らず、自らの手で戦う力もないシグリッドは言った。「そうですね、彼が面倒を見てくれるはずです。でも、一つだけお願いがあるんですが……」

「なんでしょう?」それまでよりやや優しい口調で、婦長が言った。

「あの若者——グラントさん——今日の午後、私に会いに来た——彼が明日、面会に来ることになってるんですけど、このままじゃ、私の居場所がわからなくなってしまいます」

「電話すればいいじゃないの」と、婦長は素っ気なく言った。

シグリッドは、ほんのり顔を赤らめた。「住所を知らないんです。メモを書くので、明日彼が来たときに渡していただけるとありがたいんですが……」

これも規則に反することなのだが、と婦長は繰り返したものの、状況を考えると、応じてあげたほうがいいだろうと思っていた。が、実はシグリッドがメモを残す必要はなかったのだ。ミス・ピーターセンの現在の居場所についてはクルックに連絡を取るようにというメッセージを、グラントに伝えればいいだけのことだったのである。

ヒラリー・グラントという積極性に富んだ若者は、緊急時のためにと、職場の住所と電話番号を残していたのだった。

三

通りに出たシグリッドは、目まいがしそうなほど気分が優れないことに、自分でも驚いた。チャリングクロスは、気が遠くなるくらい離れた場所のように思える。病院は、アールズコート駅から五分ほどのところにあった。あるいは、ケンジントン・ハイストリートまで歩いて、チャリングクロス行きのバスに乗る手もある。だが、彼女はどちらの方法も取らなかった。四、五歩歩いただけで、いずれの方法でも目的地には着けないと悟った彼女は、手近なタクシーを呼び止めて、そろそろと乗り込んだ。運転手に行き先を告げた直後、閉店したパブの外で人目につかないように待機していた小さな黒い車が、幹線道路に出てきて、そのあとを追った。

シグリッドは、待ち合わせ場所に二、三分早く着いた。政府の規制をよそに、旅行者の数はかなりいるようで、大勢の中からクルックは自分を見つけられるのだろうかと、ふと不安になった。中央改札は、理想的な待ち合わせ場所ではないと、彼女は思った。あまりに多くの人間がぶつかってきて彼女を押しやり、クルックが現れる前に息も絶え絶えになりそうな気がしたのだ。

駅の大時計の針がきっかり六時半を指したとき、見たことのない男が近づいてきた。背が高くて身なりがよく、黒い帽子と黒いコートを身に着けている。顔も外見もギャンブラーのようで、シグリッドの直感が、男への警戒心を掻き立てた。かつてはハンサムだったであろう顔立ちからすると、彼女が気をつけるように言われた、可愛い女の子にいつも目を光らせている男の類だろうと思った。特に、一人きりで、どう見ても友達のいない娘に。

「誰かをお待ちですか?」見知らぬ男は、黒い帽子を軽く上げて、丁重に尋ねた。

シグリッドは、力なく辺りを見まわした。「私――ええ。彼は、すぐに来るはずです。その――電報では、六時半って言ってましたから」

「もう時間ですね」と、見知らぬ男が指摘した。

「彼――彼は、遅れているのかもしれません。とても忙しい人ですから、クルックさんは」

海千山千の弁護士の名を出せば、相手を追い払えるかもしれないと思ったのに、恐ろしいことに、男は一言こう口にしたのだった。「では、あなたがミス・ピーターセンですね。人違いだといけないと思ったもので」

「人違い?」

「ええ。クルックから、ここであなたに会うよう頼まれたんですよ。彼は、今ちょっと手間取ってましてね。私と一緒に来ていただければ、彼のもとにお連れします」

シグリッドは後ずさった。「いいえ、だめ」彼女は言った。「あの――私、行けません」

「行けないとは、どういうことですか？　あなたは、クルック氏に会うつもりだったんですよね？　だから、ここへ来た」

「ええ。でも、あなたはクルックさんじゃありませんもの」

「言ったでしょう。私は、彼の代理で来たんです。あなたを、自分のいるところまで連れてきてくれって言ってます。ここから、そんなに遠くはない」

「私、間違ってました」シグリッドは、喘ぎながら言った。「病院を出たことです。来るべきじゃなかった。私――私、体調が悪いんです。ひどい事故に遭って」

「知っています」と、男はなだめるように言った。「だが、私は車で来ている。乗せていってあげますよ。ほんの少し歩くだけで済む。駅前に車を置いていくわけにいきませんしね」男は手を伸ばして、シグリッドの腕をつかんだ。彼女はパニックに押し潰されそうになった。

振りほどこうともがく。どう見ても優しくつかまれているだけなのに、捕虜になったような気がする。

「ばかな真似は、およしなさい」男は説き伏せるように話しかけた。「クルック氏を信頼しているんでしょう？　だったら、一緒に来てください」

取り乱したシグリッドは、大声を上げて警察を呼び、周囲の旅行者に助けを求めようと思った。が、口を開きかけたのと同時に、相手がまた話しだした。

「あの場所に戻りたくはないでしょう?」と、やや大きな声で言う。「言われたとおりにすることだ。誰も、あなたを傷つけはしない」

二人を好奇の目で見ている者も一人、二人いたのだが、事情を察したとでも言わんばかりの微笑みを交わして立ち去ってしまった。よくあることだと、その笑みは言っていた。あんな美しい娘には同情するが、痴話げんかは犬も食わない、と。

シグリッドが恐怖のあまり気を失いかけたとき、人混みをかき分けて新たな人物が大股に現れた。そして、二人に近づいてきて、シグリッドのもう一方の腕をつかんだ。

「ここで何をしてるんだ?」と詰め寄る男の声には、怒りがこもっていた。「クルックが迎えをよこすまでは、あの病院を出ないって約束してくれたと思ったのに」

「どなたか知りませんが」最初の男が言った。「私は、クルック氏の指示で、お嬢さんを連れに来たんです」

ヒラリーは、不信と嫌悪の入り交じった視線を投げかけた。「彼は、いつその指示を伝えたんだ?」

「ちょっと前ですよ。ずいぶん関心があるんですね」

「電報を受け取ったの——病院で」シグリッドが割って入った。「あなたにメッセージを残したわ」

「君の様子を訊こうと病院に電話したら、チャリングクロスに向かったと教えられたんだ。電報を受け取ったこともね。婦長は、僕に電話をしようと思っていたところだと言ってた。ところで」ヒラリーは、シグリッドと一緒にいる男には、まったく注意を払っていなかった。「その電報を、今、持ってる?」

シグリッドは、バッグから電報を取り出して、彼に渡した。ヒラリーは小さく笑って、それを見知らぬ男に手渡した。

「たぶん、あんたもこれに気づくよな」と言ってから、シグリッドに向き直った。「その電報は、四時半にトラファルガー広場で出されている。四時半には、クルックはロンドンにいなかった。僕がオフィスに電話したら、十二時半に街を出て、どんなに早くても八時までは戻ってこられないだろうって言われた。だから、彼がこれを出せたはずがないんだ」

シグリッドは、ヒラリーの腕に倒れ込みそうになった。「それって、つまり……？」

「君をつけ狙ってるやつが誰にしろ、また襲ってくると言っただろう」ヒラリーは、いかにもはがゆそうに大声で言った。「きっと、そいつもクルックのオフィスに電話をして、猫のいない間にネズミをかっさらおうとしたんだ」

震えだしたシグリッドの体に、ヒラリーが片腕を回した。

「じゃあ、この人は……」と、彼女はかすれ声で言った。

男は短く笑った。「私の何を握ってるって言うんだ。警官を呼びたいんだったら、呼べばいい。さあ、呼んだらどうだ？」彼は、また笑った。「なぜ呼ばないか、当ててみようか。警官はきっと、家に帰って眠って忘れろと言うに違いないからだ。この電報を見せてみるんだな。どこに、私が出したという証拠がある？　私は、今週一度もトラファルガー広場に近づいていない、と言うさ。私はクルックじゃない、とね……」

「でも、クルックさんが送ったって知ってたじゃないの」と、シグリッドがとっさに言葉を挟んだ。

「最初に会ったとき、そう言ったわ」

男は首を振った。「私は言っていない。改札を出たら、君が慌ててやって来たところに出くわしたんだ」

「彼のために来たって言ったでしょう。車を置いてあるって」

「誰がそんなこと言ってるんだ?」

「私よ」

「君の証人はどこだ?　いいか、お嬢さん、警官を呼んで私が君を誘拐しようとしたと訴えたところで、どうなるか、よく考えてごらん。そう、そのお友達の紳士もだ。ロンドンでは、恐喝なんて日常茶飯事で、この程度は、まだ序の口だ。こんなことで私を陥れることはできないぞ」

そして、不意に踵《きびす》を返して、男は姿を消した。

「どこに行ったの?」と、シグリッドは小声で訊いた。

「わからない」ヒラリーは、雑踏に目を凝らした。「とにかく、しばらくは僕らに近づかないだろうさ。そんなに震えることないよ」

「ヒラリー」シグリッドはささやいた。「それは違うわ」

「何が違うんだい?」

「私たちに近づかないだろうってこと。わからない?　事態は前より悪くなってるのよ。これで犯人は、私たち二人とも敵だって思ったはずだわ」

「君が心配しているのは、そんなこと?」ヒラリーは、優しく彼女を元気づけた。「本気でそう思ってるのかい?　僕が君の面倒を――それに自分自身の面倒も見られない男だって」

「私、怖いの。こんなこと、これまで一度もなかったんですもの。ドイツ軍が祖国のノルウェーに侵攻してきたとき、私は怒ったし、情けなかったけど、怖くはなかった。逃げてきた私を受け入れて、仕事を与え、平和に生活させてくれているこの国をドイツ軍が襲ってくるかもしれないって聞いたときだって、不幸な人間にこんなに親切にしてくれるいい国に、なんてことをするんだって怒りに震えたけれど、恐れてはいなかった。老婦人の遺体を発見したときでさえ、ショックを受けて気分が悪くなったけど、怖いとは思わなかったわ。でも、今は心底、恐ろしいの」

彼女を抱きとめているヒラリーの腕に、力がこもった。「僕を見て、シグリッド。教えてくれ。僕のことが怖いかい？」

シグリッドは、かぶりを振った。

「だったら、少し突飛で進歩的に思えることを、やってみてくれないかな？　今夜、僕と一緒にうちに来てくれないか？　僕のそばにいれば、大司教の家にいるくらい安全だとわかってほしいんだ。怖いって言ったね。実を言うと、僕も怖い。少しでも目を離したら君に何が起きるか、怖くて仕方ないんだ」

「なんでも、言うとおりにするわ」と、シグリッドは約束した。「でも――私を一人きりにしないでね、ヒラリー。犯人が待ち構えているような気がして仕方ないの。そして、あなたがいなくなった途端に……」

「いなくなったりしないさ」ヒラリーは言った。「今この瞬間から、君が死ぬその日まで、僕を頼りにしてくれていいんだよ」

連れだって駅から出てくると、シグリッドには、何もかもが急に見慣れないものに感じられた。低く垂れ込める霧がカーテンのように辺りを包み始めており、周囲の建物がぼんやりと霞んで、この世のものではないような不気味さをたたえている。ライトを灯す時間までまだ三十分はあるというのに、行き交う車はいずれも安全策を取り、道路に沿って金色の小さな鬼火のような明かりが連なっていた。

ヒラリーは、タクシーを呼び止めた。

「どこに行くの？」車内に乗り込みながら、シグリッドは尋ねた。

「僕の家だよ。ほかの場所じゃ、君の安全が確保できるかどうか不安だからね。ホテルだって、賄賂をもらった使用人がいないともかぎらない。それに、ホテルに僕と二人きりでいては、君も周りの目が気になるだろうし」

タクシーは、闇の中を走りだした。

「朝になったら、犯人が戻ってくると思う？」と、シグリッドが呟いた。「彼、あなたの住んでいる場所を知ってるかしら？」

「どうかな」ヒラリーは、ゆっくりとした口調で応えた。「でも、一つ約束する。着いたら、クルックに電話するよ。彼がつかまるまで何度でもかけてみる。この事件にずいぶん自信を持っているみたいだから、責任を共有してもらおう。あの男が誰か、彼ならわかるかもしれないしね」

シグリッドが、はっと体を硬くした。「そうだわ」小声で言う。「忘れてた」

「何を忘れてたんだい？」

「彼、犯人が誰なのか知ってるって言ったの」

「じゃあ、なんで何もしないんだ？」ヒラリーの口調に、急に苛立ちが交じった。

「何かしているのかもしれないわ。それで、田舎へ出向いたのよ」

「そのあいだに、ロンドンで、君の命を狙う二度目の凶行が起こりかけたんだぞ」

「彼だって、体は一つですもの」と、シグリッドは、ものわかりのいい言い方をした。「それに、電報のことだって、予測できなかったでしょうしね」

　二人がそんな話をし、怖がる娘をヒラリーが励ましたり安心させたりしているあいだ、小さな黒い車に乗った思い詰めた顔の男が、通りをくねくねと曲がりながらタクシーのあとをつけていた。信号が変わった際に一度見失いかけたが、スピードを上げて再び後ろにぴったりとつき、夜明けまでに自分がしなければならない仕事について考えていたのだった。

第十二章

亡骸《なきがら》には、冥福を祈る言葉が寄せられる。
——『クオリティ・ストリート』（J・M・バリー）

一

刻々と濃さを増す暗がりの中を、角を曲がり、坂を上り、タクシーは手探りで進んだ——シグリッドには遥かな距離に思えたが、少しも気にはならなかった。不思議と軽やかな気分で、安心感に包まれていた。明日はまた危険にさらされるかもしれないが、少なくとも今夜のところは安全だと感じていたのだった。ついにタクシーが停まり、ヒラリーが素早く降りて、ドアを開けてくれた。

「さあ、着いた」と、彼は言った。「バッキンガム宮殿とはいかないけど、君が思ってるよりは、それに近いかもしれないよ。ヒトラーも、郊外には興味がないらしい」

薄暗い中に、まったくの更地が見えた。

「家が二軒取り壊されたんだ」口には出さなかったシグリッドの問いに答えるように、ヒラリーが言った。「今は〈貯水池の水《スタティック・ウォーター》〉っていうんだよ。すてきな名前だと思わないかい?」運転手に料金を支払い、娘の腕を取った。「君の体調がいいといいんだけど。結構、階段があってね」

階段は狭く、曲がりくねっているうえに、ひどく暗かった。二人は明かりのついていない黒いドアを抜け、一つ上の階にやって来た。ヒラリーが鍵を取り出した。

「調度品は気にしちゃだめだよ。前の居住者は、きっと船具店の管理人だったんだ」

「船具店？」シグリッドは、ヒラリーのほうを向いて、ちょっと笑った。「何、それ？」

「古道具店さ。がらくたを集めたね。リボルバーから陶器の飾り物まで、なんでも売ってるんだ。前の住人は、装飾品専門だったみたいだ」

話しながら、ヒラリーは明かりのスイッチを入れた。「中を見てごらん」と、シグリッドを招き入れ、自分は灯火管制用のカーテンを引きに行った。

周囲を見まわしたシグリッドは、目を疑った。テーブル、机、椅子、そして床の上さえも、古代寺院の壁を覆い尽くす植物のように、所狭しと装飾品が覆っていた。陶器や石膏、木や石でできた装飾品が、そこらじゅうからこっちをじろじろ見つめて脅している。

「僕はよく、心理学者になってみたいと思うんだ」ヒラリーが言った。「いわゆる、心の研究だよね。なぜ、人はそういう行動を取るのか？　精神構造を変えるものは何か？　この人は、こういう悪趣味なものを選ぶことに、どんな楽しみを感じていたのか？　例えばあれは、エジプトの神像の模造品だと思う。その隣のオウムは、カレドニアン・マーケットの骨董市でしか手に入らないような代物だ。これなんか」と、テーブルから小さな像を取り上げた。「なかなかいい品だろう。本物の翡翠《ひすい》なんだよ。見ていると、不思議な印象を受けないかい？」

「中国のものでしょう？」と、ヒラリーから像を受け取りながら、シグリッドは言った。少しのあいだ、手に持ってみる。「生きてるみたい」と静かに言って、小さな像を置いた。

「何が？　その女神？」

「いいえ、この部屋のことよ。いろんな物がごちゃ混ぜのこの状態。翼を広げた、あのけばけばしい陶器のオウム、穏やかなエジプト王、女神――とっても深淵で、すごく不可思議だわ。あらゆる物がいっしょくたになっていて、次に来る物が予想できない。だから、常にそれらをつなぐ糸を探すことになる」

「君が哲学者だとは知らなかったな」

「こういうものを所有していた人って――どうして、こんなにもたくさん、異質な品を集めたのかしら？　それに、私の人生」と、青い瞳を相手の顔に向けて上げた。「ノルウェーでの平穏な時間、結婚するはずだった人。そして、その人はたぶん――いえ、誰にもわからないわ」

「戦死した？」そっとヒラリーが訊いた。

シグリッドは首を振った。「誰も知らないの。時々、彼が戻ってきてくれたらと思うことがあるわ。でも……」一瞬、口をつぐんだ。「それから――あなたの国に来て、今の仕事に就いて、そして今度は、この――こんなメロドラマみたいな事件。言ってること、わかる？」

「わかるよ」ヒラリーは、少しのあいだ、彼女の両手を握った。「そして今度は――次は、どうなると思う？」

シグリッドは、また首を振った。「わかるわけないわ」

「そうだな」ヒラリーは、現実に立ち戻って言った。「次は、飲み物だろうな。君は？　僕はビールにするけど――とりあえず、何があるか見てこよう」

彼は、壁際の戸棚へ歩み寄った。「シェリー酒？　いや、だめだ。切らしてるな。マデイラワインならあるよ。結構おいしいんだ」何かを考えるように、ボトルを傾けた。「僕がクルックに連絡を取るあいだ、これを飲んでいるといい」シグリッドのために飲み物を注ぐと、廊下に出て行った。「すぐ戻るよ」

受話器を取るカチリという音に続いて、ダイヤルの回る音が聞こえた。少しして、ヒラリー・グラントの顔が覗いた。

「相変わらず話し中だ。先にビールを飲んでしまったほうがよさそうだな」ビールを一気に飲み干した。「マデイラワインは、怖くなんかないよ」と言って微笑んだ。「僕も、もう一杯もらおう」

シグリッドは、その場から動かずに、自分のいる異様な部屋を見まわしていた。彼女は、同じことを前にも経験したような奇妙な感覚にとらわれていた。なんだか、この部屋をよく知っているような気がする。だが、どう考えても、これが初めての訪問だ。思案に暮れるなか、彼女は生まれ変わりを唱える人々の説について考えた。人生は一続きの進化であり、常に同じ地球の上で、完全なステージに到達するまで繰り返されるという彼らの考えは、ひょっとしたら正しいのかもしれない。もしかしたら、自分は前世で実際にこの家に立ったか、周りを取り囲むようにひしめき合っている数えきれないほどの装飾品の一つを、所有していたのかもしれない。ティー・コージーのことがふと頭に浮かび、時間に関するその奇妙な理論のことを思った——と、突然、なぜこの部屋に見覚えがあるような気がするのか、なぜ以前ここにきたことがあると思うのか、その理由に思い当たった。

吐き気に襲われ、部屋が息苦しく感じられた。天井からぶら下がっている照明が、自分にめらめらと向かってくる炎のようだ。小さなわが家が空襲で焼かれた夜も、こんな感じだった。

よろよろと窓に近寄り、カーテンを押し開けて身を乗り出した。欠けていく月の最後となる銀の鎌が雲間から尖った角《つの》を覗かせ、白霜のように外の景色を微かな光で覆っていた。青白い光が、向かいの貯水池を照らしている。ロンドンの郊外にしては、奇妙な景観だ。

「まるでヴェニスみたい」ヴェニスに行ったことのないシグリッドは、ぼんやりと思った。だが、水面には、周りを囲っている塀の外から誰かが投げ込んだらしい物体が浮かんでいた。猫の死骸のように見える。

下の通りから、怒鳴る声がした。「その明かりを消せ！　早く明かりを消すんだ！」

彼らは、シグリッドに向かってわめいているのだった。男が二、三人、下の歩道に集まってきていた。ほんの少し窓から後ずさった彼女のもとにヒラリーが駆けつけて、勢いよく窓を閉めた。

「トラブルに巻き込まれたいのか？　シグリッド、いったい何をやってるんだ？」

シグリッドは、彼のほうへ動いた。「ああ、ヒラリー」と、かすれ声で言う。「目まいがするの。私――私、明かりのことを忘れてて。新鮮な空気が吸いたかったの。なんだか、あの晩みたいで――あの晩……」彼女は、哀願するようにヒラリーを見た。

「どの晩のこと？　君に何があったの？」

「空襲で焼け出された晩よ。あのとき、私――もう少しで死ぬかと思ったの」

ヒラリーは、カーテンを元に戻した。

「あれが警官じゃなくて助かった。しっかりしてくれよ、シグリッド」彼はシグリッドをそっと椅子に座らせ、飲み物を渡した。

「全然手をつけていないじゃないか。君に付き合って、もう一杯もらおう。今度は、ウイスキーにしいる。

「どうしたっていうんだい？」と、ヒラリーは尋ねた。訳がわからないというように、顔をしかめて

シグリッドは微笑んだ。「スコール！」と、小さな声で呼応する。

「乾杯《スコール》！」と言って、ヒラリーはグラスを持ち上げた。「これって、ノルウェー語だよね？

ようかな」

「遅延性ショックって言われるものじゃないかと思うの。急にきたのよ。フラットのあの男と、それから、駅で今夜会った男。たぶん、脳がうまく整理できないんだわ。空襲に遭ったときと、そっくり。あのときも、その時点ではちっとも怖くなかったし、特に残念に思う気持ちさえ起きなかったのに、あとになって涙が止まらなくなったの。おかしいでしょう？　焼けたり壊れたりしてすっかり失ってしまった、ささやかだけれど確かに自分のものだった品々がいろいろと思い出されて――私が手に入れた唯一の家だったのに。まるで、自分の人生がなくなってしまったような気がしたわ」

「ひどく疲れているみたいに見えるよ。それを飲んだら、少し横になったほうがいい。僕は、まだクルックと連絡が取れていないから、もう一度電話をしてみる。それとも、オフィスはもう閉まっているのかな。だったら、アールズコートのほうにかけてみよう。病院に電話して君がいなくなったことを知ったら、彼がどうするかわからないからな。手当たり次第に捜しまわるかもしれない」ヒラリーは立ち上がって、さらにビールを注いだ。グラスを口に持っていきかけたところで、彼は動きを止めた。二人の耳に、階段を上る足音が聞こえたのだ。

「おや！」ヒラリーが声を上げた。「夜分に、誰か訪問客が来たぞ。くそっ、きっと警察だ。お節介なおばさんが、明かりの件を通報したんだろう」

「私を警官に会わせて、自分のせいだって説明させて」シグリッドは熱心に懇願した。「あなたが責められるなんて、申し訳ないわ」

しかし、ヒラリーは彼女を椅子に押し戻した。「いや、だめだ、君はここにいて。僕のほうが頼りになる。罠かもしれないからね。駅をうろついていたあの男のことが、まだ頭から離れないんだ」

彼が部屋を出て行き、間延びしたベルの音に応えて、玄関ドアを開ける音が聞こえた。階段の上に、警官が立っていた。半球レンズ付きの手提げランプが、狭い玄関の床にオレンジの輪を投げかけている。

「明かりが見えていた」と警官は突き放すように言った。

「すみません」ヒラリーは、できるだけ愛想のいい声を出した。「ほんの一瞬だったんです。間違ってカーテンが外れてしまって。もう大丈夫ですから。まだ八時前ですし」

「すでに灯火管制の時間に入っている」相変わらず冷淡な声で、警官が言った。「それに、近所から明かりについての苦情がたくさん寄せられているんだ」

「僕のじゃありませんよ」ヒラリーは、やや憤って言い返した。

「そうは言ってないがね、この地区には難民が大勢いるのは確かで、全員がわれわれの友人というわけではない。油断は禁物なんだ」

「僕がスパイだとでも？」

「そんなことはない。ただ、悪いが、名前と住所を訊かなくてはいけない」

ヒラリーの背後のドアがそっと開き、青白い顔が覗いた。

「やあ！」と、警官が声をかけた。

反射的に、ヒラリーはさっと振り返った。娘は髪に青いスカーフを結び直し、手にはバッグを携えていた。

「大丈夫だよ、シグリッド」ヒラリーはなだめるように言った。

警官は、彼女については見て見ぬふりをするつもりだった——やはり、若い男は美人に弱いのだ——が、名前を聞いて、はっとした。

「シグリッドだと！」と、警官は疑わしげに言った。「英語名じゃないな」

「ノルウェーの難民です」ヒラリーが慌てて言った。

「身分証明書は持ってるか？」と巡査は尋ねた。

「ここに、バッグの中にあります」

シグリッドが身分証を取り出そうと屈んだとき、といっても、ほんの少し体を傾けただけだったのだが、その瞬間に、別の何者かが階段の暗がりから姿を現した。長身で、ギャンブラー風の雰囲気と外見を持ち、黒の中折れ帽に黒のコートを身に着けている。

ヒラリーとシグリッドは、同時に男を見た。

「貴様、ここで何してるんだ？」ヒラリーが叫んだ。「お巡りさん、この男は、しつこく僕らにつきまとって……」

「ミス・ピーターセンを迎えに来た」感情を交えない口調で、怪しい男が言った。

「ミス・ピーターセンは、僕の保護下にある」と、ヒラリーは告げた。

「そんなことはない」と言って、男はシグリッドのほうを向いた。「私は、君をクルック氏のもとへ連れていくために来たんだ」

「おっしゃることが、よくわかりません」と、シグリッドは消え入るような声で言った。

「すぐにわかるさ。階段の上に、こうしてみんなで突っ立っていなければならない理由があるかな？」

男は、自分とヒラリー・グラントのあいだに立っている警官を押しのけ、三十分前にしたのと同じようにシグリッドの腕をつかんで、優しく部屋に押し戻した。マデイラワインのグラスが、シグリッドがテーブルに置いた場所に残っていた。グラスの三分の二ほどワインが入ったままだ。怪しい男は、少し足を引きずりながら部屋を横切って、グラスを手に取った。「これを、どのくらい飲んだ？」男は、震えている娘に質問した。

「一滴も」彼女は小さな声で答えた。「それ――傾いてこぼれたんです」

「たくさんこぼさなくて、よかった」

突然、ヒラリーが警官から離れて部屋の中に入り、男に飛びかかった。男はこの動きを予期していたらしく、素早く後ろに下がりながら、シグリッドにグラスを手渡した。

「持っててくれ。落とすんじゃないぞ」

シグリッドは、渡されるままに受け取った。

「おいおい」と警官が口を開いた。「これはどういうことだ？　おかしなことになってると言わざるを得ないな」

「巡査」黒いコートの男が言った。「この男を、クララ・カージーの故殺と、ミス・ピーターセンの殺人未遂で告発します。ああ、もういいよ」真っ青になって震えているシグリッドに歩み寄った。「私がもらおう。そいつがなぜ、私がこれを調べようとするのをあんなに嫌がったか知りたいからね」

「全員、私と一緒に駅まで来てもらおうか」まだ、よく事情をのみ込めていない警官が宣言した。

「喜んで」と、見知らぬ男は、片手をコートのポケットに入れながら呟いた。「やめろ、グラント。私がお前なら、やめておく。腹へ弾を撃ち込まれると、見られたもんじゃないぜ。こっちは、暴発だと主張できるんだ」フラットを出る前に、男は玄関へ行って電話のダイヤルを回した。

「あんたか、クルック?」電話がつながると、男は言った。「ビル・パーソンズだ。娘は確保した――証拠品もな。駅で会おう。これから全員で向かう」

二

「罠の中に自ら入り込んでしまっていると気づいたのは、いつだい?」少しあとになって、クルックは父親のような態度でシグリッド・ピーターセンに尋ねた。

「フラットで、彼があなたに電話をしているふりをしたときです。うまく説明できないんですけど、突然、この場所を知っているという感覚に襲われたんです。前に来たことはないけれど、確かに知ってるって。というか、その部屋について知っていたんです。初めて来た気がしませんでした。そしたら、オウムが見えて――その前にも見てはいたんですけど、そのときようやく本当に目に入った感じで――で、思い出したんです」

「何を思い出したのかな?」と、クルック。

「最近どこかで、緑色のオウムの話を聞いたことです――喋れないオウムのこと。それは、あなたの家の三階にあるフラットでした。老人から、夜中に寝ていたのを呼びだされて、かなり離れた場所のフラットか家まで車で連れていかれたときのことを聞かされました。とても装飾品の多い部屋で、オウムがいたって言ってたんです。地下のフラットで飼われているカナリアのことを思い出して、そのオウムは喋れたのかって訊いたら、彼は変な顔で私を見て、こう言いました。『いいえ、生きていないんですから』それを思い出した途端、自分が大変な危険にさらされていることに気がつきました」

クルックは目を見開いて、感嘆のまなざしで彼女を見ていた。「それだけでわかったって言うのかい？　緑色の陶器のオウムで？　まさか、女の勘だなんて言わないよな。昔ならいざ知らず、今の私は、そんなのは信じないよ」

「それだけじゃありません」と娘は言った。「なぜ、彼は私をこんな寂しい場所に連れてきたんだろうって、考えたんです。犯人につけられるかもしれないとしたら、もっと広くて大勢の人がいる場所に連れていくほうが賢明でしょう。それに――あの部屋には誰も住んでいないことが、私にはわかりました。空き家だったんだと思います。しかも、電話をしているのを聞いて、『クルックさんが留守だって知っているはずなのに』と思いました。駅にいたときに彼自身がそう言っていて、それから三十分と経っていなかったんですもの。だから、本当は電話なんてしていないんだと確信したんです。ああ、そのときどんなに恐ろしかったか、とても口では説明できません。だって、私が老人だと思った人が実は彼で、一度私を殺そうとした張本人なんだと気づいたうえに、今回は、助けてくれる人は誰もいそうにないと思ったんですから」

「言ったじゃないか」と、クルックはうんざりしたような声を出した。「私は、いつだって公言している。クルックは必ず犯人を捕まえるとね。殺人犯を野放しにしたまま、ロンドンを離れたりすると思うかい？　ビルが、ずっと君のあとをつけていたんだ。彼は、私があの電報を送っていないことを知っていたから、君が病院を出るのを見て、とっさに、われわれの追っている犯人Xが私の留守を利用しようとしているのだと判断した」

シグリッドは一瞬、沈黙した。「今度は――彼は何をするつもりだったんでしょう？」

「やつは、君の飲み物に毒を盛っていた。といっても、致死量ではない」

「じゃあ――どうしようと？」

「向かいに、きれいな貯水池があっただろう？」

「あ――はい、ありました」

「たぶん、君が気を失ったらすぐに、そっと部屋から運び出すつもりだったんだろう――人の少ない寂しい場所だ。池に何かが投げ込まれることだって、それほど珍しくはないはずだ――レンガとか、いろいろなものがな――一度水しぶきが上がれば、それで終わりだろう？ 見つかったとしても――発見が遅れて、君が誰だかわからないくらいになっていたかもしれないが――溺死に見えるだろうし、法律上、溺死だと殺人とは断定されない。お節介な誰かが、犯人が君を投げ込むところを目撃しないかぎりはね」

「警察は、自殺だと判断しただろうってことですか？」

「あるいは、事故だとな。池を囲む塀が、あまり高くないところは結構ある。あそこも、そうだ。〈危険〉という札を立てるだけで住民の半分が支援に集まるってことを、州議会もそろそろ認識すべきなんだが」

「もしも」と、シグリッドがかすれた声を出した。「もしも、あなたの仲間が来る前に、私があのマデイラワインを飲んでいたとしたら？」

「胃洗浄器ってのを聞いたことがないかい？」と言いながらも、クルックの声はぶっきらぼうだった。彼の頭にもまた、起き得た事態が浮かんでいたのである。

「それで——本物のティー・コージーは？」

「わからないのか？　たいていの犯罪者、特に素人は、同じ手法を繰り返すものだ。神を恐れぬ行為を二度とするなという警告を受けることなく一度うまく逃れてしまうと、どうも逆効果になるらしい。自分が相当なすご腕で、一生、世間の目をごまかし続けられると思い込んでしまうんだ。それがうまくいかなくなると、自分のツキのなさや、相手のスポーツマンシップのなさのせいにする。そして、刑務所にぶち込まれた連中の三分の二は、自殺するのさ。殺人者として成功するには、抜群に頭がよくなければならない。しかも、ずぶとい神経が不可欠だ。人を殺した時点で終わりじゃない。そのあとずっと、普段どおりにしていなければならない。そこが難しいところだ。自分の犯行の痕跡を隠そうとやっきになって、普通に見えるようにしたがるあまり、必要以上に大声で笑って甲高い声で喋ったり、何も隠し事はないんだと、みんなに印象づけようとしたりする。ところが、やりすぎてしまって、周囲の人たちが怪しみ始めるんだ。『あいつ、どうしたんだ？　なんだか、妙だぞ』ってね。それが破局の始まりだ」

　シグリッドが震え始めた。

「寒いのかい？」と、クルックは気遣った。

「あの貯水池を思い出してしまって。何かが浮いていたんです——猫、だったかしら——水面に浮かんでたわ」

「猫じゃない」と、クルックは言った。「帽子だよ。蝶々飾りや花やブローチがそこらじゅうにくっついている、大きくて黒い、見間違いようのない帽子だ。今回は、初めから素人の事件だった。ずさんな仕事ぶりが、そこここに見られた。素人が、どんなにうぬぼれ屋か知ってるかい？　うまくいったことに大喜びして、やり残したことを忘れてしまうんだ。そのやり残したことが、やがては自分の首を締めるというのも知らずに」彼はそこで、お気に入りの話題に素早く転換した。「素人の水彩画家を見たことがあるかい？　牛の脚がうまく描けないと、牛をトウモロコシ畑に立たせる。人物の首がうまく描けないと、顎の下に花束を抱かせる。手がうまく描けないと、マフで覆ってしまう。嘘じゃない。彼らは、ごまかすコツを心得ているんだ。素人俳優もそうだ。サンゴの触手のようにゆらゆら手を動かしたり、マンダリンオレンジの木みたいに頭を振ったりして、盛んに身ぶり手ぶりで表現しようとするのは、自分の力不足を隠そうとするからにほかならない。今度の件も同じだ。おかげで、二人とも尻尾を捕まえられたわけだがな」

「二人？」

「そうさ。これは、二人による犯罪なんだ。知らなかったかい？　正確には、一人の男と一人の女だ」そしてクルックは、シグリッドにというよりは、むしろ独り言のように付け加えた。「グラントは絞殺刑になるだろう。それは確かだ。不器用な愚か者だったのだから、仕方がないとも言える。だが、彼女は――ああ、彼女には脱帽する。そんなことは、本当に滅多にしないんだが」

第十三章

私は、理解できるものしか信じないことにしている。
——ディズレーリ（『地獄の結婚』）

「初めてあの家に行ったとき、あそこの住人たちは、フロイトのような心理学好きな人間にはうってつけだと、私は言ったんだ」クルックは、彼が選んだ三人の聴衆に向かって言った。一緒にいたのは、すぐにみんなにビールのお代わりを出せるよう気を配っているビル・パーソンズと、高名なスコットランド人の勅撰弁護士で、味方の側にいるかぎりはクルックほど好きな人間はいないと公言する、小柄で赤毛のオーブリー・ブルース、それに、カミングズという、面白いほど無遠慮な顔をした道楽者で、日々の売上のために宣伝する必要などないくらい有名な新聞〈モーニング・レコード〉紙の編集主幹を務める男だった。朝の地下鉄、トラム、バスは、〈レコード〉紙で包まれているように見えるほどで、誰もがこの新聞を手にしていた。センセーショナルで、痛烈かつ懐疑的であり、誹謗中傷も厭《いと》わないところが、人々を魅了するのである。カミングズは、事件が起きないうちから人を惹きつける言葉で記事を書き、その記事に感化された男が実際に人を殺したという噂さえささやかれていた。

検察側は、グラント対レックスの裁判に関して、ブルースを雇い入れており、ブルースは、ぜひクルックの知恵を借りたいと考えているのだった。クルックが熱弁を振るうあいだ、彼はピンクの吸い取り紙に、得意の魚の群れを描いていた。大きくて粗野な感じのする、目つきの鋭い魚はクルック、ほっそりとした銀色の魚はシグリッド、メカジキがグラントで、クララ・カージーはタコだ。

「それぞれの立場を考えてみたまえ」クルックは続けた。「極端に野心家のミス・カージーは、自分が欲しかったときに与えられなかったものを、世の中から取り返そうと決心した。フロイトなら権勢欲と呼ぶであろう欲望を抱え、情け容赦なく平気で悪事をはたらく常軌を逸した女で、集められるかぎりの人間を従えて威張り散らしていた。一方、ミス・フローラは、同じように恨みがましく、病的なほど短気で、自分が叔母に道具として使われていることがわかっていて、おそらくは離れたくて仕方がなかったのだが、そうすると経済的に生きていけないことも知っていた。初めは、叔母に感謝していたと思う。彼女の経歴では、職を得るのは容易ではなかっただろうし、財産と言えるものを何も持っていなかったからだ。だが、少し経つと、自分はクモの巣にかかったハエで、ミス・カージーがクモだということに気がついたに違いない。実際に逃げようとしたとしても、彼女を信用紹介状なしに雇ってくれる人間はいないだろう。それに、あの叔母がどんな紹介状を書いてくれるというんだ？」

「彼女は、かなり利用価値があったんだろうよ」カミングズが意見を述べた。彼は会話のあいだじゅう、自分では速記と呼んでいる判読不能な奇妙な文字を、封筒の裏に書いていた。

クルックは頷いた。「ミス・カージーは、あれだけの大仕事を自分だけでやっていくことはできなかった。帳簿の管理、手紙のやり取り、電話の応対――信用できる右腕となる人間が、どうしても必要だったんだ」

「叔母をゆすることもできたんじゃないか？」

しかし、クルックはこれを否定した。「どう感じていようと、ミス・フローラは叔母と喧嘩する気はなかっただろう。彼女にとっては、大事な生計の手段だ。それに、老婦人の犯罪を暴けば、自分が加担していた事実も明るみになる。彼女は、使徒のようなもので、がんじがらめにされて逃げ道がなかった。おそらくミス・カージーは、そのうちに独立できると言ってじらしていたんだろう。だが、差し当たって元気旺盛な叔母が財布の紐も手綱も握っていて、時折それを引っ張っては、まだ自分が健在だということを周囲に知らしめている。姪を半年の刑から救って、代わりに終身刑を言い渡したようなものだ。叔母の過ちは、自分が直面しているものに気づかなかったことだ。何もかも金でなんとかなるわけではなく、思い詰めた姪がチャンスを狙っているという事実をな」

ブルースは、はっと驚いた顔になった。

「叔母を殺すチャンスってことか？」

「対等に肩を並べるチャンスと言ったほうがいいだろう。初めは、はっきり殺人という形を思い描いていたのではないと思う。それは、あとになって、グラントが登場してから思いついたことだ。彼女にとって、グラントは最後の望みに思えたに違いない。青春も恋愛の機会も失っていたんだ——そんな兆しが少しでも地平線に見えたなら、ミス・カージーがつぼみのうちに摘み取ってしまっただろうからな（クルックは、比喩に脈絡がなかろうと、一向に気にしなかった）——そこへ、あきらかに金儲けをしたがっている、ハンサムな悪党が現れた」

「彼女が、それを見抜いたって言うのか？」

「ミス・フローラは、ばかじゃない。それに、グラントのような若者が、親切心から老女とそのさえないコンパニオンに急に近づいてきて優しくするわけがない。実は、ヒラリー坊ちゃんについて少し調べてみたんだ。彼が外務省にいたというのは事実だったが、かなり慌ただしく辞めている。幸い、公的な取り調べはされなかったが、当局は、議会が事実をどう受け止めるか不安に駆られ、やつを解雇することで自分たちを安心させた。本人は、その後、舞台の世界に入ったと言っていたが、それも本当だった。なかなかいい役者だったんだが、ミス・フローラがやつを破滅させた。素人の例に漏れず、彼女はやりすぎてしまったんだ。しかし、最後に笑うのは彼女だ。でないと、私の推理は外れたことになる。それにしても、どうなんだろうな！」クルックは、頰づえをついて、少し考え込んだ。

「どうなんだろうって、何が？」

「ミス・フローラは、グラントが自分を利用しているにすぎないと気づいたとき、叔母を憎んだのと同様に彼を憎んだかどうかってことさ。ねじ曲がった形であれ、グラントを愛したには違いないはずだが、彼のほうは本気で愛してはいなかった。彼女は、チェスの駒のポーンでしかなかったんだ――まあ、時として、ポーンがキングを追い詰めてチェックメイトに持ち込むこともあるがね」

「とはいっても、ミス・カージーの相続人なんだろう？　殺人というのは、やっぱり無理があると思うが」

「確かに。そこが、心理学好きの人間にうってつけという箇所だ。二人の女性は、何年も一つ屋根の下に暮らしてきて、ワトソンが二人のあいだの緩衝材の役割を果たしていた。そこへ若きグラントが現れたことで、絶妙に保たれていたバランスが傾き、ついには激しく引っくり返ってしまったというわけだ」

ブルースは、描いているスケッチの上に覆いかぶさるように肩を丸めた。クルックには、こんなふうに驚かされることが時々ある。根っからのハードボイルドの人間に見えるのに、突然、まるっきり彼のイメージからは程遠いと思われるような複雑な事情や心の機微への理解を見せるのだ。ブルースは、その女性の有罪を証明する仕事が自分に回ってこなかったことに、ほっとしていた。だが、カミングズは、やはり新聞記者だ。彼にとって大事なのは、事件の裏にあるストーリーなのだ。

「どうして、ミス・フローラが裏で糸を引いていたと確信しているんだ？」カミングズは知りたがった。

「手紙が証明していると思う」

「どの手紙だ？　あっ、そうか、クルック、なんて興味深い話だろう！」彼は、あからさまにうれしそうな声を上げた。

　しかし、クルックの顔は険しかった。「いくら君でも、この話は記事にできない」

「記事にできないだと？　いったい、どういうことだ？」

「〈レコード〉紙の評判がいいのは知っているが、それでも、ミス・フローラの名を大々的に取り上げたあとに巻き起こる騒動には耐えきれないだろう。いいか、証拠は何もないんだ。どうやったって、手に入れるのは無理だよ」

「君が言ってるのは」と、ブルースが考え込むように顔を上げて言った。「ミス・カージーが甥に送った手紙のことだな」

「正確には、甥に宛てて書かれた手紙だ。ああ、そうだよ、ブルース。劇作家なら、場面の重要な鍵と呼ぶだろうな。さて、考えてみたまえ」

　カミングズは、興味津々で見つめていた。三十秒後には、「人のおかげで成功する《riding coat tail》」という言い回しどおりに、実際には着ていない燕尾服の裾《coattail》に片手を突っ込み、もう一方の手を陽気に振り上げてビールを引っくり返すことになるだろうと、内心期待していたのだ。

「例の手紙については、注目すべき点が三つある」と、クルックは続けた。「一、手紙は二度開封されていた。二、消印は、キングズウィドウズ、四月三日となっていた。三、手紙が見つかったのは四月七日で、ティー・コージーのフラットの朝刊の上に置かれていた」

「つまり、どういうことになるんだ？」話し手が、なんらかの合いの手を期待しているのを察知して、カミングズが訊いた。

「自分で考えてみろよ。順を追って整理するんだ。一、最初に手紙を開けたのは誰か？　手紙の中身を見たくて開封したのはあきらかで、ミス・カージーがいつアールズコートを訪ねるつもりなのかを、どうしても知りたかった人間がやったことだ。となると、あの手紙は四人の手を通過したことになる。最初は、ミス・カージー本人。封をしたあとで彼女がもう一度開けた可能性もないではないが、私は違うと思う。ミス・フローラは、老女が手紙の封をするまで、しばらく待たされたと言っていたし、追伸でもないかぎり、再び開ける意味がない。私が見た手紙には、同封物も追伸もなかった。だから、ミス・カージーは除外していい。彼女は、ミンベリーでの十二時半の回収に間に合うよう投函してくれと言って、ミス・フローラに手紙を渡した。ところが、なんらかの理由で、ミス・フローラは投函しなかった」

「誰が投函したんだ？」

「そこだよ。私は、誰も投函しなかったんだと思っている。だから、ティー・コージーの部屋の朝刊の上で見つかったんだ」

「そこに置いた人間こそが、犯人なんだな」

「そのとおり」

「そして、それはミス・フローラではなかった。なぜなら、叔母が殺害された日、彼女はキングズウィドウズから出ていない」

「またもや正解。あの家の人間で、あの日、一人だけロンドンにいた者がいる。ヒラリー・グラントだ。もちろん、ミス・カージーもそうだが、われらが優秀な警察は、彼女が自殺したとは考えていない」

「童謡の『ジャックの建てた家』みたいだな」と、カミングズが言った。「ミス・カージーがミス・フローラに手紙を渡し、ミス・フローラはそれをグラントに回し、グラントは——なぜ、彼がそれを読んだあと投函しなかったとわかるんだ？」

「消印が、四月三日、キングズウィドウズとなっていたからだ。だが、キングズウィドウズで郵便が回収されるのは、一日一回だけで、手紙が書かれる前の十時半出発だから、消印が偽造であることは間違いない。わざわざ消印を偽造するのは、実際には投函していないのに、郵便局を通したと思わせたい場合にかぎられる」

「そりゃあ、犯人は、セオドア・カージーが帰ってきて手紙を受け取ってしまうと困るからな。それにしても、どうしてそうならないという自信があったんだろう？」

「ティー・コージーは、判で押したような行動を取る人間で、午後三時までは絶対に帰宅しなかったからだ」

「だが、グラントは、それをどうやって知ったんだ？」

「わざわざ確かめに行ったのさ。葬儀屋を覚えているだろう?」

「あれが、グラントだったって言うのか?」

「やつが舞台俳優だったのを忘れちゃいけない。それに、一号室で、やつはフラットの住人たちについて、やたらと興味を示していた。もし、ティー・コージーがいつも昼食後に帰宅すると聞かされていたら、ウォータールーで二時五十五分に会いたいとでも電報を打ち、老人は今でもそこにいたかもしれない。これで、第一と第二の点は解決だ。次は第三のポイント——手紙が朝刊の上に置かれていた点だが、それは手紙がその日に到着したばかりだったという証明にならないか? そうでないとすれば、朝刊の下になければおかしいんだ。ティー・コージーが頭の上がらない家政婦はあの朝来なかったから、そこに置けたわけがないし、もしティー・コージーが手にしていたら、開封しただろう。万が一、彼が私を欺いていたのだとしても、少なくともマントルピースの上に置いたはずだ。開封されていない手紙はすべて、必ずそこに置くのだと言っていたからな。間違いない。手紙は七日の午後、ミス・カージーがフラットに着く前に置かれたんだ」

「ずいぶんと断定的じゃないか」と、カミングズが異議を唱えた。

「事は明白だ。もし、手紙が殺人のあとに置かれたのだとすれば——喉の周りにグラス用の布巾が巻かれていたのと、悲鳴が聞こえにくくなるように蛇口の水を流しっ放しにしてあったのを考えれば、犯行が行われたのはキッチンだろうと警察も同意している——手紙を置きに行ったときに、犯人は椅子の後ろにあった帽子を見たはずだ。そうしたら、死体と一緒に帽子を置き、ティー・コージーは今頃、自由にこの世を歩きまわっていたかもしれない」

「ちょっと待った」と、カミングズが口を挟んだ。「老人が殺されたのは、帽子のせいだと言うのか？　ところで、遺体は見つかったんだろうな？」

「私の予想どおり、ロンドンのリトルヴェニスの外れでな。警察がずっと捜していたほかの物も、いくつか見つかった。そのうち、私も確認に行くつもりだ。いずれにしても、ティー・コージーのフラットに帽子が残されていなかったなら、彼が不審に思うことはなく、おそらく何週間も、誰も嗅ぎまわりはしなかっただろう。グラントとミス・フローラが殺人計画を立てたとき、二人は、何年も人に知られることはないと考えていた。偽の手紙や電話のメッセージで老女が生きていると思わせれば、当面、隠しおおせると踏んでたんだな。その間《かん》に、何がなくともパールだけは手に入る。だが、二人とも、それが始まりにすぎないことはわかっていたと思う。遅かれ早かれ、どうしたって遺体が発見されて、いつかは身元が特定されるんだ」

「それまでに、身元確認ができないような状態にならなけりゃな」カミングズは陰うつな表情で言った。

「犯人たちだって、そんなに待ってはいられなかっただろうさ。それに、なんといってもワトソンがいる。少し経てば、彼女が心配を始めただろう。老婦人の姿がないのに、何週間も物事が平穏無事に過ぎていくというのは、ワトソンにとっては信じられないことなんだ。だいたい、残されたものが金にならなかったら、人を殺してなんの得がある？　そのためにも、やつらは、ワトソンが警察を巻き込んでくれるのを期待していたはずだ。遺体が発見されれば、殺害されたことが断定される。いくら風変わりな老婦人だろうと、自分で首に布巾を巻きつけて、空き家のフラットで膝掛け毛布の下に隠れるわけがないからな」

「犯人たちは、そのあと、どういう展開を期待していたんだ？」カミングズは、匂いを嗅ぎつけた犬のようだった。

「そこで登場するのが、ティー・コージーだ。やつらは、捜査の矛先を彼一人に向けさせるつもりだったのさ。だから、フラットに手紙を残した。どうしたって誰かが責任を負わなくちゃならないが、自分たちにその気はない。手紙がなかったら、ミス・カージーがブランドン・ストリートを訪ねようとしていたことを、誰にも知らせようがないだろう？」

「もしも、ティー・コージーが叔母宛てに、会いそびれたことを詫びる手紙を書いていたとしたら？」カミングズは食い下がった。

「ミス・フローラが、容易にその手紙を手に入れて燃やしてしまうんじゃないか？　その手紙が書かれたことは、誰も知らないんだぜ？　勘違いしちゃいけない。帽子の件は偶然の出来事だが、ティー・コージーのフラットにあった手紙は、殺人犯たちの計画を支える大事な土台だったんだ」

「彼らは、ミス・カージーが当然、財産を姪に遺すと確信していたんだろうな」長い沈黙を破って、ブルースが意見を述べた。

「実際に遺すかどうかはさておき、ミス・カージーは彼らにそう信じ込ませようとしたんだろう。彼女はいつも、自分より若い女性に後釜を譲る話をしていた。まさに、ロバの目の前にニンジンを吊るして、丘を登らせようとするやり方だ」

「そして、頂上に着いたらお払い箱か」

「彼女は、ちゃんとミス・フローラに私有地を除いた残りの財産を遺している」と、クルックが二人に思い出させた。「犯人たちの過ちは、彼女の財産がたくさんあると思い込んだことだ。頭のいい彼らは、パールの件を確認することを思いついた。だが、どうしてもわからない。そこで、いちかばちか奪ってみようと決心した。ただ、知ってのとおり、グラントが帽子を人目につく場所に残してしまうというヘマをやらかした。しかも、神様のいたずらで、二十四時間もしないうちに、あの娘が遺体を見つけてしまった。実際のところ、グラントは考えに考えて、念入りに計画を練ったに違いない。ほかの状況と合わない装飾を加えようとして細部でつまずいただけで、大まかな線では失敗していないからな。あんなにも必死に安全を確保しようとしなかったら、ひょっとしたら罪を逃れていたかもしれないくらいだ」

「嗅覚が鋭くてしつこい〈人間版ブラッドハウンド〉に一度目をつけられてしまったからには、それは無理なんじゃないか？」カミングズがクルックを冷やかした。

「なぜ、グラントはティー・コージーがどんな風貌か知らないふりをしなければならなかったのか？やつは、彼が小柄で時計みたいに太った男だと思っていた、と言った。だが、それから三十分も経たないうちに、ワトソンが客間からティー・コージーの写真を持ってきた。グラントはその写真を何十回も見ていて、それが誰のものか知っていたはずだ。それに、どんな風貌か知らなければ、変装のために何を着たらいいかわからないじゃないか。ミス・フィッツパトリックから、ある程度のヒントを訊き出すつもりだったにしても――おおよそ体格が似ていることは知っていたんだろう」

「一つだけ知りたいことがある」ブルースが言う。「グラントとミス・カージーが、どうやって地下の老女に見られずに出入りできたのかということだ」

「ミス・カージーについては、もう説明したよ。〈穴居人〉は、三時少し前、若い娘相手に自分の過去の自慢話に忙しかった。元女優が、エドワード七世王位就任の年のような大昔にセクシーな役柄を演じた際のことを思い出して、夢中になって話していたんだ。そういう手合いは、翌朝になったって気づきゃしないさ。グラントに関しては、ミス・フィッツパトリックは、来たところも出ていくところも見ていたと思う。ただ、グラントだとは気がつかなかっただけだ。彼女は私に『あの娘以外、昨日この家に知らない人間は誰も来なかった』と言った。グラントがティー・コージーに見えるような格好をしていたために、知らない人間だと思わなかったんだ。やつは、おそらく二時半頃やって来た――二階でシグリッド嬢と鉢合わせにならなかったのは幸運だった。間一髪のタイミングだったはずだ――鍵を使って部屋の中へ入り、そこに隠れてミス・カージーの到着を待ったんだろう」

「やつがミス・カージーを招き入れたってことは？」

「それはないな。階段の下や地下の窓から見ている〈穴居人〉を欺くのと、今の君と私の距離くらい近くに立ち、しかも頭の回るミス・カージーの目をごまかすのは大違いだとわかっていたはずだ。声だって違う。ティー・コージーの風貌は知っていても、話し方までは無理だ。たぶん、キッチンで待ち構えているところへ、彼女が自分で入ってきてリビングに行ったんだろう。あらかじめ電球を外して、部分的にカーテンを引いておいたから、たとえ顔を突き合わせても、まさか彼女の家から来た青年だと気づかれる可能性は低かった。ティー・コージーの姿が見えず、甥が必ずしも約束の時間どおりに現れるとはかぎらないと知っていた彼女は、帽子を脱ぎ、くつろいで帰りを待つことにした。どのくらい待つつもりだったかはわからない。だが、グラントが彼女を追って入ってきたのでないのは確かだと思う。もしそうなら、玄関でもみ合いになっていただろうが、キッチンで殺害されたという警察の見解に、私も賛成だからだ。おおかた、家の中をうろつき始めた彼女が、蛇口から流れている水の音に引きつけられて、自分から罠に向かって歩いていったというところだろう。ベンハム刑事は、犯人がキッチンのドアの後ろに隠れていて、何が起きたかミス・カージーが気づく間もなく飛びかかったと考えている。そういえば、例のグラス用の布巾は、猿ぐつわとして使われていた痕跡があってね。彼女は、多少抵抗したらしい。布に歯で破れたような箇所があるのと、顎にあざができていて、布巾に血痕がついていたのが何よりの証拠だ。それで、おそらく犯人は怖気づいたんだろう。ここでもまた素人らしさが出ているが、まあ、それは責められない。熟練した殺人者になるのは難しいんだ。警察は、そんなチャンスをなかなか与えてくれないからな」

クルックはそこでいったん言葉を切って、みんなのグラスにお代わりを注ぐようビルに合図した。「これまで、まさにこの部屋に、殺人を犯した連中が何人か来たことがある」と、彼は続けた。「彼らはみんな同じ話をする。人が死ぬには、時間がかかると言うんだ。思っているよりずっと長くかかるってな。それで気持ちがぐらついちまうんだそうだ。銃を使用して、銃弾をちゃんと命中させられればそんなことはないんだが、それには大きな危険が伴う。警察にいろいろな手がかりを与えることになるからだ。両手で首を締めるやり方なら、指紋は残らない。言うまでもなく、グラントがすべきだったのは、フラットの中を点検して手がかりになるものを残していないのを確認することだったのに、やつは気が動転してしまって、逃げることしか思いつかなかった。殺しは、神経をおかしくする。空き家の中ではなおさらだ。床の軋む音もわずかな風のそよぎも、人の声に聞こえてくる。連中の話だと、犯行を終えた途端、現場を立ち去ることしか頭になくなるらしい。犯行後に戻ってくることがあると言われるが、それはパニックの第二段階だ。第一段階では、とにかく真っ先に逃げ出したくなる。グラントもそうだった。おそらくやつは、あらかじめ二階のフラットを開けておいたんだろう。あんな鍵は、やろうと思えば赤ん坊でも開けられる。老女の遺体を運んでいるとき、誰かが建物内に入ってくる可能性と常に隣り合わせだった。政府のポスターを配る人間なんかが、いつ来たっておかしくない。だが、それでもやらなければならなかった。すんでのところでシグリッド嬢と鉢合わせにならなかったのは、運がよかったと言うしかない。そうして、やつは逃走した。リビングに帽子を残したまま。それが致命的なミスとなったわけだ」

「思うに」ブルースが考え込みながら言った。「彼女は、キッチンに傘を持っていったんじゃないだろうか」

「ウォーバーグ・コートのプリンス支配人は、ミス・カージーはどこに行くにも傘を離さず、たぶんバスルームにだって持っていっただろうと言っていた。だから、きっと持っていったに違いない。さもなければ、帽子と一緒に見つかっていただろう。玄関に置きっ放しにしておいたのが犯人の目に留まったというんじゃなければな。とにかく、やつは、傘は回収したが帽子はしなかった。そして、遺体を置いて逃げたんだ。もし、階段を下りてくる姿を〈穴居人〉が見たとしても、彼女はティー・コージーだと思っただけだったはずだ。次にグラントが何をしたかはわからない――映画にでも行ったのかもしれん。十分暗くなってからホテルにミス・カージーの荷物に関する電話をし、灯火管制時の事故という作り話をするまで、時間を潰す必要があったからな」

「だから、そんなに長時間待ったのか。うまい言い訳を考えつくためだったんだな。だが、昼間に事故に遭ったと言うこともできただろうに。よくあることじゃないか」

「タクシーの運転手や駅にいる人間に、はっきり顔を見られたくなかったんだろう。もちろん、ホテルには明かりが灯っているが、甥のふりをしているんだから、それは問題なかった。〈スワンズダウン〉に報告の電話を入れるまでは、すべて順調だと思っていたに違いない。それが、ミス・フローラが叔母からかかってきたと嘘をついた電話だ。グラントは、彼女が電話に出ることを知っていたんだ。

そして、例の帽子の件が持ち上がった」

「グラントが、帽子のことを無視しておいたとしたら？」と、カミングズが言った。「そのほうが、やつにとってはよかったかもしれないだろう？」

「いや、それは違うな。ティー・コージーだって人間だ。帰宅して、自分の肘掛け椅子にあんな帽子があるのを見つけたら、君ならどうする？」

「もし、それが誰のものかわかったとしたら……」

「一度見たら、忘れようのない帽子だ」

「だとしたら、叔母がメモを残していないか、周囲を見まわすだろうな」

「そして手紙を見つけ、自分が留守のあいだに彼女が尋ねてきたことに気がつく……」

「そうしたら、会いそこなったことを詫びる手紙を書くと思う」

「すると遅かれ早かれ誰かが君の手紙を開け、疑問に思って騒ぎ始めるだろう。ミス・カージーは今どこにいるんだろう、老人ホームの住所はどこだ、といった具合にな。それに、もしかするとティー・コージーは直接、警察に相談しに行ったかもしれん。いちかばちかとも言えるが、私が調査を仕事にしているとは知る由もなかっただろうからな」

「それで、グラントはティー・コージーを消しにかかったってことか？」

「ああ。ピーターセン嬢が聞かされた話は、おおよそ真実だった。できるだけ本当のことを話すほうが、相手をけむに巻きやすい。聞く側にとっては、そのほうが紛らわしいんだ。グラントは、ティー・コージーに電話をして老人ホームについての作り話をした。あのとき」クルックの口調はもの思わしげで、やや自責の念が感じられた。「私は、彼が出ていく物音を聞いたに違いないんだ。それで目を覚ましたのに、愚かにも、灯火管制用のカーテンを引き開けて外を見ようとは思いつかなかった」

「たとえ見たとしても、暗くて車のナンバーはわからなかったさ」と、カミングズが慰めた。

「やつは、ティー・コージーを車に乗せて空き家に連れていった――ヘンドン近辺だ――たぶん、その辺りに泊まっていたんだと思う――そして、あとで哀れな遺体を、ロンドン市議会が思いやり深く提供した隠し場所に遺棄したわけだ。ともかく、彼はそこで発見され、ミス・カージーのジッパー付き旅行かばんも一緒に見つかった」

カミングズが、さっと頭を上げた。「何が入ってたんだ?」

「君らが期待している物さ」

「ふざけるのはよせよ、クルック。俺たちはアマチュア探偵じゃないんだ」

「ちょっとした陶磁器数点と、レンガ半分だ」

カミングズが眉をしかめた。「冗談なのか? 意味がわからない」

「君は、何が入っていると思っていたんだ?」

「何かは知らんが、彼女がロンドンに持っていった物だ」

「だが、それは〈スワンズダウン〉に戻ってきてたんだぜ。ワトソンが言っていた。ミス・カージーの衣服は、殺害されたときに身に着けていたもの以外、すべて自宅に揃っていたそうだ。わからないか? 彼女が身の回りの着替えしか持っていかなかったと、ワトソンは証言しているんだ。それなのに――グラントはなぜ、たった一泊ロンドンに泊まるために、あんな大きなスーツケースを持っていったのか不思議に思わないか? あのかばんは、とても大きかった。玄関でつまずいて転びそうになったくらいだ。そのあと、あの偽の電報を受け取って、彼はスーツケースを手にし、一泊のためにこんなサイズは要らないと言った。あの電報が本当に陸軍省から来たのだとしたら、やつはどうして街に一泊しかしないと知っていたんだ？」

「あれが、本物の電報ではなかったと？」

「本物のわけがないじゃないか。二時頃に着いたんだぞ。キングズウィドウズの郵便局は、一時から二時半まで閉まっていて、業務は一切行われていない。私たちが通りかかった二時二十分には、まだ閉まっていた。だったらなぜ、きちんと書かれた公式な電報を午後二時にグラントが受け取ったんだ？　答えは一つ。受け取ってなどいなかったんだよ。要するに、私を一人でロンドンに戻すわけにはいかなかったんだな。こちらの動きに目を光らせておきたかった。だから、私がワトソンと話しているあいだに偽の電報を急いで作って、わざわざ見せたんだ。それが、やつのやらかしたヘマの一つだった。グラントは、メインの計画について案ずるあまり、細部の詰めを誤ってしまった。一緒に駅へ行く途中、ちょっとしたボロを出した。朝、列車がひどく混んでいたと言ったんだ。それとも、列車の中で話したんだったかな。実は、われわれは同じ列車で到着したんだが、私の旅は実にのんびりしたものだった。二つの客車を一人で占領していたくらいだ。つまり、グラントの乗っていた列車が混んでいたとすれば、十一時六分の便でパディントンを出発したのではないということになる。それで私は、あることを思いついた」

　クルックは、愛好している葉巻の短くなった吸いさしを捨てて、新たな一本に火をつけた。

「グラントは、どこかの時点で、傘とティー・コージーの服をテンペスト・グリーンに置いた。さて、なぜテンペスト・グリーンだったのか？　それほど多くの人が存在を知る土地ではないが、ロンドンからキングズウィドウズに移動する人間なら知っている。必ず乗り換える場所だからだ」

「要するに、やつは早い列車でパディントンを出て、ロンドンから十分離れたと思ったところで、足がつかないように帽子とコートと傘を捨て、君の乗っていた列車に乗り換えたということか？」

「そんなところだろうな」と、クルックは頷いた。「やつがあの傘を地面に突き刺して、猛スピードで駅へ突っ走る姿を見たなら、警察も笑うことだろう。旅行かばんの中を捜し、もちろんハンドバッグもあさった——たぶん、中身は焼いて窓から捨てたんだろう。それでも、パールは見つからなかった。きっと、ミス・カージーがもう処分してしまったんだと思ったに違いない。彼女が十二時半までロンドンに着いていなかったことを考えれば、処分するには時間が短すぎたにもかかわらずだ。実は、パールはまだそこにあったのにな。だが、殺人を犯した人間の例に漏れず、自分の努力が無駄だったとは思いたくないグラントは、彼女がわかりにくい場所にパールを隠したせいで、警察が気づかなかったか単に見過ごしたのだという考えに取りつかれて、フラットに戻ったんだ。そこでシグリッド・ピーターセンに見られたのは、想定外だった」

「それまでの犯行に比べて、スパナを振り下ろすまでが、やけに短かった気がするな」カミングが冷たく言った。「いずれにせよ、グラントの死刑執行令状にサインをさせたのは、シグリッド嬢だったわけだ」

「殺しの犯行で困るのは、予期せぬ事態がいつ起きるかわからないことだ」クルックは熱を帯びた口調で言った。「死刑になった、かのラウスが破滅したのも、そのせいだった。まさか午前二時に、ダンス帰りの二人の若者に目撃されるとは思いもしなかったんだ。愛人を殺害したマホンもそうだ。妻が自分のスーツのポケットを探るのは、予想外だった。名だたる殺人犯の大半は、それで足をすくわれてきた」

忙しく動かしていた鉛筆を置いて、ブルースが重苦しく口を開いた。「そうでなくても、足をすくうものはある。モート・ファーム殺人事件のサミュエル・ドゥーガルの自供を覚えているか？『どんなに頭がよくて、どんなにうまく計画を実行したとしても、犯行を暴くことになる小さなしくじりを一つしたかもしれないという疑念が、常に脳裏に浮かんで離れない』というやつだ」

「グラントのは、一つどころじゃない」と、クルックは冷ややかに言った。「賢くなろうとしたのがいけなかった。犯罪の本質は単純さにあるんだが、こういう利発な若者は、それに気づかない。パブリックスクール出身の人間が犯罪で成功するのを、どれくらい見ると思う？　言わせてもらうと、そんなことがあったら、新聞の見出しを飾ることは間違いなしだ。そうだろう、カミングズ？」

カミングズは頷いた。「『メイフェア（ロンドンの高級住宅地）・キラー、怒涛の犯行』の見出しで売れるかもしれんな」

「そう、それが言いたいんだ。彼らには教養がある。策略といったものに長けているんだな。策略という名にふさわしいのは、相手を攻撃してみぞおちに一撃を食らわすものだけなんだが、それだと、彼らのような手合いには簡単すぎてしまう。だから、やたらと回りくどいことをしたあげく、どつぼにはまってしまうんだ。グラントはあの娘を殺す必要などなかったのに、彼女が私に会いに行く途中だということについて考えた。彼女自身は、ティー・コージーに会ったのだと思い込んでいたが、グラントは、私が本物のティー・コージーに会ったことがあるのを知っている。もちろん、私に見られる前に立ち去ることもできたのだが、やつがいたことに、おそらく私は気がつくだろう。それは危険すぎる。娘が、彼を特定する特徴を思い出さないともかぎらない。そこで、大胆な方法に出て、彼女を殺すことにした。すると、またもや神はグラントに厳しい試練を課した。自分がポケットに入れている鍵を、私が捜している様子をドア越しに聞いたときには、心臓が口から飛び出しそうだったことだろう」

「娘について訊いてまわる人間が出てくるとは思わなかったんだろうか？」

「どうして、そんなことをしなきゃならない？　若い娘は毎日のようにいなくなるんだ。しかも、この娘はイギリスに家族がいない。仕事仲間はただ肩をすくめて『裏に男でもいるんだろう』と言うだけだ。意味は違うにしても、確かにそのとおりだがな」

「一ついいか」すべての疑問に説明を求めるカミングズが言った。「どうして、娘が会ったのが本物のティー・コージーではないと確信したんだ？」

「彼女が教えてくれたのさ。つば広の帽子をかぶってはいたけれど、ほかに特徴はなかったと言った。しかし、本物のティー・コージーは、足首にまで達しそうな長いコートを着ていたんだ。それが目に留まらないはずがない。若きアーミテージの言葉を覚えてるか？　コートの持ち主は、二メートル強の身長に違いないって言ってただろう」

「それだけでわかったのか？」

「それと――手だ。俳優のメイクについての知識はあるかい？　若者が老人役を演じる場合、気を遣わなければならないのは顔よりもむしろ手なんだ。顔は難しくない。かつらや皺、傷痕といったもので、それらしく見せることができるが、手はそうはいかない。丁寧にメイクする必要がある。グラントは、アールズコート駅のトイレに駆け込むことができたし、実際にそうしたんだと思う。そこでかつらなどを外し、ドーランを落とした。だが、時間は極端に限られていた。誰かが三号室に侵入しようとしていないか、確かめなければいけなかったからだ。やつは『人が判断基準にするのは顔だ』と考え、手のほうは何もしなかった。そして、グラントが立ち去る直前、握手を交わした私は、その手がべたべたしていることに気づいた――糊や汗のべたつきではなく、クリームのものだった。私自身は」と、クルックはこれみよがしに、コマドリのように胸を張って言った。「たいした役者ではないかもしれんが、俳優もほかの人間と同じだ。窮地にだって陥るし、彼らの話に耳を傾けていれば、おのずとボロを出す。私には、グラントが手に何かを塗っていたことも、それが何であるかもわかった」

「逃げ出したばかりの家に急いで戻るなんて、ずいぶん危険な真似をしたもんだな」

「いや、そうでもないさ。出て行ったのはティー・コージーで、戻ってきたのはヒラリー・グラントなんだからな。もし、私が動いていなければ、やつはまた忍び足で出て行き、娘は暗闇の中でひっそりと息絶えただろう。だが、もしその場に私がいたら、この私に会いに来たと、くだらない言い訳をするつもりだった。不安に耐えられなかったんだろう」

「仕方ないさ」と、カミングズがグラントの肩を持った。「暗闇を怖がる人間は多い。しかも、このとき、やつはリングサイド席に座っているも同然だったんだ」

「私と警察と娘を、同時に目の前にしていたんだものな。グラントは、シグリッド嬢にひと目惚れしたようなふりをした。ニワトリみたいに縛られた姿にだぞ。検死の際に見かけたときには、ほとんど気にかける様子を見せなかったというのに、なぜそんな態度を取ったのかはわからん。私は、感傷的な人間ではないからな。だが、少なくとも、病院で彼女に面会して、それとなく話を聞き出す言い訳にはなった――私の次の動きを探るためにな」

「で、彼女は全部話しちまったのか？」

「パセリ模様の縁取りのある立派な金の皿にのせて差し出したのさ。私からの迎えが来るまで、病院を出ないことになっていると、彼女は打ち明けた。そこで、グラントは私の番号に電話して留守を確かめ、ビルも不在だと知って、賭けに出た。ネズミの巣穴のそばにいる猫のように、ビルがあの病院を見張っていたとは夢にも思わずにな。それが、やつのやらかしたもう一つのミスなんだが、本人はチャンスだと思った。私がロンドンに戻る頃には、娘は貯水池でティー・コージーの仲間入りをしていて、彼女の死とヒラリー・グラントを結びつけることなど誰もできはしない、とね。遺体が発見されたら、悲しみで半狂乱になってみせるつもりだったんだろう」クルックは、また一口、ビールを呷った。「まあ、悲しみではないにしても、実際、今頃は半狂乱になっているだろうがな」

ブルースは、取りつかれたように落書きをしていた。カミングズが肩越しに見る。「ブルース、いったいその怪物はなんなんだ？」

ブルースは顔を上げずに、「象徴だ」と言った。「ほんの数点の宝石が、三人の命に値すると思ったときの、グラントの心模様を表している」

カミングズは、この場に自分がいることが急に恥ずかしい気になった。

「君は、どうして法律の道に進んだんだ、ブルース？」

ブルースは、どこか苦しげな笑みを浮かべた。「私が向いていないとでも？」

「いや、そういうわけじゃないが」と、カミングズが諭した。「たった一度きりの人生だ。楽しんだほうがいい。こいつは、俺にはただのネタだし、クルックにとっては仕事だ。だが、君にとっては……」

「私にとっても生活だ」ブルースは応えた。「一つだけ説明していないことがあるぞ、クルック。なぜ、フローラ・カージーが関与していると断言できるんだ?」

「雌のタゲリの話を聞いたことがないか?」クルックが尋ねた。

カミングズは、いや、考えたこともないが、タゲリというのは、ほかの鳥と同じで独身主義者ではないと思うぞ、と言った。

「タゲリは、何者かが巣の近くにいると思うと、気を利かしてじっと隠れる代わりに、騒々しく鳴き続け、聞こえる範囲にいる者をすべて引きつけようとする。そうすれば、巣から注意をそらせると考えるんだな。ところが、逆に相手は、彼女のいる場所には卵もあるんだと感づいてしまう。それと同じで、ミス・フローラが何かにつけてグラントを罵って、私やワトソンはもちろん、誰かれかまわず、自分は彼に我慢ならないし信用できない、彼はたかり屋の礼儀知らずだと言うのを聞いて、彼女の秘めた意図はなんだろうと思い始めた。あまりに主張しすぎたわけだ。これまた素人のやり口だな」クルックは、深いため息をついた。

細かな点まで突き詰めないと気が済まないカミングズが、最後の質問をした。

「グラントは、ミス・フローラと結婚する気があったと思うか?」

「やつにとって、それだけの価値があれば――きっとな。だが、これだけははっきりしている――やつには、もう絶対にそれができないってことだ」

「誰もできはしない」カミングズは真面目な口調で、ひときわ声を張り上げた。

クルックが驚いた顔をした。「なぜ、そう言える?」

「なぜって、彼女も連行されるんだろう?」

「なんの容疑で？」

カミングズが、面食らった顔で見返した。「叔母の殺害の共犯だよ」

「警察が誰にも負けないくらい優秀なのは知っている」と、クルックは認めた。「だが、彼らだって、証拠もなしに女性を逮捕することはできない。ミス・フローラが警察にどんな話をするかは見当がつく。実によくできた話だ。嘘じゃない、彼女は何もかも周到に考えていたんだ。まずは、手紙だ。彼女の主張は、三日にミンベリーに行った際、郵便局に向かおうとしていたヒラリー・グラントとばったり出会ったので、叔母の手紙をついでに投函してもらおうと彼に渡したというものだ。グラントが投函しなかったことなど、どうして自分にわかるだろう、と」

カミングズが、怪訝そうな声を出した。「君は、その話を信じるのか？」

「私が信じるかどうかなど、なんの意味がある？　問題は、誰もそれが嘘だと証明できないことだ」

「あとは？」

「偽の消印の件がある。彼女は、それについて何も知らないと言うはずだ。偽造の方法なんて知るわけがない、と。おそらく、本当に知らないだろう。七日の夜に受けた電話のメッセージは本物だと思った。また、陸軍省からの電報が偽物だとは考えもしなかった。グラントに手渡されたが、よくは見なかった。彼の仕事のことなど、自分にはどうでもよかったし、郵便局が閉まっている時間だということも思いつかなかったと言う。叔母の身の回りの品が家に持ち帰られて部屋の引き出しに入っていたことについては、きっとグラントがやったのだろうと主張する。彼が戻ってきたあと、スーツケースが開いていたのは一度も見ていない――たぶん、その中には変装道具も入っていたに違いない――が、彼には、ほかの者が外出しているあいだにミス・カージーの部屋に入るチャンスがいくらでもあった。さあ、どうだい、審判員さん？　共謀の臭いはぷんぷんするが、証明はできない。彼女は、シグリッド嬢のことはまったく知らない。グラントやほかの人間が裁判所に提出できるようなものを、書き残すミスもしていない。ワトソンは、グラントは山師で、おまけに悪党の可能性が高いから気をつけるよう、ミス・フローラが叔母に警告していたと宣誓供述するかもしれない。実際、彼女は何年も老婦人に尽くしてきたんだ――やはりどう見ても、ミス・フローラに対しての訴訟を裁判所があえて取り上げる要素が見つからない」

「そして、彼女はパールを手に入れる」カミングズが言った。「たいしたストーリーだよ、クルック。リスクが高いのは言うまでもない。君自身、厭ってほど危険を冒すがな」

「殺人は、危険なゲームだ」と、クルックは指摘した。「殺人を見破るのも、同じでね。私は、自分が全能の神だと思い込んでいる道化師と同じくらい、グラントが有罪だと確信していると言っていい。だが、裁判所にとっては、それでは不十分なんだ。彼らは証拠を欲しがる。グラントでさえ、ヘビのように体をよじって自由の身になろうとするかもしれない。だが、シグリッド嬢に渡した飲み物のことを言い逃れるのは容易じゃないとわかるだろう。本当を言うと、グラントは二件の殺人を犯したからというより、愚かだったから絞首刑になるんだ。どうして、やつはあんなに大口を叩かなければならなかったのか？　もし、喋れないオウムの話をしなかったら、シグリッド嬢があれこれ突き合わせて推論することはなかったし、疑いを抱くこともなかっただろうに」

「友人のスコット・エジャートンが言うには」と、ブルースが重々しく言った。「〈運命〉というものは、いつも最終的な切り札を袖に隠しておいて、正しい人間のために使うんだそうだ」

クルックは、むっとした様子を見せた。「下院議員っていうのは、自分たちはなんでも知っていると思ってやがる。戦争をやってみないと、本人が考えてるほど賢い人間じゃないってことを自覚できない。おい、ビル、そのビールは水浴びでもするために持ってるのか？」

クルックの言わんとすることを感じ取って、ビルが前屈みになった。

「もちろん」ブルースは皮肉を込めて言った。「アーサー・クルックが、確実に無罪になる人間しか後押ししないのは、みんな知っているよ。クルックが弁護を担当するってことは、すなわち……」

クルックは、にやりとし、すっかり機嫌を直した。「いいか、よく考えてみろよ」と促す。「すべては、最善の方向へ転んだんだ。ミス・カージーは世の中にとって惜しい人間ではなかったし、グラントもそうだ。ミス・フローラは罪を逃れるが、これまでずっと終身刑のような生活をしてきたんだから、今後どんな人生を送ろうが、うらやましいとは思わない。ワトソンは、夢だったゲストハウスを手に入れ、シグリッド嬢は悪党を排除できた。グラントのことからは、すぐに立ち直るだろう。そういうタイプだ。繊細そうに見えて、実は芯が強い。例のノルウェー人の若者が二度と戻らないとしても――戦況はおそろしく混沌としているから、どうなるかは誰にもわからないが――きっと別の男性が現れるはずだ。彼女は、そのまま老けて死ぬような娘じゃない」

「ティー・コージーは？」と、ブルースが口を挟んだ。「頭を殴られるのが、彼に起き得る最善のことだったと言うのか？」

しかし、クルックがいったん掲げた帆から、そう簡単に風を奪うことはできない。

「科学的な見地から考えてみよう」クルックは提案した。「ティー・コージーのライフワークはなんだった？　時間理論に関する思索だ。頭への一撃は、君や私にとっては単に死を意味するものかもしれないが、彼にとっては、千年王国《ミレニアム》への近道なんだ。今頃は、知りたかったことをようやく突き止めていることだろう。残念ながら、それについて信頼できる情報を、われわれに伝えることはできないがね」

訳者あとがき

アントニー・ギルバートは、推理小説を書く際のペンネームで、本名はルーシー・ビアトリス・マレスン。れっきとした女性作家である。だが、ギルバートの素性は何年も明かされなかったため、男性だと思っていた読者も多くいたようだ。また、アン・メレディス名義でも、二十作ほどの普通小説を残している。

マレスンは一八九九年、ロンドンのアッパー・ノーウッドに生まれ、独身の生涯をロンドンで過ごした。母は、娘を教師にしたいと願って教育を受けさせていたのだが、十五歳のときに家庭の事情で学校を中退せざるを得なくなり、タイピストの仕事をしながら家族を支えた。赤十字、食糧省、石炭協会などで働く傍ら、作家への情熱を抱いて執筆活動を開始し、一九二五年、J・キルメニー・キース名義で、デビュー作となる *The Man Who Was London* を発表したものの、評判は芳しくなかった。

その後、ジョン・ウィラードの戯曲『猫とカナリヤ』*The Cat and the Canary* を見て感銘を受けたマレスンは、ミステリ小説を書くことを決意。当時は女性が探偵小説を書くことが一般的ではなかったため、男性名を思わせるアントニー・ギルバートの名で、一九二七年に *The Tragedy at Freyne* を出版したところ、これが好評を博し、その後も次々に作品を発表した。一九七三年に亡くなるまでに執筆した長編ミステリは、六十九作に上る。そのうち、実に五十一作品に登場しているのが、本作の主人公である弁護士探偵アーサー・クルックだ。

「クルック」とは、英語の口語で「詐欺師、悪党」といった意味を持ち、その名にたがわず強烈な個性を持つ人物として描かれている。「犯罪者の希望」「判事の絶望」であることを自負し、「依頼人はみな無罪」をモットーとするクルックは、粗野で横柄なところがあり、時に強引な手法も辞さないブラックな面を持つ一方で、ウィットに富んだ軽妙な物言いには、ユーモラスで懐の深い人柄が垣間見える。女性差別とも取られかねないようなセリフでも、クルックが口にすると不思議と嫌みがない。根底に、女性や弱者への愛情が感じられるからだろう。元宝石泥棒のビル・パーソンズを相棒として雇い入れ、「メダルの両面を知っているビルは、なくてはならない存在だ」と言って周囲の批判をはねのけるあたりに、クルックの本質がよく表れている。無類のビール好きで、ワニやブルドッグに例えられる風貌を持ち、ファッションセンスに乏しく、家やオフィスには洒落っ気のかけらもないキャラクター造形は、この当時としては珍しい部類に入ると言っていい。マレスン自身、イギリスの推理小説の流行となっていた、生まれがよくて社会的地位が高い、颯爽としたアマチュア探偵に対抗する存在としてクルックを生み出したと述べている。ミステリ小説の執筆を始めた当初は、スコット・エジャートンという政治家を主人公としたシリーズを書いていたのだが、一九三六年に発表した初のアーサー・クルックもの *Murder by Experts* が大成功を収めたのを機に、十作続いていたエジャートンのシリーズをやめて、完全にクルックに移行したことから見ても、彼女にとって思い入れの深いキャラクターだったことがわかる。

本書『灯火管制』*Death in the Blackout*（一九四三）は、アーサー・クルック・シリーズの第二十作目に当たる。ヒトラー率いるドイツ軍と戦っていた戦時下のロンドンを舞台に、クルックの住むブランドン・ストリートのフラットで発生した事件が題材となっている。彼のごく身近なところで起きているだけに、クルックの私生活が顔を覗かせるという点で、興味深い作品と言える。彼以外にも個性豊かな登場人物たちが生き生きと描かれており、クルックとのテンポのいい会話に思わず目がいくが、実はプロットが緻密に計算されている点に驚かされる。読み返すたびに、あらゆるところに手がかりが周到に散りばめられていることにあらためて気づかされるのである。灯火管制の敷かれたロンドンと、迫りくるヒトラーの影、ドイツ軍の侵攻によってノルウェーから流れてきた難民といった時代背景を感じながら、その中でもユーモアを忘れずにたくましく活躍する弁護士探偵クルックの独特な世界観と、著者ギルバートの巧みな演出を存分にお楽しみいただきたい。

二〇一六年六月

友田　葉子

『灯火管制』は１９４２年にイギリスで"The Case of the Tea-Cosy's Aunt"として刊行されたのち、翌年43年に、米題"Death in the Blackout"としてアメリカで出版された。本書は１９４６年刊の Bantam Edition 版を底本としている。

小説巧者アントニー・ギルバートの秘めたる魅力

三門優祐（クラシック・ミステリ研究家）

1

本書『灯火管制』（一九四二）の著者アントニー・ギルバート（一八九九〜一九七三、注1）は、つくづく翻訳の機会に恵まれない作家である。一九五四年、当時の最新作として紹介された『黒い死』（一九五三、ハヤカワ・ミステリ）以降、四十年以上のブランクを経て翻訳された『薪小屋の秘密』（一九四二、国書刊行会）、そして本書と同じく論創海外ミステリから刊行された『つきまとう死』（一九五六）。七十にも迫る長編のうち、わずかにこの三作しか邦訳されていない。とはいえ、これら三作がいずれも、ギルバート作品の魅力を色濃く宿した良作揃いであることもまた事実である。

以下にその魅力を列挙してみよう。

① 読者の安易な予想を覆すことで生じる「サスペンス」

② 典型に終始しない「人物造形のリアリティ」

③「意外な犯人」と「フェアな手掛かり」への執着

まずは①について。あまり書き過ぎると読書の楽しみを奪ってしまうので、書きにくいテーマではあるが……例えば『黒い死』の物語は、過去に小さな過ちを犯した四人の男女が、老年の「脅迫者」テディ・レインによって一室に呼び集められ、金銭を要求される場面から始まる。ここで多くの読者の脳裏をよぎるのは、「この四人のいずれかが精神的に追い詰められ、ついにはテディを殺害するが、誰が殺したかは読者に明かされない」という展開だろう。しかし、ギルバートはそれほど単純に物語を進行しない。なんと四人は意気投合してしまい、彼らの代表者の一人が「社会のクズ」である「脅迫者」テディを殺害するべきではないか、と相談しだす。慌てたのはテディの方だ。彼は自らの甘すぎる考え（そして読者の予測）とは裏腹に、死の恐怖によって精神的に追いつめられていくことになる。なお、四人のうち代表者になるのは、「四つの封筒のいずれかに入れられた黒いコイン」（これを「黒い死」と呼ぶ）を引き当てた者なのだが……ギルバートは、ここでもひとひねり入れてくる。果たして殺人者は誰なのか。まったく予想もつかない展開の連発に序盤から呑まれ、一気に物語世界に引き込まれること間違いなしだ。この「読者の第一印象を常に裏切り続ける」まるで綱渡りのようなサスペンスに満ちた作風は他作品においても共通で、ギルバートの物語作りの上手さを如実に感じることが出来る。

次に②について。これを分かりやすく示してくれるのは、『つきまとう死』の主役であり、「かかわった人間を死なせてしまう」「あるいは殺しているのかもしれない」ルース・アップルヤード嬢である。不慮の事故で夫を失い金銭的に窮迫した彼女は、大金持ちの老婦人レディ・ディングルのコンパニオンとしてお屋敷に入り込む。なかなか死にそうもないタフなおばあさんに気に入られた彼女は、まさに「ゴシック・ロマンスのヒロイン」然とした振る舞いをし通し、それゆえに老婦人の縁者たちから疎まれていく。生まれながらの「無実なる容疑者」……あらすじからは一見そうとしか読み取れない彼女。しかしギルバートが切り刻み読者に提示する彼女の諦念に満ちた心境は、決して「確定のシロ」のそれではない。果たして彼女は本当に無実なのか？　探偵役のアーサー・クルック氏が「私の依頼人は皆無罪」と断言したとしても、読者の目に掛かった疑惑の影は、真犯人が明らかになる瞬間まで晴れることはない。しかし、それこそが「人間性のリアリティ」とも言える。これもまたギルバートの上手さの一つである。

最後に③について。残念ながらこれは、『黒い死』ではそれほど表に現れてこなかった部分である。「謎解きを中心としたミステリを読みたい」と考える読者に対してギルバートが訴求しなかったのは、そのためかもしれない（とはいえ、その異様にこんがらがった殺人現場の状況を丁寧に腑分けすれば、「脅迫されている四人のうち誰が犯人なのか？」という謎によって生まれるサスペンスと、意外な真犯人をフェアに指摘するための伏線とを両立させるために、作者が骨を折っていることがよく分かるのだが）。この認識を改めるのに大きく貢献したのが『薪小屋の秘密』だ。いわゆる「青髭もの」と呼ばれるジャンルのお約束を踏襲した、サスペンスフルな展開を主軸に置く作品であるが、最終章まで読んだところで印象が一変する。アーサー・クルック氏と真犯人が対決し、その犯罪の証拠を一つ一つ改めていくシーンには、最小限の登場人物数で構築された物語をありのままに伏線を配置して進めながらも、しっかり「意外な犯人」を演出してやろうという作者の意図が明確に表れている。中期の秀作『つきまとう死』でもそうだが、頭のいい犯人が残した証拠はごく微細なものにすぎない。しかし、それをいかに論理的に組み立てて「ただ一人の犯人」を指摘するための根拠にまで昇華するかという過程には、紛れもなく「謎解きミステリ」への強い志向が感じられる。

このように、アントニー・ギルバートは、紛れもなく「小説巧者」であり、また強くジャンルのお約束を意識し、それを順守しつつも時に外して行くことで読者を飽きさせず、しかもコンスタントに均質な作品を発表し続けた作家であった。

さて、ここまで読んできてある一人の作家を思い浮かべた方も多いのではないだろうか。そう、英国が世界に冠たる「ミステリの女王」アガサ・クリスティーである。実際のところ、先ほどギルバートの魅力として掲げた三つの魅力はクリスティーに対してもほぼ100%当てはまってしまう。多くの作家が挑まなければならない「クリスティーの次点の作家」という肩書きを、これまで紹介されてきた作品では超えられなかった。これが日本におけるギルバート評価の現状と言える。

では、アントニー・ギルバートのオリジナルな魅力とは何か。それはずばり、

④　探偵役であるアーサー・クルック氏の魅力

に他ならない。法律の抜け穴を見つけ出すくらいは朝飯前、にこやかに微笑みながら息をするように嘘をつき、真犯人を自白させるためなら卑劣な騙し打ちをも辞さない。「依頼人を必ず無罪にする」クルック氏は「悪漢《ピカロ》」でありながら、しかし老人や女性、子供など弱者に優しい「善人」でもある。

自分の正義を貫き続けるまったくぶれない傲岸さ、アクの強さは他に類を見ない（注2）。

しかし、これまで紹介されてきた作品では、物語の前半に「殺人が起こるまで」を丁寧に描写していたために、クルック氏の登場が毎回遅く（事前に事件の匂いを嗅ぎつけつつも、「まだ何も起こっていない」ために物語の外側に留まっている場合も多い）、彼の愉快な人物像を楽しむにはあまりにも紙幅が足りなかった。

そこで満を持して登場したのが本作『灯火管制』である。この作品で、クルック氏は第一章からラストまで出ずっぱり、しばしば警句を吐きながらも混沌とした事件にちょっかいを出し続け、その「悪いオジサン」の魅力を全開に振りまいている。頼れる相棒ビル・パーソンズもチョイ役ながらいいところで登場し、物語を盛り上げるのに貢献している。勿論、謎解き興味も満載。本当に最少人数としか言いようがない状況で、なおも「意外な犯人」の創出に血道を上げるギルバートの執念には恐れ入るばかりだ。

日本の読者よ、本作を読んでアントニー・ギルバートを再発見せよ！　いまがまさにその時だ！

2

さて、あまりアジテートばかりしても仕方がないので、本作の内容を簡単に紹介して本稿を締めくくることにしたい。

本作は第二次世界大戦下の英国を背景にしたミステリだが、このような作品は戦争の当時から現代まで数多く書かれている（注3）。例えば、カーター・ディクスン（ジョン・ディクスン・カー）の

『爬虫類館の殺人』（一九四四、創元推理文庫）は、ナチスドイツによるロンドン空襲作戦「ザ・ブリッツ」が始動するまさに前日である、一九四〇年九月六日に物語が始まる。奇術趣味に淫しながらも第二次世界大戦下のロンドンでなければ成立しないこの作品を、カーはナチスドイツによる空襲によって、同年九月一八日にロンドンのメイダ・ヴェイルにあった自宅を失った後に書いた。カーをその後次々に襲った空襲の脅威については、ダグラス・G・グリーンによる伝記『ジョン・ディクスン・カー〈奇蹟を解く男〉』（注4）に詳しい。

なぜわざわざこんなエピソードを紹介したかと言えば、本書は、クルック氏がカー同様に「ナチスドイツによる空襲」という危難に遭いながら、幸運にも事務所兼自宅であるフラットを吹き飛ばされずに済んだというエピソードから始まるからである。いや、周辺には瓦礫が散乱し、いまや電話も通じないという状況を幸運と言っては語弊があるかもしれない。さておき、他の住人たちが次々と地方に疎開する中でも、最上階にクルック氏が、そして地下室に引きこもりの変人、ミス・バーサ・シモンズ・フィッツパトリックが陣取るこの建物で、何とも不可思議な事件が発生する。

フラットに新たに現れた住人でこれまた奇妙な老人セオドア（T）・カージー（その名からティー・コージーとも呼ばれる）が、クルック氏の部屋の扉の前をうろうろしていたのだ。すわ泥棒か、とも思われたが、時間感覚が狂った（というよりも頭のねじが全体的に緩んでいる）カージーの話を聞くうちにクルック氏は、鍵のかかったセオドアの部屋をどうにか訪ねた後、行方知れずになった彼の叔母さんの事件へと深入りしていく……次に何が起こるかまったく予測できない本作の筋書きをこれ以上書くのも無粋というものだろうから止しておこう。戦争中で、いつ空襲が起こるかもわからないという緊迫した状況にも関わらず（しかも本書が出版されたのは一九四二年、まだ空襲が続いていた時期だ)、まるで夢幻を彷徨するかのような非現実的なストーリーが展開されていくのは、間違いなくティー・コージー氏のぶっ飛んだ精神の賜物であろう。一体このハチャメチャな事件はどこに流れ着くのか、お人よしで無鉄砲なまでに好奇心に溢れたクルック氏と一緒に見守っていただきたい。

注1：アントニー・ギルバートの詳しい経歴については、『薪小屋の秘密』巻末の小林晋氏による解説を参照のこと。こちらは書誌情報も非常に充実しており、本稿に先行する解説として参考にさせていただいた。

注2：フランシス・アイルズ(アントニイ・バークリー)は、ザ・ガーディアン紙に寄稿した書評において、アントニー・ギルバートの作品を取り上げる際には、サスペンスに満ちたプロットの面白さ以上にアーサー・クルック氏というキャラクターを称賛している。ある作品の書評では、「国民的キャラクター(a national figure)と言っても過言ではない(一九六三年四月五日)」と書いたほど。詳細は、『アントニイ・バークリー書評集第三巻』を参照のこと。

注3：話をカーに限っても『かくして殺人へ』、『九人と死で十人だ』(一九四〇)、『連続殺人事件』(一九四一)、『貴婦人として死す』(一九四四)などを上げることができる。また、近年の快作で、ドラマシリーズの『刑事フォイル』を忘れてはいけない。英国の民間放送局ITVが、大人気ドラマ『モース主任警部』シリーズに続く作品として二〇〇二年から放映を開始

した作品で、第二次世界大戦下から戦後にかけての英国の犯罪と風俗を、クリストファー・フォイル警視正とその部下・家族の視点から描いている。脚本は、『絹の家』、『モリアーティ』(いずれもKADOKAWA)など、コナン・ドイル財団公認のホームズ続編を執筆したことで知られるアンソニー・ホロヴィッツ。日本でも衛星放送で吹替版が放映されているが、残念なことに、二〇一六年五月現在日本語版はソフト化されていない。

注4：一九九六年、国書刊行会刊。空襲とカーの関わりについては、第10章「大戦とラジオ・ミステリ」の項を参照のこと。

〔訳者〕
友田葉子（ともだ・ようこ）
非常勤講師として英語教育に携わりながら、2001年、『指先にふれた罪』（DHC）で出版翻訳家としてデビュー。その後も多彩な分野の翻訳を手がけ、『ショーペンハウアー　大切な教え』（イースト・プレス）、『革命！キューバ★ポスター集』（ブルース・インターアクションズ）、『「ローリング・ストーン」インタビュー選集　世界を変えた40人の言葉』（TOブックス）、『アホでマヌケなマイケル・ムーア』（白夜書房）をはじめ、多数の訳書・共訳書がある。津田塾大学英文学科卒業。

灯火管制《とうかかんせい》
——論創海外ミステリ　173

2016年6月25日　初版第1刷印刷
2016年6月30日　初版第1刷発行

著　者　アントニー・ギルバート
訳　者　友田葉子
装　画　佐久間真人
装　丁　宗利淳一
発行所　論　創　社
〒101-0051　東京都千代田区神田神保町2-23　北井ビル
電話　03-3264-5254　振替口座　00160-1-155266

印刷・製本　中央精版印刷
組版　フレックスアート

ISBN978-4-8460-1537-4
落丁・乱丁本はお取り替えいたします